Fay Weldon

Die Moral der Frauen

Roman

Aus dem Englischen von
Sabine Hedinger

Deutscher Taschenbuch Verlag

Der Inhalt dieses Buches wurde auf einem nach den
Richtlinien des Forest Stewardship Council zertifizierten
Papier der Papierfabrik Munkedal gedruckt.

Deutsche Erstausgabe
November 2007
Deutscher Taschenbuch Verlag GmbH & Co. KG,
München
www.dtv.de
Copyright © Fay Weldon 2005
Titel der englischen Originalausgabe:
›She may not leave‹
[Fourth Estate, 2005]
© 2007 der deutschsprachigen Ausgabe:
Deutscher Taschenbuch Verlag GmbH & Co. KG, München
Umschlagkonzept: Balk & Brumshagen
Umschlagfoto: gettyimages/Three Lions
Gesetzt aus der Sabon 10,5/13·
Satz: Greiner & Reichel, Köln
Druck und Bindung: Kösel, Krugzell
Gedruckt auf säurefreiem, chlorfrei gebleichtem Papier
Printed in Germany · ISBN 978-423-3-24632-3

Ein Aupair für Martyn und Hattie

»Agnieszka?« fragt Martyn. »Ist der Name nicht etwas lang? Wenn sie es in diesem Land zu was bringen will, dann muß sie ihn abkürzen. *Schssk*-Laute – das kennen die Leute hier nicht.«

»Aber sie wird ihn nicht abkürzen wollen«, sagt Hattie. »Bei so was haben die Leute ihren Stolz, und sie fühlen sich ihren Eltern gegenüber verpflichtet, die ihnen den Namen gegeben haben.«

»Wenn wir sie bezahlen«, sagt Martyn, »dann sollte sie schon mehr oder weniger das tun, was wir von ihr erwarten.«

Martyn und Hattie diskutieren in ihrer gemeinsamen günstig erstandenen Erstimmobilie, einem gemütlichen Haus im Londoner Stadtteil Kentish Town. Beide sind Anfang Dreißig, gutaussehend, gesund, gebildet und aus prinzipiellen Gründen, die nichts mit mangelnden Gefühlen zu tun haben, nicht verheiratet, sondern in eheähnlicher Gemeinschaft lebend. Baby Kitty, ein knappes halbes Jahr alt, schläft in ihrem Bettchen im Schlafzimmer: Martyn und Hattie fürchten, sie könnte demnächst wieder aufwachen. Martyn ist gerade erst von der Arbeit heimgekommen. Hattie bügelt. Sie tut sich, mangels Übung, schwer damit, gibt aber wie überall ihr Bestes.

Hattie ist meine Enkeltochter. Ich habe viele Jahre damit verbracht, sie großzuziehen, und mag sie sehr gern.

Die beiden haben die Möglichkeit diskutiert, sich ein Aupair zuzulegen, eine gewisse Agnieszka, empfohlen von Babs, Hatties Kollegin bei der Literarischen Agentur Dinton & Seltz. Hattie hat Mutterschaftsurlaub genommen: Jetzt will sie wieder arbeiten gehen, aber Martyn sträubt sich dagegen. Nicht daß er das laut sagt, aber Hattie merkt es daran, daß er den Namen des Mädchens zu lang findet. Über Agnieszka wissen sie nur wenig, abgesehen davon, daß sie für Babs' Schwester gearbeitet hat, die mit den Drillingen, und dort mit guten Zeugnissen verabschiedet worden ist.

In den Kreisen, in denen Martyn und Hattie verkehren, werden genauso viele Babys in vitro wie in natura empfangen, daher kommen sie häufig gleich zu zweit oder zu dritt. Kitty war ein Unfall, der allerdings dazu gedient hat, sie nach anfänglicher Verwirrung und Bestürzung nur um so mehr ins Herz zu schließen. Das Schicksal hat es, so sehen das beide, gut mit ihnen gemeint. Der Mensch denkt, Gott lenkt, und in diesem Fall ist das Ergebnis für alle ein Gewinn.

»Ich finde es nicht richtig, sie zu bitten, unseretwegen ihren Namen zu ändern«, sagt Hattie. »Es könnte sie kränken.«

»Ich weiß nicht«, bemerkt Martyn, »ob wir ›richtig‹ als das definieren sollten, was andere nicht kränkt.«

»Warum eigentlich nicht«, gibt Hattie zurück. Ein Runzeln verfinstert ihre Stirn, während sie überdenkt, was Martyn soeben von sich gegeben hat. Andere Menschen nicht zu kränken – ist das denn nicht ein wesentlicher Teil dessen, was »richtig« ausmacht? Doch seit Kittys Geburt weiß sie ja selbst nicht mehr genau, was richtig und was falsch ist. Ihre Moral und ihr Selbstvertrauen werden langsam, aber sicher untergraben.

Sie weiß durchaus, daß es »falsch« ist, Baby Kitty einen Schnuller in den Mund zu schieben, um das Geschrei abzustellen, wie dies die unbedarften Mütter in den Sozialwohnungen tun. »Richtig« wäre es, nach der Ursache des Schreiens zu suchen und gleich an der Quelle für Abhilfe zu sorgen. So gesehen, entscheidet sie sich mindestens fünfmal am Tag für »falsch« statt »richtig«. Und sie weiß, daß sie sich obendrein des elitären Denkens schuldig macht, indem sie sich nicht mit den Müttern in den Sozialwohnungen verglichen wissen will. Auch wenn das Einkommen ihrer kleinen Familie derzeit unter dem Landesdurchschnitt liegen mag, fühlt sie sich diesen Leuten mehr und mehr überlegen. Ja, liest sie denn keine Bücher über Kindererziehung, statt zwei Wochen darauf zu warten, daß die Gemeindehebamme vorbeischaut? Gehört sie denn nicht zu denen, die ihr Schicksal selbst in die Hand nehmen? Aber in letzter Zeit ist sie so rührselig gewesen, so getrieben von hormonell ausgelösten Gefühlen, heimgesucht von ungewohnten Groll- wie Genugtuungsattacken, daß sie binnen Minuten zwischen Gewißheit und Zweifel schwankt. Als sie an diesem Morgen wach geworden ist, hat sie sich über das Babybettchen neben dem Elternbett gebeugt, um Kitty den tröstlichen Schnuller in den Mund zu stecken – mit dem tröstlichen Wissen, daß ein jeder eben so moralisch ist, wie er es sich leisten kann, nicht mehr und nicht weniger. Daß sie sich also nicht zu viele Schuldgefühle machen sollte.

»Ich kann dir gern erklären, warum nicht«, insistiert Martyn. »Soziale Gerechtigkeit wird nun mal nicht dadurch errungen, daß man alle machen läßt, was sie wollen. Jemand, der auf die Fuchsjagd geht, könnte sich sehr wohl gekränkt fühlen, wenn du ihn als gemeinen, brutalen Kerl bezeichnest, aber das heißt noch lange nicht, daß du dir deinen Kommentar verkneifen sollst. Wir alle sollten das größtmögliche Gute in größtmöglichem Umfang anstreben, und dafür müssen nun auch mal heftige Worte fallen und harte Entscheidungen getroffen werden.«

»Inwiefern dient man der sozialen Gerechtigkeit, wenn man einen anderen auffordert, seinen Namen abzukürzen?« Nein, Hattie gibt nicht nach.

Sie ist in gemeiner, gereizter Stimmung. Sie weiß, daß sie sich obstruktiv verhält, doch wenn Martyn das kann, dann kann sie es auch. Hattie hat Agnieszka bereits gebeten, sich bei ihr vorzustellen, Martyn aber noch nichts davon gesagt. Sie hat ihn noch nicht ganz rumgekriegt, obwohl die Ankunft der Stromrechnung und des Kopfsteuerbescheids, beide in der Post von heute morgen, durchaus Wirkung gezeitigt haben. Hattie muß wieder arbeiten gehen. Dazu gibt es im Grunde keine Alternative.

»Zum einen«, sagt er, »denk bloß mal an die Verzögerungen, wenn der Name durch die Rechtschreibprüfung muß. Agnieszka Wyszyńska! Damit kann man Teleworker im ganzen Land zur Verzweiflung treiben. Es wäre eine schlichte Geste des Entgegenkommens, ihn zu vereinfachen.«

»Und wie?« fragt Hattie. »Was schlägst du vor?«

»Agnes Wilson? Kay Sky? Kurz und schlicht und kooperativ. Sie kann ihn ja immer noch zurückwandeln, wenn sie nach Polen zurückkehrt.«

»Ich habe keinerlei Schwierigkeiten, Agnieszka Wyszyńska zu buchstabieren. Man muß nur bestimmte Verbindungen von Konsonanten bedenken und sich klarmachen, daß ›y‹ ein Vokal ist. Zugegeben, ich habe moderne Sprachen studiert, und schlecht in Rechtschreibung bin ich auch nicht.«

Hattie ist fürwahr gut in Rechtschreibung, doch wenn sie von Agnieszkas Stolz spricht, könnte sie ebensogut von sich selbst sprechen. Die Menschen neigen nun mal dazu, eigene Eigenschaften, ob erstrebenswert oder nicht, auch ihren Nächsten zuzuschreiben. Die Großzügigen glauben, andere seien ähnlich großzügig. Der Lügner bezichtigt andere der Lüge. Die Selbstsüchtigen sehen überall Selbstsucht. Wenn Hattie es ablehnt, die Rechtschreibprüfung von Microsoft zu benutzen und sich lieber auf ihr eigenes Urteil verläßt oder im Zweifelsfall ihre Großtante, die Schriftstellerin, anruft, dann deshalb, weil auch sie ihren Stolz hat. Und ein hochentwickeltes Über-Ich. Das mag sehr wohl der Grund dafür sein, daß sie und Martyn, ein Mann aus dem Londoner Norden, der historischen Hochburg der Arbeiterklasse mit strengen sozialen Prinzipien und gut entwickeltem Klassenbewußtsein, in einer eheähnlichen Gemeinschaft leben, aber nicht im heiligen Stand der Ehe vereint sind.

Hattie kommt aus dem eher von der Boheme geprägten Süden, aus einer Familie, deren Moralvorstellungen vor allem um die Authentizität einer bestimmten Kunstform und die Aufrichtigkeit von Emotionen kreisen. Es ist eine Familie, in der Hatties besonderes Temperament als eine Art Anomalie angesehen wird. Sie hat etwas Rigoroses, Nonkonformistisches an sich, das bei Martyn auf gleichartige Anlagen trifft. In dieser Hinsicht ist sie anders als ihre Mutter Lallie, die Flötistin, oder ihre Großmutter Frances, die mit einem derzeit in Haft befindlichen Künstler verheiratet ist, ganz zu schweigen von ihrer Großtante Serena, der bekannten Schriftstellerin. Weiß der Himmel, auf welchen genetischen Wegen sich diese »Tendenz zur Verantwortlichkeit«, wie Frances sie nennt, übertragen hat. Womöglich stammt sie ja von Hatties Vater Bengt, der bei Hatties Empfängnis ein Pennäler war. Aber wer weiß? Bengt wurde von seinen Eltern so schnell zurück nach Schweden geholt, um ihm einen neuen und besseren Start im Leben zu ermöglichen, daß sein Charakter Lallies Familie nie besonders deutlich geworden ist. Wir konnten nichts weiter tun als zusehen, wie Hattie heranwuchs, um zu mutmaßen, wer sie einmal werden würde.

Bengt wurde irgendwann Apotheker in Uppsala, wo er ein beschauliches, schickliches Leben mit Ehefrau und drei Kindern führt, weshalb man nun davon ausgehen kann, daß er verantwortungsbewußte, kompetente, wenn auch womöglich eher pedantische Gene hinterlassen hat. Der eine, kurze Akt, aus dem Hattie entstanden ist, spielte sich im sogenannten Ruheraum der progressiven und schweineteuren Schule ab, die die beiden jungen Leute damals besuchten.

Einmal im Jahr, falls Lallie ein Zeitfenster in ihrem durchgetakteten Terminkalender finden kann, bringt Bengt seine Familie aus Uppsala her, um sie und Hattie, seine illegitime Tochter, zu besuchen. Bei diesem Anlaß gehen alle äußerst höflich miteinander um, können es aber kaum erwarten, zur Normalität zurückzukehren, die da heißt zu vergessen, daß die Sache je passiert ist.

Hattie ist höflich zu ihrem Vater, vermag aber kein großes Interesse für ihn aufzubringen. Sie hat erst sich und dann die Ärzte bei den Vorsorgeuntersuchungen im Krankenhaus schlau gemacht, was seine medizinische Vorgeschichte betrifft, konnte jedoch nichts weiter berichten als gute Gesundheit und keine weiteren Vorkommnisse. Würde Hattie ihrem Vater Bengt nicht in der leicht hängenden Kinnpartie und einer gewissen Schroffheit im Wesen ähneln, würde sie glauben, ihre Mutter habe sich schlicht vertan und jemand ganz anderer sei für ihre, Hatties, Existenz verantwortlich. Wie ihre restliche Familie hat es Hattie gern, wenn etwas *passiert*. Bengt ist ehrlich gesagt ein Langweiler.

Aber seit sie Kitty hat, passiert anscheinend immer das
Falsche. Die Gemeindehebamme, die in regelmäßigen Ab-
ständen vorbeischaut, weil Hattie es abgelehnt hat, der
wöchentlich stattfindenden Mütter-Säuglings-Gruppe beizutreten – das wird vermerkt –, beanstandet den Stuhl-
gang des Babys als zu weich und beschuldigt Hattie, Knoblauch zu essen. Nun hat Hattie seit Kittys Geburt keinen
Knoblauch mehr gegessen. Aber die Hebamme fragt nicht
einmal nach, sondern nimmt einfach an, Hattie sei eine der
Mütter, die sich nicht an die Regeln halten. Ja, wirkt sie
denn so auf andere? Verantwortungslos, oberflächlich und
dämlich?

»Jedenfalls«, sagt Martyn, »ist das alles hypothetisch.
Wir brauchen, wir wollen kein Au-pair, und leisten können
wir uns schon gleich gar keins. Schmink dir das ab. Es ist nur
wieder so eine Idee von Babs. Ja, ich weiß, sie ist deine
Freundin, aber sie hat komische Vorstellungen davon, wie
es auf der Welt zugeht.«

Martyn ist aus guten Gründen nicht gerade begeistert davon, daß Babs zu Hatties Freundinnen zählt. Babs ist mit
einem Abgeordneten der Konservativen Partei verheiratet,
und obgleich sich Babs höchst verächtlich über die politischen Ansichten ihres Mannes Alastair äußert, hat Martyn doch das Gefühl, daß gewisse politische Ideen im Ehe-
bett abfärben und durchaus etwas Essentielles von dieser im
Fell umgefärbten Babs auf Hattie übertragen wird. Er hat
das Gefühl, selbst schon eine Menge von Hatties Sein per
Osmose aufgenommen zu haben, seit er das Bett mit ihr
teilt, und ist eigentlich froh darüber. Warum auch nicht?
Er liebt sie ja. Sie haben beide dieselbe Einstellung zum Leben. Die Ankunft von Kitty, halb er und halb sie, hat ihrer
beider Sein nur noch enger verbunden.

Hattie hat keine andere Wahl, als Martyn reinen Wein einzuschenken. Nicht nur hat sie Agnieszka mit dem zu langen Namen angerufen, nein, sie hat auch schon Neil Renfrew, dem Geschäftsführer von Dinton & Seltz, erklärt, daß sie wieder arbeiten will, sobald sie die Frage der Kinderbetreuung geklärt hat – am liebsten noch diesen Monat. Martyn und Hattie hatten ausgemacht, daß sie ein Jahr Mutterschaftsurlaub nehmen würde. Nun hat Hattie dieses Jahr ohne Rücksprache auf die Hälfte verkürzt. Neil will sie in der Lizenzabteilung unterbringen, in einem Büro mit Hilary. Hattie wird infolge ihres Mutterschaftsurlaubs die Leiter hinuntersteigen müssen, aber so schlimm ist es nun auch nicht: Binnen eines Jahres dürfte sie wieder auf Karrierekurs sein. Hattie liest und spricht fließend Französisch, Deutsch und Italienisch; sie ist gut für den Job geeignet und der Job gut für sie.

Vielleicht würde sie lieber auf der eher literarischen Seite des Agenturbetriebs arbeiten – da ist es interessanter: man speist und spricht mit Schriftstellern –, aber über die Lizenzabteilung kommt man zumindest auf die Frankfurter Buchmesse und darf mit Verlegern vom europäischen Festland verhandeln. Gerade Osteuropa stellt einen wichtigen und wachsenden Markt dar, in dem Hattie aktiv werden muß. Die Stelle ist vakant, seit Coleen Kelly, die nach fünf Jahren Reagenzglas-Befruchtungsversuchen endlich schwanger geworden ist, sich frühzeitig in den Mutterschutz verabschiedet hat, um einen Roman zu schreiben. Hattie ist in den Sinn gekommen, daß Agnieszka ihr helfen könnte, Polnisch zu lernen.

»Aber du hast sie doch noch nicht mal kennengelernt«, sagt Martyn nun, da Hattie einen irritierenden Tatbestand nach dem anderen enthüllt. »Du hast keine Ahnung, was für ein

Mensch sie ist. Sie könnte zu einem internationalen Baby-Hehlerring gehören.«

»Am Telefon klang sie sehr nett«, gibt Hattie zurück. »Sie sprach sehr gut Englisch, war ruhig und aufgeräumt, kein bißchen wie jemand aus der kriminellen Ecke. Agnieszka hat sich um Alices Drillinge gekümmert, bis die Familie letzten Monat nach Frankreich gegangen ist. Und Alice hat zu Babs gesagt, sie sei ein Geschenk des Himmels.«

»Vielleicht ein Geschenk für dich, aber was ist mit Kitty? Hast du wirklich vor, die Zukunft unseres Kindes aufs Spiel zu setzen? Es gibt Untersuchungen, denen zufolge Babys mit Vollzeitmüttern im ersten Lebensjahr den anderen intellektuell und emotional überlegen sind.«

»Kommt darauf an, welche Untersuchungen man liest«, sagt Hattie, »und du mußt schon entschuldigen, aber ich glaube eher denen, die meine Sicht unterstützen. Um Kitty brauchen wir uns keine Sorgen zu machen. Allerdings leben wir derzeit von nichts, ich muß dich immer wieder um Geld bitten, als wäre ich ein Kind, wir können nicht mal die Kopfsteuer bezahlen, mir bleibt doch gar keine andere Wahl, als Kitty in Betreuung zu geben. Du hast mir schon gesagt, ich wäre verrückt. Und was hat Kitty von einer Mutter, die verrückt ist?«

»Du bist kindisch«, bemerkt Martyn, nicht ganz zu Unrecht. »Und das Wort ›verrückt‹ ist in diesem Zusammenhang nicht besonders hilfreich. Sagen wir lieber, du bist in letzter Zeit ein bißchen durcheinander. Aber was bringt es eigentlich noch, wenn ich mich dazu äußere; du bist sowieso schon vorgeprescht und hast meine Zustimmung für selbstverständlich erachtet.«

Er schlägt die Kühlschranktür ein bißchen heftiger zu, als dies nötig oder wünschenswert wäre. Tatsächlich knallt er sie dermaßen zu, daß der Fußboden wackelt und Kitty sich im Nebenzimmer regt und einen Schrei von sich gibt, bevor sie zum Glück wieder einschläft.

Zu den unausgesprochenen Regeln in der Schlacht um die hohe Warte der Moral, die Hattie und Martyn so gewissenhaft führen, gehört es, daß darin keinerlei Waffen der schlechten Laune – Knallen, Krachen und Schreien – zum Einsatz kommen sollten.

»Tut mir leid«, sagt er jetzt. »Ich hatte keinen so berauschenden Tag. Ich weiß, daß ich Kittys Betreuung bislang mehr oder weniger dir überlassen habe, obwohl ich mir so gewünscht hätte, wir könnten uns die Elternaufgaben halbe-halbe teilen – aber nur weil ich muß, nicht weil ich will. Trotzdem hättest du mich zumindest im Büro anrufen und vorwarnen können.«

»Ich wollte nicht, daß uns jemand diese Agnieszka wegschnappt«, erklärt Hattie. »Eine wie die kann sich's doch aussuchen. Als voll ausgebildetes Kindermädchen könnte sie in Kensington £ 500 die Woche verdienen, ohne daß sie im Haushalt einen Finger krumm machen müßte.«

»Das ist ja abartig«, sagt Martyn.

»Aber damit wäre sie nicht glücklich. Sie ist ein echt häuslicher Typ, meint Babs. Sie möchte lieber in einer Familie leben, in einem richtigen Zuhause arbeiten, als Mittelding zwischen Au-pair und Kindermädchen.«

»Dann sollte sie sich mal lieber entscheiden. Für Au-pairs gibt es strikte arbeitsrechtliche Bestimmungen, für Kindermädchen nicht.«

»Das klären wir, wenn es soweit ist«, schlägt Hattie vor. »Ich fand sie am Telefon sehr sympathisch. Man merkt doch schon einiges an der Stimme. Babs findet, sie ist genau die Richtige für uns. Sie hat so gute Zeugnisse von Alice, daß

Alastair gesagt hat, es würde sich anhören, als wollte Alice das Mädchen loswerden.«

»Ah, der Tory-Abgeordnete. Und ist da was dran?«

»Daß sie sie loswerden wollte? Nein, wieso denn? Alastair hat bloß einen Witz gemacht.«

»Komische Art von Witz«, bemerkt Martyn.

Martyn ist immer noch sauer. Nach einem Tag im Büro sackt sein Blutzuckerspiegel regelmäßig ab. Keine Frage, daß er recht hat; es ist unmoralisch, jemanden auf diese Weise auszubeuten, besonders dann, wenn dieser Jemand auf dem Arbeitsmarkt keine großen Ansprüche stellen kann, aber es wäre für alle angenehmer, wenn er es damit gut sein ließe.

Er findet herzlich wenig im Kühlschrank. Seit Hattie in Mutterschaftsurlaub ist, haben sie es sich nicht mehr leisten können, essen zu gehen, sich etwas kommen zu lassen oder beim Feinkostfritzen einzukaufen. Das Abendessen besteht vorwiegend aus Koteletts, wenn er Glück hat, mit Kartoffeln und Gemüse, und das war's auch schon, und serviert wird, wenn es Hattie paßt, nicht ihm. Er findet ein Stück Käse im Salatfach und knabbert daran, obwohl er sehr hart ist. Hattie erklärt, daß sie ihn eigentlich zum Reiben aufheben wollte.

Martyn hat das Gefühl, daß Hattie das, was er ihre »frugale Nummer« nennt, ein bißchen überzieht. Im Moment scheint so ziemlich alles dazu angetan, ihnen beiden das Leben zu versauern. Sie haßt es, Geld für Nahrungsmittel auszugeben. In denen steckt ohnehin lauter Gift, das übers Essen per Muttermilch in Kitty landet. Seit der Geburt, so kommt es Martyn vor, nimmt Hattie eine generelle Ablehnungshaltung ein. Selbst der Sex ist zu einem raren Ereignis geworden – wo vorher aufregende vier, fünf Mal pro Woche üblich gewesen waren. Er sieht ein, daß es vielleicht gar nicht schlecht wäre, wenn sie wieder arbeiten ginge, aber es paßt ihm nicht, daß sie ihr gemeinsames Leben hinter seinem Rücken organisiert. Immerhin ist er Kittys Vater.

Frances gibt gewisse
Hintergrundinformationen preis

Lassen Sie mich deutlich machen, wer hier spricht, wer die Geschichte von Hattie, Martyn und Agnieszka erzählt, wer ihre Gedanken liest, ihre Handlungen beurteilt und sie zur Prüfung vorlegt. Ich tue das, ich, Frances Watt, zweiundsiebzig, *née* Hallsey-Cole, und vor Watt, wenn ich mich recht entsinne, aber nur kurzzeitig, Hammer; davor Lady Spargrove; davor – wir hätten nämlich geheiratet, wenn er nicht gestorben wäre – O'Brien. Ich – Lallies böse Mutter, Hatties gute Großmutter – will dafür sorgen, daß sich der neue Laptop, den mir meine Schwester Serena gekauft hat, bald amortisiert. Und das heißt Serena nacheifern und schreiben, schreiben, schreiben. *»Immer schön kritzeln, kritzeln, kritzeln!«* wie der Herzog von Gloucester zu Edward Gibbons sagte, als der ihm die anderthalb Millionen Wörter umfassende *Geschichte des Verfalls und Untergangs des Römischen Reiches* überreichte: *»Immer schön kritzeln, kritzeln, kritzeln! Nicht wahr, Mr. Gibbon?«*

Serena ist diejenige, die fürs Schreiben berühmt ist: Sie schreibt unentwegt, seit sie die Dreißig überschritten hat, fast ohne sich Zeit zum Nachdenken zu nehmen. Sie bezahlt alle – Haushaltshilfen, Sekretärinnen, Taxifahrer, Steuerberater, Finanzamt, Freunde, Kaufleute – dafür, daß sie verschwinden, damit sie weiterschreiben kann. Aber das bedeutet nicht, daß sie ein Monopol aufs Schreiben hätte. Ich selbst habe, seit Sebastian, mein Mann, im Gefängnis ist, endlich die Zeit und den Mut gefunden, das gleiche zu tun. Ein Mann im Haus kann jede Art von Anstrengung torpedieren, die ihn nicht mit einschließt, wie etwa ein Buch zu schreiben. Ich betreibe eine kleine Kunstgalerie in Bath, die ich allerdings nicht täglich öffne, damit mir genügend Zeit bleibt.

Hattie, das geliebte einzige Kind meiner einzigen Tochter Lallie, hat mich heute abend angerufen, um mir zu sagen, sie werde wieder arbeiten gehen und habe ein Au-pair für ihr Baby gefunden und Martyn sei deswegen hin- und hergerissen. Wieder arbeiten. Ist das nun etwas Gutes oder nicht? Was kann ich dazu sagen? Als die Urgroßmutter, zu der sie mich gemacht hat, würde ich sagen, sie sollte ihr Leben auf das Baby konzentrieren. Als ihre Großmutter wünsche ich mir, daß sie in die Welt zurückkehrt und sich ein bißchen amüsiert und Affären mit Männern hat – das Leben ist zum Leben da, nicht nur dazu, Leben weiterzugeben. Ich mag Martyn wirklich gern, aber soweit ich weiß, ist er erst der zweite Mann, mit dem sie im Bett war, und das scheint mir doch ein gewisses Handicap zu sein.

Hattie wird sich nicht ohne weiteres im häuslichen Leben einrichten, so viel ist selbst mir klar. Die Viktorianer haben Mädchen wie sie bedauert: schlauer, als ihnen guttut, nie damit zufrieden, Anhängsel des Mannes zu sein – Tochter, Mutter, Schwester, Ehefrau –, immer nach einer Identität strebend, die ihre und allein ihre wäre, während sie in einer Gesellschaft lebten, die ihnen untersagte, diese Identität zu finden. Solche Mädchen geben schlechte Mütter und noch schlechtere Ehefrauen ab. Das war die Weisheit der alten Welt.

Martyn hat, soweit ich weiß, romantische Vorstellungen von einer Vollzeit-Ehefrau und Mutter für sein Kind, doch ich weiß auch, wie unrealistisch seine Vorstellungen sind. Heutzutage braucht ein Paar zwei Einkommen, um über die Runden zu kommen. Und Hattie wird dem neuen Mädchen garantiert zuviel zahlen: Sie hat die Großzügigkeit ihrer Großtante Serena geerbt, aber nicht die Mittel, um diese Eigenschaft zu finanzieren. Je größer die Schuldgefühle der Mutter, desto höher der Lohn des Au-pair – oder genau andersrum, weil sich die Mutter, die an falscher Stelle Parallelen zieht, darüber aufregt, daß das Mädchen überhaupt einen Lohn für ihren Liebesdienst erwartet, ganz zu schweigen von freier Zeit oder gar romantischen Rendezvous im Haus. Aber Hattie dürfte zum besorgten Typ gehören, und das kann sie teuer kommen.

Meine Enkeltochter Hattie ist dreiunddreißig. Sie hat eine spitze Nase, ein kantiges Kinn und prachtvolle rotgoldene Haare wie auf einem Gemälde der Präraffaeliten – an manchen Tagen lockig, an anderen kraus –, die sie in einer Art Wolke um ihr Gesicht herum trägt. Ich habe die gleichen Haare, nur daß meine angenehmerweise ganz weiß geworden sind. Auch sie werden als prachtvoll bezeichnet und passen zu mir. Hattie hat sehr lange Beine: sicher ein Erbe ihres Vaters, da die ihrer Mutter Lallie eher kurz sind, mit stämmigen Waden. Nicht daß irgendwer Bengts Beine gesehen hat, außer Lallie (vermutlich) kurz, vor langer Zeit und in weiter Ferne, bei Hatties Empfängnis. Lallie ist eine schmollmundige, üppige, sinnliche Schönheit mit rosigem Teint, ganz anders als ihre schlanke, blasse, zurückhaltende Tochter mit den hohen Wangenknochen und langgliedrigen Fingern. Rein vom optischen Eindruck her möchte man meinen, die Tochter und nicht die Mutter hätte mit ihrem Flötenspiel Weltruhm erlangt, aber es ist genau andersherum.

Hattie hat, was ihre Großtante Serena »gute Knochen« nennt, und man kann sich darauf verlassen, daß Männer den Kopf nach ihr drehen und sie anstarren, wenn sie einen Raum betritt: Schon erstaunlich, welche Selbstsicherheit das einer jungen Frau verleihen kann. Derzeit ist sie allerdings nicht mehr schlank, sondern regelrecht hager. Der Streß, ein Neugeborenes versorgen zu müssen, macht sich bei ihr bemerkbar. Vielleicht ist es aber auch so, daß manche Frauen eben blaß und schmal werden, wenn sie ein Kind bekommen haben, so wie andere die runde Rosaröte einer guten Schwangerschaft beibehalten. Der Körper ist eben eigenwillig und geht normalerweise genau in die Richtung, in die sein Bewohner ihn nicht lassen will.

Der Trick mit dem Körper wie mit so vielem im Leben besteht darin, die Parzen nicht wissen zu lassen, wie verzweifelt man aus irgendwelchen Gründen ist. Man muß locker wirken und lässig tun, muß »Ochs am Berg« mit dem Leben spielen. Hattie und ihre Cousins und Cousinen haben dieses Spiel seinerzeit am Caldicott Square gespielt. Ein Kind steht vor der Gruppe und kehrt ihr den Rücken zu. Die anderen bewegen sich heimlich voran. Der Spielführer vor ihnen dreht sich urplötzlich um. Jeder, der bei einer Bewegung oder selbst beim Kichern erwischt wird, fliegt raus. Also nicht bewegen, nicht kichern: nicht den Parzen zeigen, daß man sich Sorgen macht, dann ist es auch weniger wahrscheinlich, daß man direkt vor der Hochzeit einen Bläschenausschlag bekommt, vor dem Urlaub eine Mandelentzündung, Soor vor dem Ballabend und daß die Periode gerade dann einsetzt, wenn man das Tennisröckchen anzieht.

Hattie ist echt glücklich darüber, dünner zu sein als vorher, besänftigt die Parzen aber, indem sie laut sagt, es sei ihr egal, welche Kleidergröße sie hat – Hauptsache sie und Kitty sind gesund und munter. Martyn – fügt sie gerne hinzu – ist nun wirklich kein Mann, dem ein paar Pfund mehr die Lust verderben.

Genausowenig läßt sich Hattie anmerken, wie sehr sie sich darauf freut, wieder arbeiten zu gehen; statt dessen gibt sie anderen zu verstehen, daß sie wahrscheinlich wieder anfangen muß, Geld zu verdienen, weil es wirklich schwierig ist, von nur einem Gehalt zu leben. Solche den Parzen zugeworfenen Brocken tun es für den Moment: Hattie ist durch die schiere Macht ihres heimlichen Verlangens dünn geworden, ein neuer Job wartet auf sie, und jetzt hat ein günstiges Schicksal ihr auch noch zu Agnieszka verholfen. Hattie liebt die kleine Kitty, ja natürlich. Manchmal ist sie geradezu überwältigt vor Liebe, drückt ihr Gesicht an das feste, nachgiebige, milchige Fleisch des Babys und denkt, daß sie nichts weiter im Leben braucht; aber natürlich stimmt das nicht. Es ist eben so fad daheim. Man hört Radio und müht sich, ein Meer von Unordnung einzudämmen – das Problem mit Babys besteht darin, daß alles ein Notfall ist: Man muß mit dem aufhören, was auch immer man gerade tut. Sie sehnt sich nach Klatsch, nach internen Machtkämpfen, nach dem aufputschenden Effekt von Abgabeterminen und der blubbernden Seifenoper des Bürolebens. Sie vermißt die Gespräche ebensosehr wie das Gehalt. Kitty liegt da, gluckst und spuckt das Essen aus, das Hattie ihr einverleibt hat, und ist kein Quell von Unterhaltung, nur von Liebe, empfangener wie gegebener. Das Credo lautet: *love is all you need*, aber es ist nicht wahr. Daß sie nichts weiter als Liebe braucht, gilt nur für einen Teil ihrer Zeit. Also ist Martyn »hin- und hergerissen«. Ich kann's mir gut vorstellen.

Hin- und hergerissen

»Aber Hattie«, sagt Martyn, »wir haben hier ein Problem.«

»Und das wäre?« fragt Hattie.

»Wie moralisch ist es, wenn wir von einem fremden Menschen verlangen, sich um *unser* Kind zu kümmern? Vielleicht basiert das Prinzip bezahlter Kinderbetreuung ja schon auf Ausbeutung. Ich weiß, daß es praktisch ist, aber ist es auch richtig?«

»Das hat's doch immer schon gegeben«, sagt Hattie und läßt zu, daß sich ein Hauch Irritation in ihre Stimme schleicht. »Die mit der besten Ausbildung kriegen das meiste Geld. Ich nutze meine Fertigkeiten, um welches zu verdienen; sie nutzt ihre natürliche Begabung, um welches zu verdienen. Es gibt mehr Frauen wie sie als Frauen wie mich, also lassen wir sie unsere Babys hüten.«

»Aber in einer gerechten Gesellschaft«, sagt Martyn, »wäre der Maßstab umgekehrt, und wir würden zum Ausgleich für die Mühen unserer Arbeit bezahlt und nicht für das Vergnügen belohnt, das wir daraus ziehen.«

»Dies ist keine gerechte Gesellschaft«, sagt Hattie. »Basta.«

»Du bist so streitlustig«, beschwert er sich, dabei gefällt es ihm, etwas von ihrer früheren Power zu spüren. Bestimmt wird sie schon bald wieder ganz die alte sein, und damit dürfte sich auch ernährungsmäßig alles zum Besseren wenden. Aber er ist noch nicht fertig.

»Wir sind beide der Meinung, daß ein Kind großzuziehen das Wichtigste ist, was man tun kann, und daß diese Tätigkeit entsprechend honoriert werden sollte. Und ein
Hort ist wahrscheinlich die beste Alternative, wenn man
sein Kind nicht selbst betreuen will.«

Aber Hattie hat gewonnen, und seine Stimme erstirbt, als
sie ihm einen Kuß gibt oder vielmehr an seinem Ohrläpp-
chen knabbert, um ihm zu zeigen, daß sie nicht sauer ist.
Wenn es besseres Essen im Kühlschrank geben soll, dann
muß Hattie arbeiten gehen, und in dem Fall wäre es Martyn schon lieber, sein Kind würde zu Hause versorgt statt
in eine Krippe gebracht werden. Er hat nicht fragen mögen, wie alt Agnieszka ist und was Hattie über ihre äußere
Erscheinung weiß. So etwas hat er nicht nötig. Ihm steht
das Klischee eines polnischen Mädchens vor Augen: blaß,
dünn, mit hohen Wangenknochen und kleinem Busen,
attraktiv, aber Sperrgebiet.

Hattie hat schon alles arrangiert. Agnieszka wird bei ihnen
wohnen. Diese unbekannte Person wird ohne vorherige
Prüfung das Gästezimmer beziehen, sich in erster Linie um
das Baby kümmern und Hausarbeiten wie Kochen oder
Wäschewaschen übernehmen, sofern sie die Zeit dafür findet: Sie wird samstags und sonntags frei haben und außerdem drei Abende unter der Woche, um zu ihren Abend-
kursen zu gehen. Sie wird großzügige £ 200 pro Woche
bekommen, natürlich bei freier Kost und Logis. Babs, die
es gewohnt ist, Personal einzustellen, ist in der Angelegenheit zu Rate gezogen worden, und das hat sie empfohlen.

Martyn weist darauf hin, daß Hattie mindestens £ 300 pro
Woche wird verdienen müssen, um bei diesem Geschäft
ihren Einsatz herauszubekommen – vielleicht sogar mehr,

falls das Mädchen mit einem guten Appetit gesegnet ist. Hattie sagt, sie werde £ 36 000 pro Jahr verdienen, und Martyn stöhnt, das sei lächerlich wenig: Hattie erinnert ihn daran, daß sie jetzt, da ihre alte Stelle besetzt ist, rein formell ziemlich nahe am unteren Ende der Lohnskala wieder einsteigen muß, auch wenn sie mit einer raschen Beförderung rechnet.

»Wenn wir Glück haben«, sagt Martyn, »ist diese Agnieszka magersüchtig. Damit sparen wir schon Geld fürs Essen. Aber hey, wenn du sie unbedingt willst, nur zu. Dann verbringen wir eben unsere Abende und unser Leben mit einer Fremden. Okay. Vergiß nur nicht, schriftliche Zeugnisse zu verlangen.«

Martyn liebt Hattie. Meinungsverschiedenheiten gehören einfach mit zu ihrem Leben. Er liebt es, sich an ihr zu reiben, wenn sie in der Küche stehen; er liebt ihre warme Rundheit, die so anders ist als sein kantiger Körper. Er liebt die Leichtigkeit ihrer Unterhaltungen, ihr spontanes Lachen, ihre Entschlußkraft, daß sie nicht zögerte, als sie herausfand, daß sie schwanger war, sondern nur seufzte und sagte, das sei eben Schicksal, warum dagegen ankämpfen?

Martyn kommt aus einer schwierigen, streitsüchtigen Familie, die überall nach Kränkungen und Beleidigungen sucht und immer fündig wird und ein ungewolltes Kind ohne zu überlegen abtreiben würde. Als er Hattie auf einer Friedensdemo kennenlernte, ahnte er nicht einmal, daß Leute auch so sein können, daß nicht überkochende Wut, sondern ein schierer Überfluß an positiven Gefühlen sie zum Protest auf die Straßen trieb. Es war eine vorherbestimmte Begegnung. Wogende Menschenmassen schoben sie durch eine Gasse hinter dem Centre Point und einander in die Arme. Er bekam eine Erektion und entschuldigte sich, schrecklich verlegen und mit hochrotem Kopf, wo es doch angemessener gewesen wäre, die Sache zu übersehen, so zu tun, als wäre gar nichts passiert. Sie sagte:»Keine Ursache, ich nehme das als Kompliment.«

Binnen drei Wochen war er zu ihr gezogen, und jetzt haben sie ein eigenes Haus und ein Baby. Er würde sie gern heiraten, aber sie will nicht. Sie sagt, sie habe keinen Respekt vor dieser Institution, wie er übrigens auch nicht, jedenfalls im Prinzip. Beide sind, die Ehen in ihrer unmittelbaren Verwandtschaft vor Augen, zu dem Schluß gekommen, daß dies nichts für sie ist. Beide finden es beunruhigend, wie kompliziert eine Scheidung ist und wie häufig es dennoch dazu kommt. Aber er hat weniger Einwände dagegen, Hattie anzugehören, als umgekehrt. Das macht ihm Sorgen. Er liebt sie mehr als sie ihn.

»Was gibt's zum Abendessen?« fragt Martyn, nachdem er alle Hoffnung aufgegeben hat, etwas Eßbares im Kühlschrank zu finden, und küßt dabei ihren Nacken, wodurch ihr Zorn sofort schmilzt.

»Ich muß erst fertig bügeln«, sagt Hattie. Ihre Mutter Lallie hat kaum je im Leben ein Bügeleisen in die Hand genommen. Es dürfte also eher nicht in den Genen liegen. Aber schließlich ist Lallie eine Künstlerin, und Hattie ist erklärtermaßen keine, daher muß die Tochter auf die normale Tour für Harmonie sorgen, nicht indem sie die Luft mit Musik erfüllt, sondern indem sie anderen eine behagliche Atmosphäre bietet.

Trotzdem hört Hattie auf zu bügeln. Dafür braucht es keine große Überredungskunst. Für die zarte Babyhaut hat sie

Sachen aus Baumwolle, Wolle und Leinen gekauft, alles reine Naturfasern, mit organischen Farbstoffen gefärbt. Jetzt bereut sie das. Kunstfasern trocknen schneller als natürliche, ohne beim Waschen zu verfilzen, einzugehen oder sich zu verfärben. Sie sind aus guten Gründen entwickelt worden. Das Babybettchen ist immer feucht, weil ökologisch korrekte Frotteewindeln weniger saugstark sind als die zum Wegwerfen. Dem Baby dürfte es ziemlich egal sein, auf welche Sorte Stoff es sein Essen ausspuckt. Doch jetzt bleibt das an Hattie hängen, worauf sie sich einmal festgelegt hat, und sei es auch nur wegen der Kosten für einen Ersatz; außerdem mag sie es ja, wenn alles hübsch aussieht. Es gibt immer noch ein paar Sachen zum Bügeln, aber wann gäbe es die nicht? Martyn fühlt sich vielleicht weniger gestreßt, wenn er einen Happen ißt. Sie selbst hat keinen Hunger. Sie öffnet eine Dose Thunfisch und ein Glas Mayonnaise und macht ein paar tiefgefrorene Erbsen warm. Martyn hat einmal vorschnell geäußert, wie gern er tiefgefrorene Erbsen möge.

»Babs und ich werden unsere Büros nebeneinander haben«, sagt sie, als die Erbsen auf dem sprudelnden Wasser zu tanzen beginnen. »Und wir können uns für den Heimweg ein Taxi teilen.«

»Ein Taxi!« sagt Martyn. »Wenn wir uns ein Au-pair leisten, dann sind Taxis erst einmal gestrichen, egal wohin.«

Er weiß, daß Thunfisch nahrhaft ist und zusammen mit Brot und Erbsen eine ausgewogene Mahlzeit darstellt, aber trotzdem klebt einem dieses Zeug aus der Dose im Mund. Die Erbsen sind nicht einmal sattgrüne *petits pois* (zu teuer), sondern groß, hart und bläßlich. Das Brot ist dunkles Scheibenbrot ohne Konservierungsstoffe. Im Haushalt seiner Mutter gab es pünktlich und regelmäßig reichliche Mahlzeiten, ganz gleich wie verbiestert und gehässig diejenigen waren, die um den Tisch herum saßen. Das Brot war frisch, knusprig und weiß. Aber jetzt ist in seinem eigenen Haus das Konzept »Mahlzeit« praktisch abgeschafft worden. Seit Kittys Geburt essen er und Hattie, um ihren Hunger zu stillen, doch der packt sie nur selten im selben Moment. Ja, es wird Zeit, daß sie wieder arbeiten geht.

Pluspunkte an der Basis

»Hattie«, sage ich, »was ich davon halte, ob du wieder arbeiten gehst oder nicht, ist unwichtig. Du machst doch, was du willst, wie immer.«

»Aber ich hätte gern deinen Segen, Uroma«, sagt sie. Das ist mir schon klar, und es rührt mich. Allerdings habe ich sie gebeten, mich nicht Uroma zu nennen. »Großmutter« ist am besten, »Großmama« in Ordnung, »Oma« ordinär und »Uroma« lächerlich, doch Hattie macht, was sie will, wie immer.

Seit Kitty auf der Welt ist, nimmt sie das Recht für sich in Anspruch, mich noch tiefer in die Vergangenheit zu schieben, mich eine Generation weiter in Richtung öffentliche Mißachtung zu versetzen. Sie hat mich völlig korrekt Großmutter genannt, bis sie Martyn kennenlernte, worauf sie es sich angewöhnte, mich Oma zu nennen, vermutlich aus Loyalität zur proletarischen Herkunft ihres Partners. Einen Vater zu haben, der bei einem Elektrikerstreik gestorben ist, stellt eine außergewöhnliche Qualifikation in den politjournalistischen Kreisen dar, in denen Martyn arbeitet. Wer mit solchen Vorfahren aufwarten kann, mag sich durchaus bemüßigt fühlen, das auszunutzen. »Großmutter«, ja sogar »Großmama« riecht nach Mittelschicht, und die jungen Leute von heute sind scharf darauf, als der Arbeiterklasse zugehörig betrachtet zu werden.

28

Und wenn sie mich das nächste Mal besuchen kommt, wird sie mir Kitty hinhalten und wahrscheinlich sagen: »Lächel mal schön für Uroma«, das Kindchen wird seinen zahnlosen Gaumen entblößen, und ich werde entzückt zurücklächeln. Ich bin meiner Familie von ganzem Herzen zugetan, natürlich auch Hattie und Kitty und sogar Martyn, obwohl der nicht immer ein Ausbund von Frohsinn ist, aber schließlich kann man das auch von Hattie nicht behaupten, jedenfalls bestimmt nicht, seit sie das Baby bekommen haben.

Martyn ist groß, über einsachtzig, kräftig gebaut, mit sandfarbenen Haaren und hohlen Wangen, aber ansonsten recht attraktiv. Die Mädchen mögen ihn. Er hat sein Studium der Politik- und Wirtschaftswissenschaften an der Keele University mit Bestnoten abgeschlossen und ist Mitglied von Mensa. Anfangs wollte er Hattie dazu bringen, ebenfalls dem Club beizutreten, aber sie hat abgelehnt, weil sie es nicht gerade geschmackvoll findet, sich intellektuell über andere zu erheben. Dabei spielt vielleicht eine Rolle, daß auch ihre Mutter Mensa-Mitglied geworden war, und zwar zu der Zeit, als man den zum Beitritt berechtigenden IQ-Test noch per Post einsenden, sich also von Freunden beim Ausfüllen helfen lassen konnte. Martyn trägt eine Brille, seit er fünf ist. Seine Schultern sind leicht gerundet, weil er sich über so viele Computer beugen muß, über so viele Lehrbücher, so viele Berichte und Auswertungen.

Seine Mutter Gloria, dreiundvierzig Jahre alt, als Martyn geboren wurde, das Jüngste von fünf Kindern, war genauso grobknochig gebaut und damit doppelt so breit wie Martyns Vater. Der war schmächtig, vererbte seinem Sohn aber die sandfarbenen Haare und hohlen Wangen. Nur daß Martyn gesund aussieht, was man von Jack wohl nie sagen konnte, jedenfalls nicht nach heutigen Maßstäben. Fritten-

Sandwiches, Bratfisch, Erbsenmus und sechzig Zigaretten am Tag sorgten dafür, daß sich seine Arterien verstopften und seine Lungen schwarz verfärbten. Erstaunlich, daß er überhaupt so lange durchhielt. Gloria lebt noch, allerdings mittlerweile in einem Pflegeheim in Tyneside. Martyn und Hattie besuchen sie zweimal pro Jahr, aber keiner der Beteiligten freut sich auf diese Besuche. Gloria findet Hattie vom Wesen wie vom Aussehen her überkandidelt. Die anderen Geschwister wohnen näher bei ihrer Mutter und gehen sie öfter besuchen.

Martyn ist der einzige von ihnen, der studiert hat. Die anderen hätten das auch gekonnt, wollten aber nicht. Die waren eben so: solche Hitzköpfe, daß sie sich die eigenen Finger verbrannten. Ihr Vater Jack trat 1946, als Jugendlicher, in die Kommunistische Partei ein und 1968, als Rußland in die Tschechoslowakei einmarschierte, wieder aus, kämpfte aber weiterhin für die Rechte der Arbeiterklasse, nur mit weniger radikalen Positionen. Während eines Einsatzes als Streikposten erlitt er dann einen tödlichen Herzinfarkt. Zu schade, sagten seine Freunde, wäre er durch polizeiliche Brutalität umgekommen, hätte er der Sache besser gedient.

Jacks Haar begann schütter zu werden, als er in seinen Dreißigern war. Martyn befürchtet, daß ihm das gleiche blühen wird: Er haßt es, Haare in seinem Kamm zu sehen, wenn er morgens vor dem Spiegel steht. Das Badezimmer ist klein und meistens vollgehängt mit nassen, umweltfreundlichen, langsam trocknenden Kleidungsstücken.

Zur Zeit habe auch ich so einige Pluspunkte an der Basis vorzuweisen. Sebastian, mein Mann, sitzt in einem holländischen Knast, wo er eine dreijährige Strafe wegen Drogenhandels abbrummt. Sein Name arbeitet gegen ihn. Er klingt zu nobel. Er erregt Aufmerksamkeit. Ich habe ihm geraten, sich Frank oder Bill zu nennen, aber in der Hinsicht haben die Leute einen merkwürdigen Stolz und fühlen sich ihren Eltern gegenüber verpflichtet, die ihnen den Namen gegeben haben, wie Hattie gegenüber Martyn schon in bezug auf Agnieszka bemerkt hat. Sebastian versuchte, glaube ich, ohne Genaueres zu wissen, das Glastonbury Festival mit Ecstasy zu beliefern, was ein weiterer zum Scheitern verurteilter Versuch gewesen wäre, unsere finanziellen Probleme zu lösen. Die haben sich infolgedessen natürlich noch weiter verschlimmert, aber es gibt auch Tröstliches zu vermelden: Ich habe meinen neuen Computer und einen Roman, den ich in Frieden schreiben kann. Ich kann mich im ganzen Bett ausbreiten, statt mit einem Drittel davon vorliebnehmen zu müssen; ich kann Radio hören, soviel ich Lust habe, und jetzt, wo die panische Angst, die schreckliche Sorge um Sebastians Wohlergehen, aber auch die Empfindung, öffentlich gedemütigt zu sein, nachgelassen haben, möchte ich mich beinahe glücklich nennen. Mit anderen Worten, man kann sich an alles gewöhnen.

Und es ist erstaunlich, daß sich selbst in meinem Alter die Freier scharen, sobald der Herr des Hauses fort ist. Wie Honig für die Wespen sind sie, die frisch Geschiedenen, die Strohwitwen und die Knastwitwen, für die männlichen Wesen, die des Weges kommen, insbesondere die besten Freunde des Gatten. Wenn es von vornherein keinen Mann gibt, ist die Anziehungskraft gleich erheblich geringer. Männer wollen, was andere Männer haben, nicht was sie mühelos haben können. Also bleiben die Einsamen einsam und die Beliebten beliebt; der Sprung von der einen zur anderen Daseinsform ist schwierig, wenn auch nicht unmöglich. Echte Witwen kommen klar, wenn sie eine dicke Lebensversicherung geerbt haben. Andernfalls ist ihnen ein schweres Los beschieden: Ein Grab, zu frisch für den Grabstein, macht nervös, und steht der Stein erst einmal, wird alles nur noch schlimmer. Wer einen Gatten verliert, verliert auch den nächsten. Die Strohwitwe dagegen ist gut dran, die Aussicht auf eine kurzzeitige Übung in Lust und Liebe mit absehbarem Ende verlockend. Das Alter hat wenig damit zu tun, heutzutage, wo ein Mann mit sechzig alt und eine Frau mit sechzig jung erscheint. Also habe ich Verehrer, die mich nicht interessieren – darunter einen pensionierten Professor für Philologie aus Nottingham, einen Kunststudenten, der fälschlicherweise glaubt, ich hätte Geld, und »ältere Frauen« mag, und einen Fernsehspiel-Autor der alten Schule mit schlechter Auftragslage, der eine Verbindung zu Serena für nützlich erachtet. Doch wie Penelope ermutige ich die Freier nur bis dahin und nicht weiter. Ich habe keineswegs die Absicht, Sebastian zu betrügen. Ich liebe ihn, auf die altmodische, kritische, aber unerschütterliche Weise meiner Generation, die erst liebte und dann nachdachte. »*Die Männer sind von Zeit zu Zeit gestorben, und Würmer haben sie gefrühstückt, aber keiner starb an der Liebe*«, sagt Shakespeare, und das trifft auch auf Frauen von heute zu, wenn auch nicht auf uns, die wir von gestern sind. Wir sind noch aus Liebe gestorben, wir schon.

»Wie es mir *wirklich* geht?« erwidere ich auf Hatties Frage. »Wie es mir *wirklich* geht? Ich bin wütend auf Sebastian.«

»Aber nicht doch«, sagt sie, »ich bin mir sicher, daß er genug zu leiden hat.«

»Ich leide auch«, bemerke ich. »Ich habe meine Freier. Aber ich muß zugeben, daß mir die Rolle der Penelope nicht liegt. Drei Jahre sind eine lange Zeit.«

»Bitte red nicht so!« ruft sie. »Benimm dich einfach wie eine Großmutter und warte.«

»Er hätte mal einen Blick nach hinten werfen sollen«,

erwidere ich. »Ein Streifenwagen ist denen vierzig Meilen lang gefolgt, und sie haben sich nicht mal die Mühe gemacht, in den Rückspiegel zu gucken. In einem Auto, das mit Drogen vollgepackt war!«

»Vielleicht wußte er nicht, daß es Drogen waren. Und er saß ja nicht am Steuer.«

»Jetzt mach aber mal halblang«, sage ich. »Fang du nicht auch noch an, ihn zu entschuldigen. Als ich ihn das letzte Mal sah, erklärte er mir: ›Ich hab's für dich getan.‹ Das macht mich heute noch sauer. Schließlich hat *er* die Tat begangen und nicht ich.«

Hattie lacht und sagt, es stimme schon, Männer hätten ein Talent dafür, ihren Weibsleuten alles in die Schuhe zu schieben, was schiefgeht. Martyn etwa macht die Haustür auf, dreht sich zu ihr um und sagt: »Aber es regnet«, als wäre das ihre Schuld.

Sebastian ist mein dritter Ehemann, der vierte, wenn ich Curran mitzähle, also denke ich schon, daß ich eine Ahnung davon habe, wie die Männer so sind, im Haus und draußen. Ich erfreue Hattie mit Geschichten von Gatten, die sich den Schmerbauch tätscheln und ihrer Frau dabei lächelnd erklären, sie sei daran schuld, weil sie so gut koche, die ihnen ihre eigenen Seitensprünge anlasten (Deine Schuld, daß ich mit ihr geschlafen habe: Du hast mir die kalte Schulter gezeigt, hast zu laut geschnarcht, bist nicht genug da gewesen – was auch immer). Deine Schuld, daß ich meine Arbeit verloren habe, du hast mir meine Hemden nicht gebügelt. Deine Schuld, daß ich im Gefängnis sitze, ich hab's für dich getan. Serenas Exmann George gab das Bildermalen auf und warf in späteren Jahren natürlich Serena vor, daß sie es nicht vermocht hatte, ihn von diesem Entschluß abzubringen. Man sollte nie versuchen, einen Mann zu etwas zu bewegen, sagt Serena, was er nicht will. Es erweist sich immer als Bumerang.

Ich liebe dich, ich liebe dich, so tönt der Mann, wenn er auf der Balz ist. *Alles deine Schuld,* wenn er dann wieder auf die Walz geht.

Ich fand und heiratete Sebastian, als ich achtunddreißig war. Er war vierzig. Wir bekamen keine Kinder miteinander. Er hatte zwei aus einer früheren Ehe, meine zwei kamen von anderswoher. Ich kann nur hoffen, daß der Knast nicht die gleiche Wirkung auf Sebastian haben wird wie der Herzinfarkt auf George: daß er nicht wie George irgendeinem Therapeuten begegnen wird, der ihn in dem Glauben bestärkt, an allem sei ohnehin nur die Ehefrau schuld, und die einzige Chance zu überleben bestehe darin, sie zu verlassen. Die Bande zu kappen, die einen festhalten. Es ist eine ziemlich unsinnige Sorge. Zum Glück sind psychologische Berater in holländischen Gefängnissen Mangelware.

»Papperlapapp«, sage ich zu meiner Enkeltochter, »Sebastian war bloß auf ein bißchen Nervenkitzel aus.« Aber ich räume ein, daß das mit den Freiern ein Scherz sein sollte, daß ich geduldig auf die Rückkehr meines Mannes warten will, und das werde ich auch.

Ein Wunder, daß wir es geschafft haben, Sebastians Verurteilung vor der Presse geheimzuhalten. Er ist Serenas Schwager und könnte schon dadurch Aufmerksamkeit erregen. Und obwohl ich ihr erkläre, daß Publicity gut fürs Geschäft ist, sagt sie, dessen sei sie sich nicht so sicher; je mehr Menschliches, Allzumenschliches die Leute von dir erführen, desto weniger seien sie geneigt, deine Bücher zu kaufen, und sie will nun wirklich nicht wegen eines nichtsnutzigen

Schwagers bemitleidet werden. Mit ihren dreiundsiebzig Jahren arbeitet sie noch immer – Romane, Theaterstücke, ab und an etwas für die Zeitung: Selbständig zu sein heißt ja erst einmal, die Steuern fürs letzte Jahr zu erwirtschaften.

Als Sebastian eingelocht wurde, hat Serena unsere Hypothekenzahlungen übernommen, und die übrigen Rechnungen kann ich so eben gerade berappen. Ein bißchen was bringt auch die Galerie ein; selbst in den heutigen Zeiten der Objektkunst gibt es noch Leute, die Bilder in Rahmen kaufen. Serena reist etwa alle sechs Wochen per Linienflug in der Businessclass nach Amsterdam, um Sebastian zu besuchen: Cranmer, ihr erheblich jüngerer Mann – obwohl er mit fünfundfünfzig wohl kaum den jugendlichen Liebhaber geben dürfte – oder irgendein anderes Familienmitglied begleitet sie. Wir als Familie unterstützen einander auf jede erdenkliche Weise. Ich fliege meistens allein, mit easyJet von Bristol aus, und zu einem Viertel des Preises.

Ich vernehme Martyn im Hintergrund, der wohl meint, daß Hattie zu lange am Telefon schwatzt, und will, daß sie ihm mehr Beachtung schenkt. In seiner Familie wird nicht geschwatzt, in der von Hattie dafür um so mehr. Ich höre ihn das Radio anmachen, herumpoltern. Und warum sollte er auch nicht? Wenn der Mann arbeiten geht und Geld verdient und die Frau nicht, dann gebührt seinen Interessen auch Vorrang vor den ihren. »Wir sollten vielleicht mal Schluß machen«, sage ich. »Lieb, daß du angerufen hast. Ich komm schon klar, und ich finde, du solltest wieder arbeiten gehen.«

»Danke für deinen Segen, Oma«, sagt sie, legt aber noch nicht auf. »Mach dir keine Sorgen um Sebastian; der ist zäh. Und er hat ja seine Kunst, um sich warm zu halten. Ich erinnere mich, wie Uroma mitten beim Prozeß, also kurz vor

35

ihrem Tod sagte, in Gefängnissen gebe es zumindest kaum Zugluft. Na, da kann er ja direkt von Glück sagen.«

Hatties Urgroßmutter Wanda hatte drei Töchter: Susan, Serena und Frances, die jüngste, das heißt mich. Und Frances gebar Lallie, und Lallie gebar Hattie, und Hattie gebar Kitty. Wanda starb an dem Tag, als Sebastian zu seinen drei Jahren verurteilt wurde – und versetzte ihre Nachkommen zwar in tiefe Trauer, aber auch in die Lage, Zeit und Energie für Gefängnisbesuche aufzuwenden. Ich will damit nicht sagen, sie hätte ihren Tod so gelegt, daß er Sebastian etwas nützte, aber wenn ja, hätte dies durchaus zu ihr gepaßt. Sie erzog uns dazu, familiäre Verpflichtungen ernst zu nehmen, ganz gleich, was uns das abverlangte. Susan, unsere älteste Schwester, starb mit Ende Dreißig an Krebs. Meine Mutter war ein stoischer Mensch, aber seitdem, klagte sie, spüre sie die Kälte. Zugluft spielte in ihren späteren Lebensjahren eine große Rolle.

Hattie hat Sebastian noch nicht im Gefängnis besucht, obwohl sie sich immer nach ihm erkundigt und ihm schreibt. Nun gut, sie war schwanger und hat jetzt ein kleines Baby, und Martyn wäre es sicher lieber – was er natürlich nie offen sagt –, sie würde nicht gehen. Er hat seine Stellung bei dieser Zeitschrift zu bedenken und darüber hinaus seine politischen Ambitionen. Martyn hofft, bei den nächsten Parlamentswahlen als Kandidat aufgestellt zu werden, und will seine Chancen nicht durch einen im Gefängnis einsitzenden Stiefgroßvater beeinträchtigen.

»Schon gut, mein Schatz«, sagt sie zu Martyn. »Ich komme gleich. Ich glaube, ich habe die Autoschlüssel unter den Windeln vergessen.« Und sie verabschiedet sich von mir und legt auf.

Sebastian im Gefängnis

Sebastian darf zwei Besucher pro Woche empfangen, wenn
im Bijlmer-Gefängnis alles reibungslos läuft, und bisher tat
es das auch. Die Anstaltsleitung animiert ihn zum Malen.
Seine Zelle wurde so umgeräumt, daß er eine Staffelei darin aufstellen konnte. Es wird gern gesehen, wenn die Insassen sich kreativ betätigen. Man könnte seine Bilder an die
Wände dieser trostlosen Stätte hängen. Immerhin ist er Mitglied der Königlichen Akademie. Er kocht köstliche Curry-
gerichte für die anderen Insassen in seinem Block. Niemand
hat ihn vergewaltigt oder auch nur beschimpft. Die Wär-
ter sprechen ihn mit Mr. Watts an. Trotzdem ist das Bijlmer
ein Ort des Schreckens, voller beängstigender, lauter, schep-
pernder Geräusche, doch Schurken sind nur zeitweise
Schurken, und solange man aufpaßt, daß man ihnen nicht
über den Weg läuft, wenn sie gerade in den gewalttätigen
Verbrecher-Modus umgeschaltet haben, kann man unge-
schoren davonkommen. Das jedenfalls sagt uns Sebastian.

Aber ich will ihn zu Hause haben, wo er in Sicherheit ist
und die Vögel singen hören kann. Ich bemühe mich, nicht
zuviel an ihn zu denken. Er malt in Öl: Unser Haus riecht
immer noch danach, obwohl das Terpentin in den Marme-
ladegläsern eintrocknet und die Pinsel hart werden. Manchmal nehme ich aus dem Augenwinkel eine Bewegung wahr,
etwas, das nur sein Schatten sein kann, in der offenen Tür
zum Atelier. Bisher hatte ich nicht gewußt, daß auch die

Lebenden als Geister herumspuken können. Doch Sebastian schafft das. Es ist eine Art Gesellschaft, obwohl ich ihn lieber in Fleisch und Blut dahätte. Sebastian wurde vor fünfundzwanzig Jahren in die Königliche Akademie aufgenommen; sein Name brachte es in die Klatschspalten und seine Bilder in die Marlborough Gallery. Irgendwann wurde er sogar Mitglied des Kulturausschusses, ist es aber nicht mehr. Er malte weiter Landschaften in Rahmen, selbst nachdem alle anderen längst damit aufgehört hatten. Er ist ein Idealist und Romantiker. Und deshalb steckt er in Schwierigkeiten.

Sebastian glaubt an das Recht des Künstlers, in jedwedem frei gewählten Geisteszustand zu leben, ganz gleich, ob der nun natürlich ist oder chemisch herbeigeführt wurde, da auch Drogen gottgegeben seien. Genauso, sagt er mir, wie Frauen mit blassen Lippen sich etwa entscheiden können, Lippenstift zu tragen, um mehr Farbe zu bekommen. Er bestreitet das Recht einer jeden Regierung, dem Individuum diese Wahlmöglichkeit zu verwehren. Ansonsten ist er vollkommen vernünftig und wirklich charmant, aber er hört nicht auf mich, wenn ich mit der Stimme meiner Mutter Wanda sage, ein so praktisches Prinzip könne wohl kaum als Prinzip gelten, dafür sei es zu sehr mit Eigennutz versetzt.

Sebastian neigt nach Männerart dazu, taub gegen unbequeme Wahrheiten zu sein. Er hält sich für einen Liebling des Gottes, der ihm sein künstlerisches Talent gegeben hat. Sein Verteidiger beschrieb ihn als paraphren – ein Mensch, der in jeder Hinsicht außer einer geistig gesund ist. Seine Vertrauensseligkeit ist geradezu krankhaft. So traf er sich mit seinen Komplizen doch tatsächlich im Café der Königlichen Akademie und hielt das für eine perfekte Tarnung, obwohl die Damen aus der Provinz über ihrer Quiche und dem Weißwein die Nase rümpften angesichts der teuren, protzigen Anzüge und sachkundig von »Bling-Bling« sprachen. Als er dann in Holland von diesen seinen Freunden verpfiffen wurde, war Sebastian als einziger überrascht. Das ist meine Interpretation der Situation. Er hat mir nie die näheren Einzelheiten erzählt. Er hat sich geschämt.

Eine weitere Diskussion
über Moral nach dem Abendessen

»Bei deinen schwedischen Verbindungen«, sagt Martyn zu Hattie, »wundert es mich, daß du so eine Auffassung vertrittst.« Er will nicht locker lassen. Er ist zwar nicht mehr hungrig, aber unzufrieden und unbefriedigt, weil ihm neben den kulinarischen auch die erotischen Genüsse versagt werden. Baby Kitty schläft immer noch in ihrem Bettchen neben dem Elternbett. Martyn sieht zwar ein, warum, aber er wünschte, das Baby würde in einem anderen Zimmer schlafen. Manchmal wacht er nachts auf und greift nach seiner Frau, was ihm wie sein natürliches Recht vorkommt, nur um festzustellen, daß Hattie aufrecht dasitzt und Kitty stillt. (Er weiß, daß sie nicht seine Frau ist, sondern seine Lebensgefährtin, und sein »natürliches Recht« damit um so fragwürdiger: Das ist einer der unterschwelligen Gründe dafür, daß er sie gern heiraten würde, wenn er könnte.)

Hattie betrachtet das Kind mit zärtlicher Liebe, wie Martyn hofft, auch wenn er den Verdacht hat, daß es eher so etwas wie Erstaunen ist. Ihr ist nicht wohl dabei, mit ihm zu schlafen, während ihr die Milch tropft. Für jemanden, der eigentlich nicht gern daran denkt, was Stillen ist – so kuhartig –, fördert sie eine beachtliche Menge dieser süßlichen, zart duftenden Flüssigkeit aus ihren Brüsten. Auch Martyn findet das erstaunlich. Es erinnert ihn an einen Film über die Ausbeutung von Arbeitern in den malaysischen Kautschukplantagen, den er als Kind gesehen hat.

Die Rinde wurde eingeritzt, gelblicher, zähflüssiger Saft kam herausgesickert. Eklig. Er weiß, daß Stillen etwas Natürliches und Gutes ist, aber er wünschte, Kitty würde mit Fläschchennahrung gefüttert. Er mochte Hatties Brüste lieber, als sie noch erotische Signalgeber waren, als in ihrer Funktion, ein anderes Wesen zu nähren, selbst wenn dieses andere Wesen seinem Samen entsprungen ist. Eigentlich findet Martyn den Akt des Gebärens so absonderlich, daß er fast schon seine Fassungskraft übersteigt.

Seit der Geburt findet er, der den Naturwissenschaften früher so skeptisch gegenüberstand und dafür über die Natur sprach, wie andere Leute einst über Gott sprachen – als den Quell alles Guten –, sich im Lager derer wieder, die für Klonen, Retorte, Stammzellenforschung, die künstliche Gebärmutter, gentechnisch veränderte Feldfrüchte und dergleichen eintreten. Je weiter weg von der Natur und je weiter der menschlichen Intelligenz und Erfindungsgabe unterworfen, desto besser. Ihm ist durch den Kopf gegangen, daß ein Au-pair das Gästezimmer belegen und damit den Zeitpunkt, zu dem das Baby sein eigenes Zimmer bekommen und sich die Gelegenheit zu gutem, geräuschvollem, nicht unbedingt aufs Elternbett beschränktem Sex bieten würde, sogar in noch weitere Ferne rückt als bisher.

»Was hat denn mein schwedischer Vater mit irgendwas zu tun?« fragt Hattie. Martyn macht sie darauf aufmerksam, daß die Frau eines schwedischen Ministerpräsidenten, eine Vollzeit arbeitende Anwältin, kürzlich Ärger bekommen hat, weil sie ein Dienstmädchen beschäftigte, das ihr Haus putzte. Dies wurde als entwürdigend für sie selbst, ihren Mann und das Diestmädchen angesehen. In Schweden erwartet man, daß die Leute ihren Dreck selber wegmachen.

»Und nun sollen wir, die wir doch einmal angetreten sind, das neue Jerusalem zu errichten, eine Dienstbotin haben?« fragt Martyn. »Wo bleiben da unsere Prinzipien?«

Hattie ist drauf und dran loszukichern. Manchmal hat sie den Eindruck, er wende sich an eine öffentliche Versammlung, nicht an sie, aber da er eine Zukunft als Politiker hat, verzeiht sie ihm: Er muß eben schon mal üben.

»Das ist keine Dienstbotin«, gibt Hattie in entschiedenem Ton zurück. »Das ist ein Au-pair-Mädchen. Oder ein Kindermädchen. Ich weiß nicht, wie sie sich lieber nennen läßt.«

»Wie auch immer – dieses Mädchen wird die Schmutzarbeit für uns machen, weil wir es uns leisten können, sie für uns machen zu lassen, und das Mädchen es sich nicht leisten kann, sie nicht zu machen«, sagt Martyn. »Was ist sie damit denn anderes als eine Dienstbotin? Komm auf den Teppich, Hattie. Mach von mir aus das, was am bequemsten ist, aber begreif bitte, was du da machst.«

»Wir führen eine faire und vernünftige Arbeitsteilung ein«, sagt Hattie von oben herab, weil sie erkennt, daß sie ihm auf die fröhliche Tour nicht beikommen wird.

»Hast du überhaupt schon daran gedacht, was es heißt, Arbeitgeber zu sein?« fragt Martyn. »Machen wir die Sache offiziell, zahlen Steuern, Versicherung und so weiter für sie? Das will ich doch hoffen.«

»Wenn sie Teilzeit arbeitet und bei uns wohnt, braucht sie die Versicherung nicht«, sagt Hattie. »Dann zählt sie mit zur Familie. Ich hab mich bei Babs erkundigt.«

»Du wirst dich sicher auch informiert haben, daß sie ein Visum für dieses Land hat?«

»Agnieszka braucht kein Visum. Sie kommt aus Polen«, sagt Hattie. »Wir sind jetzt alle Europäer. Wir müssen gastfreundlich sein und uns Mühe geben, es ihr hier so nett wie möglich zu machen. Das ist alles ganz schön spannend.«

Sie hat die undeutliche Vorstellung, daß Agnieszka ein einfaches Bauernmädchen aus einem rückständigen Land ist, kaum gebildet, aber von ihrer Mutter in den traditionellen Haushaltskünsten unterwiesen. Hattie wird sie schulen und aufklären und ihr zeigen können, wie fortschrittlich denkende Menschen leben.

»Ich wäre mir da nicht zu sicher«, sagt Martyn. »Womöglich findet sie es hier furchtbar und ist in einer Woche schon wieder verschwunden.«

Beide stammen aus alten Geschlechtern von wackeren Kämpen, die für ihre Prinzipien gern ins Feld ziehen.

Links, zwei, drei!

1897 tat sich Kittys Ur-Ur-Urgroßvater, ein Musiker, mit Havelock Ellis, dem Sexualwissenschaftler, zusammen, und schrieb dem Erzbischof von Canterbury einen Appell, das Recht junger Frauen auf freie Liebe anzuerkennen. Daraufhin verlor er seine Stelle als Direktor der Königlichen Akademie für Musik und mußte nach San Francisco fliehen, aber das gehörte eben zu den Opfern, die im Dienste des aufkeimenden Feminismus und zum Wohle der Menschheit gern erbracht wurden.

Kittys Ur-Urgroßvater, ein populärer Schriftsteller, ging Mitte der dreißiger Jahre in die Sowjetunion und wußte bei seiner Rückkehr von einem sozialistischen und künstlerischen Paradies zu berichten. Von da an hieß es links, zwei, drei für die ganze Familie, die bis heute mit dem linken Fuß voran marschiert, jedenfalls auf weiblicher Seite.

Als die Kampagne für nukleare Abrüstung begann, marschierte Kittys Ur-Urgroßmutter Wanda von Aldermaston nach London, begleitet von ihren Töchtern Susan, Serena und Frances. 1988 wurde Serenas zweiter Mann George für seine Teilnahme an der Demonstration gegen den Vietnamkrieg auf dem Grosvenor Square verhaftet. In den siebziger Jahren warfen Serenas Jungs Oliver und Christopher, mit Kapuzenmützen vermummt, Anisbonbons über Mauern, um die Wachhunde abzulenken – allerdings wüßte ich nicht mehr zu sagen, worum es dabei ging. Serena und George beherbergten in ihrem Haus am Caldicott Square eine Anti-Apartheid-Aktivistin. Susans Kinder und Enkel gehen immer noch zu Demonstrationen gegen den Irakkrieg. Es liegt ihnen im Blut. Selbst Lallie setzt ihren Namen auf Unterschriftenlisten, um Kälber vor dem Export zu retten. Und Hattie hat auch schon an Mahnwachen gegen genmanipulierte Feldfrüchte teilgenommen – obwohl es dann doch eine Friedensdemo war, bei der sie und Martyn, in einer Gasse aneinandergequetscht, sich kennengelernt haben. So oder so kann es einen nur wundern, daß die Welt immer noch nicht vollkommen ist. Die reaktionären Kräfte müssen sehr mächtig sein, daß sie angesichts so vieler guter Gefühle und Zukunftshoffnungen über so viele Generationen hinweg nicht längst bezwungen sind.

Kittys Vater bringt einen anderen Zug mit ein, eine eher methodische, hartnäckige, selbstgewisse Art Gen: Die Familie, besitzlos und unterdrückt, erhob sich, um ihre Rechte einzufordern. Martyn, ausgebildet und ausgehalten von ebendem fürsorglichen Staat, der aus diesen Kämpfen hervorgegangen ist, arbeitet als Redakteur für *Devolution*, eine philosophische und kulturelle Monatszeitschrift. Sie bringt Artikel über allgemeine Planziele, Chancengleichheit und Daten zur Wirtschaftslenkung. Neuerdings glaubt Martyn daran, daß er die Welt von innen heraus verändern kann, und daher nicht mehr auf Demos gehen muß, wo sich die Menschen tummeln, die, anders als er, kein Insiderwissen haben. Ja, er ist sich ganz sicher, daß er dazu beitragen kann, die Welt zu verbessern.

Ich frage mich, was Kitty aus ihrem Leben machen wird? Wenn sie nach ihrem Vater kommt, dürfte sie wohl irgendwann bei einer nichtstaatlichen Organisation landen und sich beispielsweise um die Asbestarbeiter von Limpopo kümmern. Neigt sie dagegen mehr zur mütterlichen Seite mitsamt dem ganzen Chaos und den ganz besonderen Talenten, sehe ich sie schon als Musikerin, Schriftstellerin, Malerin oder sogar zornige junge Stückeschreiberin. Vielleicht meinen Sie jetzt, ich übertreibe es ein bißchen mit der Macht der Gene, aber ich sehe doch, was die über Generationen hinweg anrichten können. Nein, wir sind die Summe unserer Vorfahren, da gibt es kein Entkommen. Baby Kitty schaut mich mit vorgeprägten Augen an, schon wenn sie die Ärmchen ausstreckt und lächelt.

Entgegenkommen

Schließlich bessert sich Martyns Laune ohne ersichtlichen Grund; er läßt sich den fremden Namen – »Annyeschkaa« – über die Zunge rollen und kostet dabei jede Silbe aus. »Klingt zumindest weniger trübselig als Agnes. Und du hast ganz recht. Es ist unsozial, ein Zimmer leerstehen zu lassen, wo der Wohnungsmarkt so überlaufen ist. Aber weißt du was, Hattie, ich hab immer noch Hunger. Hättest du auch Lust auf Fish and Chips?«

Hattie sieht ihn ziemlich beunruhigt an. Hat er nicht gerade gegessen? Kann er denn immer noch Hunger haben? Will er deshalb die Autoschlüssel? Um Fish and Chips zu holen? Ein Dutzend Gedanken schwirren ihr im Kopf herum, seltsam ungeordnet. Panierter Fisch ist in vielerlei Hinsicht ungesund, nicht nur für den einzelnen Konsumenten, sondern für den gesamten Planeten. Wiederverwendetes Öl ist krebserzeugend. Der Teig an sich macht dick. Falls der dazu verwendete Weizen nicht aus organischem Anbau stammt, dürfte er viele Male mit giftigen Chemikalien besprüht worden sein. Gut, den Teig kann man vor dem Verzehr abkratzen, aber die Meere werden leergefischt, und umweltbewußte Bürger haben ihren Konsum längst eingeschränkt. Und war da nicht auch etwas mit Delphinen? Die sich in Stellnetzen verfangen und auf qualvolle Weise verenden? Hattie glaubt sich zu erinnern, daß Delphine zwar gelegentlich Menschen vor Haien retten, aber neuerdings eine schlechte Presse haben: Anscheinend tun sich junge Männchen gern zusammen, um ein Weibchen von der Gruppe zu trennen und zu vergewaltigen. Andererseits hat Martyn oft gesagt, Fish and Chips erinnerten ihn an seine Kindheit in Newcastle – und liebt sie ihn denn nicht, will sie ihn denn nicht glücklich sehen?

»Du könntest ja einen Happen vom Inder holen«, sagt sie, was schon ein Entgegenkommen bedeutet. »Obwohl mich die Hebamme vor Curry gewarnt hat. Der landet nämlich auch in Kittys Milch.«

Von Zeit zu Zeit schaltet Martyn in den »Streuner-Modus«, wie Hattie das nennt: Dann stehen ihm die sandfarbenen Haare vom Kopf ab, die Haut in seinem Gesicht hängt zu locker über den Knochen, die Augen sind zu groß für ihre Höhlen. Das passiert immer, wenn er verzweifelt ist, ohne es zu merken. Und wenn es passiert, wird Hattie immer ganz schwach vor Zärtlichkeit, aber auch vor Mitleid. Sie kapituliert.

»Na schön«, sagt sie, »geh uns eine Ladung Fish and Chips holen.«

Agnieszkas Eintritt in Hatties Zuhause

Eine Woche später, und Agnieszka klingelt an der Tür des kleinen Reihenhauses Pentridge Road Nr. 26. Sie hat kräftige, praktische Hände mit fleckiger, welk wirkender Haut, die auf den Innenseiten ziemlich runzlig aussieht, also insgesamt nicht gerade zum Vorzeigen geeignet sind. Agnieszka, Ende Zwanzig, trägt eine braune Wildlederjacke, einen knielangen schwarzen Rock und eine weiße Bluse. Sie hat ein freundliches Gesicht, breit, mit hohen Wangenknochen, einen gut geschnittenen Bob aus dichtem, haselnuß- bis haselmausfarbenem Haar und ein ruhiges, zurückhaltendes Auftreten. Abgesehen von dem Hauch Sinnlichkeit, den ihr kleiner Mund mit der vollen Oberlippe vermittelt, scheint sie keinerlei Gefahr für die eheliche Harmonie darzustellen. Sie ist viel zu seriös für ein erotisches Techtelmechtel.

Die Türklingel müßte dringend repariert werden. Da ist irgendwo ein Kontakt lose, der Signalton nur noch ein stotterndes Brummen. Agnieszka klingelt kein zweites Mal, sondern wartet geduldig. Säuglingsgeschrei ertönt, erst von weither, dann aus der Nähe, und schließlich macht Hattie die Tür auf. Hatties Haare sind ungekämmt, und sie ist immer noch in ihrem Morgenmantel aus blauem Samt, der auf der Brust mit Porridgespritzern verkleckert ist und auf der Schulter mit etwas, das wie ausgespuckte Milch aussieht. Das Ding gehört längst in die Wäsche.

49

Agnieszka streckt die Arme nach dem Baby aus, und Hattie reicht ihr das Kind. Kitty ist so perplex, daß sie zu weinen aufhört und nur noch ein paar halbverschluckte Schluchzer von sich gibt, als sie wieder Luft holt. Sie sieht Agnieszka an und lächelt liebreizend, wobei sie einen winzig kleinen Zahn enthüllt, den Hattie zum ersten Mal sieht. Ein Zahn! Ein Zahn! Agnieszka wickelt das Kind fester in seine Decke und reicht Hattie ihre Handtasche zum Halten. Hattie nimmt sie. Es ist eine geräumige Handtasche aus schwarzem Leder, alt, aber gut gewienert. Hattie denkt, daß es Kitty vielleicht nicht passen wird, so in ihrer Bewegungsfreiheit eingeschränkt zu sein, doch Kitty scheint sich keineswegs daran zu stören. Ja, sie stößt sogar einen tiefen Schnaufer der Erleichterung aus, als hätte sie endlich ihr richtiges Zuhause gefunden, schließt die Augen und schlummert ein.

Agnieszka folgt Hattie durch die Diele ins Wohnzimmer und legt das Baby auf die Seite in sein Bettchen. Sie faltet die verdrückten Babylaken ordentlich zusammen, hält sie sich an die Wange, um sie auf Feuchtigkeit zu überprüfen, hängt diejenigen, die den Test bestanden haben, über den Rand des Bettchens und sammelt die anderen ein.

»Wo haben wir den Wäschekorb?« fragt sie. Hattie steht mit offenem Mund da und deutet dann zum Badezimmer hinüber. Das »wir« ist fast unerträglich beruhigend.

Aus dem Schlafzimmer, wo sie sich anzieht, erhascht Hattie einen kurzen Blick von Agnieszka, die im Badezimmer auf dem Etagenflur den überquellenden Wäschekorb sortiert. Weißes, Buntes, Babysachen, Nicht-Babysachen. Alles wandert der Reihe nach in Plastiktüten, bevor es wieder im Korb verschwindet. Nichts quillt mehr über. Die schmutzigen Windeln landen in einem zugedeckten Eimer.

Hattie erinnert sich daran, wie strikt Martyn verlangt hat, daß sie sich Zeugnisse vorlegen läßt, aber das käme jetzt einer Beleidigung gleich. Sie hat das Gefühl, eigentlich wäre sie diejenige, die Zeugnisse vorlegen sollte.

Agnieszka fragt, ob sie ihr Zimmer sehen kann. Martyn hat seine Anzüge auf dem Gästebett abgeladen, bevor er heute morgen zur Arbeit gegangen ist, und Hattie hat noch keinen neuen Platz für sie gefunden, weil sich das Baby heute bei allem anstellt. Agnieszka sagt, sie sei zufrieden mit ihrer Unterbringung, aber könnte sie vielleicht einen kleinen Tisch haben, als Arbeitsplatz? Wäre es Hattie recht, wenn Kitty in ihrem Bettchen bei Agnieszka im Gästezimmer schliefe, oder solle sie lieber weiterhin im Schlafzimmer bei ihren Eltern bleiben? Ob die Kleine mittlerweile nachts durchschlafe? Gut. Dann sei ersteres besser, weil sie, Agnieszka, Kitty dann windeln, anziehen und füttern könne, bevor Mr. Martyn, wie sie ihn bereits nennt, das Badezimmer brauche. Morgendliche Routine ist wichtig, sagt sie, wenn es im Haushalt glatt laufen soll. Während Kitty schläft, wird sie, Agnieszka, für ihr Studium lernen.

Und nun nimmt sich Agnieszka einen Stuhl, trägt ihn zur Eingangstür, steigt darauf und fummelt an den Drähten herum, die der Klingel ihren Strom liefern. Hattie hat nicht einmal gewußt, daß diese Drähte existieren, geschweige denn auch nur einen Gedanken daran verloren, daß man die Anlage reparieren kann. Agnieszka probiert sie aus, und siehe da! – der Ton ist fest und klar, nicht mehr stotternd und viel zu leise.

»Pssst«, sagt Hattie. »Weck bloß das Baby nicht auf.«

»Es ist gut, das Baby an normale Haushaltsgeräusche zu gewöhnen«, erklärt Agnieszka. »Wenn Kitty weiß, was die verschiedenen Geräusche bedeuten, dann wacht sie davon nicht auf. Babys werden nur von ungewohntem Lärm aus dem Schlaf gerissen. Das habe ich in Lodz gelernt, wo ich mich bei der Ashoka-Stiftung zwei Jahre lang mit dem Thema Kindesentwicklung beschäftigt habe, und es stimmt wirklich.«

Sie steigt vom Stuhl, stellt ihn auf seinen alten Platz zurück, nimmt dann den Zipfel eines feuchten Lappens und reibt eine kleine Ecke angetrockneten Babybrei weg, der da seit einiger Zeit klebt.

Agnieszka erzählt Hattie, sie sei mit einem Drehbuchautor in Krakau verheiratet und plane, Hebamme zu werden, müsse aber zuerst ihr Englisch verbessern. Ja, es falle ihr schwer, von ihrem Mann getrennt zu sein, den sie sehr liebe. Sie würde sich gern über Weihnachten zehn Tage frei nehmen, um ihn, ihre Mutter und ihre jüngere Schwester zu besuchen, der es gesundheitlich nicht gutgehe. Sie habe eine enge Bindung an ihre Familie. Agnieszka zeigt Hattie Fotos. Der Ehemann hat ein schmales, dunkles, romantisches Gesicht. Die Mutter sieht füllig und ein bißchen verbissen aus. Die Schwester, die um die sechzehn sein dürfte, ist zart und niedlich.

»Zehn Tage erscheint mir ziemlich wenig«, erklärt Hattie. »Sagen wir zwei Wochen; wir werden das schon irgendwie hinkriegen.«

Und so ist Agnieszka ohne weitere Verhandlungen oder Diskussionen eingestellt. Aber als erstes, sagt sie, muß sie die feuchte Wäsche in die Maschine geben. Plastikbeutel sind von unschätzbarem Wert, um im Notfall Wäsche zu sortieren, sagt sie, aber sie wird ihre eigenen baumwollenen mitbringen und zukünftig verwenden. Wenn man die

Wäsche vorsortiert, stellt man sicher, daß einem keine Fehler unterlaufen: daß nicht weiße Windeln Farbe von schwarzen Unterhosen annehmen oder Baumwollpullis im Kochwaschgang ausleiern. Vielleicht möchte Hattie es ja mal mit dem örtlichen Windelservice versuchen: Dieser Abhol- und Bringdienst kann einen billiger kommen, als die Wäsche zu Hause zu machen, wenn man die Kosten für Strom und Waschpulver miteinrechnet, und ist weniger belastend für die Umwelt.

Das Baby schläft noch immer, leise lächelnd. Hatties Leben springt in einen anderen, fröhlicheren Gang. Während Agnieszka die Weißwäsche im Auge behält – sie hat das Neunzig-Grad-Programm eingestellt, wie Hattie bemerkt, etwas, das sie selbst nie tut, weil die Maschine ja überlaufen und explodieren könnte, doch Agnieszka hat Mut –, geht sie zum Delikatessenladen um die Ecke, statt dem gesunden Menschenverstand folgend den Supermarkt anzusteuern, und kauft zwei große Gläschen von dem falschen, aber wie echt schmeckenden Kaviar, dazu saure Sahne, Blinis und Champagner. Sie muß aufhören, so gemein, abweisend und hart zu sein. Sie sieht ein, was sie getan hat. Nicht seine Schuld, daß das Kondom gerissen ist. Sie und Martyn werden fortan glücklich und zufrieden leben.

Frances macht sich Sorgen um ihre Enkeltochter

Ich hoffe, Hattie begreift, was es alles mit sich bringt, ein Au-pair im Haus zu haben. Zum einen ist Hattie nicht verheiratet, sondern lebt mit ihrem Partner in eheähnlicher Gemeinschaft, was an sich schon von Leichtsinn zeugt. Eine »Partnerschaft« zwischen Mann und Frau ist, wie jeder weiß, sogar noch instabiler als eine Heirat mit Brief und Siegel, und die Kinder aus solchen Verbindungen wachsen aller Wahrscheinlichkeit nach bei einem alleinerziehenden Elternteil auf. Daher ist jede Störung dieses delikaten Gleichgewichts unklug. Wenn es schon schwierig sein kann, einen Hund oder eine Katze in die Ehe einzubringen, wieviel schwieriger gestaltet sich das dann, sobald es um eine junge Frau geht? Damit kommt doch die weibliche Rivalität geradezu zwangsläufig ins Spiel. Und wenn alles schiefgeht, sind die Entscheidungen um so schmerzhafter. Wer nimmt den Hund, wer nimmt die Katze, wer nimmt das Au-pair, wenn ein Paar sich trennt? Ganz zu schweigen von den Kindern.

Martyn ist ein wirklich netter Kerl auf seine Terrierart, niemals willens loszulassen, die beiden gehen liebevoll miteinander um – ich habe sie schon Händchen halten sehen –, und er gehört zu diesen verantwortungsbewußten Vätern, die jede Menge Ratgeber gelesen haben, aber ich werde das Gefühl nicht los, daß weder er noch Hattie ihre endgültige emotionale Bestimmung gefunden haben, und das beunruhigt mich.

Natürlich haben sie ihre solide Basis aus gemeinsamen politischen Prinzipien, und ich hoffe, darauf werden sie im Notfall zurückgreifen. Ich bin ja selbst ein halbwegs redlicher Mensch mit sozialem Bewußtsein und habe den Kontakt zu meinen in lange Umhänge gehüllten Hippie-Freundinnen und meinen bärtigen Freunden mit Schlaghosen auch nach den wilden Jugendjahren nicht abgebrochen, ja ich habe sogar weiter Joni-Mitcheil-Songs mitgesungen. Es gab eine Zeit, als alle Männer, die wir in der Künstlerszene kannten, Zapata-Schnauzer trugen: Schwer zu erkennen, was ein Mensch mit so einem Schnauzbart denkt oder fühlt, was allerdings auch der Grund dafür sein mag, daß sie so beliebt waren.

Das war in den Sechzigern, als Männer und Frauen munter reihum alle möglichen Betten ausprobierten, immer mit der Erwartung, das Glück und die Antibabypille würden sie schon vor einem gebrochenen Herzen oder ruinierten Lebensentwurf schützen, und bevor die Lustseuchen (die mittlerweile Geschlechtskrankheiten heißen, um dem Ganzen den Stachel und die Schande zu nehmen) einem das alles vergällten – Herpes, Aids, Chlamydien und so weiter. Im übrigen habe ich nie die *eine* gerechte Sache verfolgt oder geglaubt, die Welt ließe sich groß dadurch verbessern, daß die marxistische Theorie zur praktischen Anwendung käme.

Jedenfalls hatte ich infolge von seelischen, künstlerischen und häuslichen Krisen, die Schlag auf Schlag kamen, zuwenig Zeit oder auch Energie übrig, um mich mit politischen Theorien zu beschäftigen: In der Familie Hallsey-Coe ist das schöpferische Gen prädominant, und wir neigen dazu, Leute unseres Schlages zu heiraten, also hat ein Leben in geruhsamer Respektabilität bei uns eher Seltenheitswert. Und schlußendlich werden wir Frauen eben doch Schriftstellerinnen, Malerinnen, Musikerinnen, Tänzerinnen und nicht etwa Metallurginnen, Meeresbiologinnen oder Rechtsanwältinnen. Mit anderen Worten: Schlußendlich werden wir arm und nicht reich.

Hattie, Linguistin mit hehren Prinzipien und politischem Bewußtsein, hat offenbar das Glück, ohne diesen schöpferischen Funken geboren zu sein, obwohl der auch noch spät im Leben aufflammen und somit zukünftiger Ärger nicht ausgeschlossen werden kann. Serena war schon Mitte Dreißig, als sie zu schreiben anfing. Lallie andererseits war eine Art Wunderkind und spielte schon mit zehn für ihre Schule ein Flötenkonzert von Mozart.

Wie Ziegel und Mörtel das Leben beeinflussen

Aber zunächst möchte ich noch etwas über Hatties und Martyns Haus erzählen. Häuser sind nun mal nichts Neutrales. Sie sind die Summe ihrer früheren Bewohner. Es ist typisch für Engländer der aufstrebenden Schichten, daß sie lieber in alten Gemäuern wohnen als in neuen. Sie kriechen in eine Hülle, die jemand anders erst kürzlich verlassen hat, und ignorieren dann einfach ihren Vorgänger, wer auch immer das gewesen sein mag. Aber wenn man ihnen sagt, daß sie sich wie Einsiedlerkrebse benehmen, dann ziehen sie die Augenbrauen hoch.

Die Häuser der Pentrige Road wurden gegen Ende des 19. Jahrhunderts gebaut, als Quartiere für die werktätigen Klassen, deren Bewohner nur selten die übliche Körpergröße erreichten und älter als fünfundfünfzig wurden. Das junge Paar sieht sich kaum von dem Erbe aus Ziegeln und Mörtel, in dem es wohnt, beeinflußt. Beide meinen, fix und fertig ins Leben und in eine brandneue Welt getreten zu sein, mit mehr Weisheit und Weitblick ausgestattet als ihre Vorgänger. Wenn man ihnen sagt, daß sie nicht nur die Gene ihrer Ahnen geerbt haben, sondern auch die Wände und Decken der historisch mit ihnen Verbundenen, dann starren sie einen verständnislos an.

Manche Neuheiten bedeuten echte Verbesserungen: Im 21. Jahrhundert sind Fakten sicherlich leichter zu beschaf-

fen als im Zeitalter der Printmedien. Nachrichten von der
Außenwelt strömen wie gechlortes Wasser aus Radio und
Fernseher. Die Kühlschränke lassen sich leichter füllen und
die Häuser besser warmhalten, doch diejenigen, die darin
wohnen, sind genau wie früher ihren Arbeitgebern und den
Regeln der jeweils aktuellen kulturellen Etikette unterworfen, ob es nun die Verpflichtung ist, Gott zu fürchten oder
einen iPod sein eigen zu nennen.

Reißen Sie die alte Tapete ab – wie Hattie und Martyn das
getan haben –, und Sie werden vergilbtes Zeitungspapier
darunter finden, Zeugnisse vom Streik der Zündholzfabrik-
Arbeiterinnen, von dem Sturm der Windstärke 10, der die
Tay Bridge zum Einsturz brachte, von den Kostümen, die
zur Krönung Edwards VII. getragen wurden. Hattie und
Martyn haben das alles abgekratzt und einfach in den Mülleimer geschmissen, ohne sich die Mühe zu machen, mehr
als ein paar Fetzen davon zu lesen. Ich glaube, die Anders-
artigkeit der Vergangenheit stört sie zu sehr: Sie wollen alles
neu und frisch und unbelastet.

Die verputzten Wände sind cremefarben gestrichen, nicht
in Dunkelgrün und Braun tapeziert, und eine Bleivergiftung
bekommt man von diesen Farben auch nicht mehr – obwohl das, was der Straßenverkehr so in die Luft pustet,
einem noch übler mitspielen dürfte. Aber im wesentlichen
ändert sich nur wenig. Andere Generationen haben nachts
im selben Zimmer gelegen und zur selben Decke hochge-
starrt, voller Sorge darüber, was der kommende Tag wohl
mit sich bringen würde.
    Meine Schwester Serena lebt mittlerweile in einer Pro-
vinzstadt; in ihrem soliden viktorianischen Haus sind die
steinernen Stufen der Kellertreppe in der Mitte ausgetreten
von den unzähligen Schritten zahlloser Dienstboten, rauf

und runter, rauf und runter. Man sollte meinen, ihr ermattetes Seufzen würde das Haus heimsuchen, doch das scheint nicht der Fall zu sein. Serenas Schwiegermutter ist in ebendem Zimmer gestorben, wo Serena jetzt ihren Schreibtisch stehen hat, doch das macht ihr nur selten zu schaffen, obwohl sie behauptet, der Geist der alten Dame sei immer an Heiligabend unterwegs. Das heißt allerdings nichts weiter, als daß sie die alte Dame einst den Weg vom Gäste- zum Badezimmer hat schreiten sehen, und als sie nach der typischen Schrecksekunde wieder hinschaute, war niemand mehr da. Ihre Schwiegermutter hinterließ eine Atmosphäre der Güte, behauptet Serena. Aber wenn ich sage: »Ich habe den leibhaftigen Geist von Sebastian in seinem Atelier gesehen«, will sie mir nicht glauben. Sie möchte schon gern die einzige sein, die Kontakt zum Paranormalen hat. Doch das ist sie nicht.

Ich lebe in einem kleinen Cottage, das zumindest die letzten tausend Jahre über Menschen beherbergt hat. Der Ort, vor den Toren von Corsham in Wiltshire gelegen, ist sogar im Domesday Book vermerkt. Seine ersten Bewohner dürften auf einer sehr niedrigen Gesellschaftsstufe gestanden haben: Vielleicht galten sie nur als bessere Untermieter. Ursprünglich gab es einen einzigen Raum für Familie, Tiere, Knechte und Mägde. Dann wurde ein aus mehreren Räumen bestehendes Obergeschoß errichtet, zu dem eine Außentreppe führte. Die Familie zog nach oben, Gesinde und Tiere blieben unten. Es folgten Nebengebäude: Tiere wurden gesondert untergebracht. Die Scheune ist schon vor langer Zeit in Wohnraum umgewandelt worden. Und zu guter Letzt wurde auf der Rückseite ein Atelier errichtet, in dem Sebastian malt, derzeit als Geist und zukünftig, so hoffe ich, in weniger gespenstischer Form.

Manchmal wache ich mitten in der Nacht auf, weil mich die Angst packt, daß er sich wie ein alternder Mann nach einer Herzoperation aufführen und versuchen wird, sein Leben zu ändern, und daß diese Änderungen unter anderem bedeuten, sich von allen zu trennen, die ihn lieben. Das ist Serena widerfahren, und es könnte auch mir widerfahren. In solchen wachen Nächten knarrt, stöhnt und seufzt das Haus vor schierem Alter, oder es sind die Geister derer, die hier schon gestorben sind, einschließlich der Schweine, Pferde, Schafe, Knechte und Mägde, von den Hausherren und Hausherrinnen ganz zu schweigen. Ach, glauben Sie mir, wir sind nicht allein. Die Zentralheizung blubbert nachts wie verrückt.

Aber zurück zu den Jungen, den Liebenden, den Reproduktiven und den Heutigen, das heißt zurück zu Hattie und Martyn. Martyn, das muß man ihm lassen, ist sich der Vergangenheit deutlicher bewußt als viele andere, auch wenn er sie nur im Kontrast zu dem wahrhaft humanen Utopia beschwört, das er und seine Freunde anstreben. Während Hattie in ihrem antiken Stillsessel (einem Geschenk von Serena) mit Kitty an der Brust festsaß, hat Martyn ihr erklärt, daß das Reihenhaus, in dem sie leben – zwei Zimmer unten, zwei Zimmer oben –, für die Welle von irischen Bauarbeitern errichtet worden war, die seinerzeit ins Land geholt wurden, um die Erdarbeiten für die riesigen Londoner Bahnhöfe zu erledigen, die Umschlagplätze für den industrialisierten Norden, das Land, in dem er seine Wurzeln hat. St. Pancras, King's Cross, Euston, Marylebone – jede Schaufel voll Erde und Steinen mußte von Hand weggeschafft werden und bildet nun den Primrose Hill.

Hattie würde gern in etwas Größerem wohnen, selbst wenn es ein weniger historisches Gemäuer wäre, aber das können sie sich nicht leisten, und auf jeden Fall, sagt Martyn, sollten sie für das dankbar sein, was sie haben.

Die Bauarbeiter wohnten zu sechst in jedem Zimmer des Hauses, das heutzutage zwei Erwachsene, ein Baby und neuerdings auch ein Dienstmädchen beherbergt. Es gibt noch immer einen alten Kamin in dem hinteren Schlafzimmer oben, wo einst – über Kohle, die man auf den Appellplätzen in King's Cross ergattert hatte – Fleisch und Kartoffeln gekocht wurden. Der kümmerliche Anbau für Küche und Badezimmer, in den 1930ern entstanden, nimmt fast das gesamte Gärtchen ein, das ohnehin im Dauerschatten liegt. Agnieszka soll das kleinere hintere Schlafzimmer bekommen, direkt neben dem, wo derzeit Martyn, Hattie und Kitty schlafen.

Es gibt eine Gaszentralheizung, und die Energie kommt aus der Nordsee, nicht mehr aus dem Bergwerk. Sie ist sauberer, aber so teuer, daß Martyn und Hattie sich vor den Rechnungen fürchten. Obwohl zumindest jeder von den Männern auf den Bohrinseln im Norden bis zu dem Mann, der die Gasuhr abliest – oder vielmehr seine Karte abgibt und das Weite sucht –, anständig bezahlt wird. Das sagt jedenfalls Martyn. Martyns Vater, Großvater und Urgroßvater haben für diesen Wohlstand und diese Gerechtigkeit gekämpft und ihr Ziel erreicht. Heutzutage gibt es niemanden mehr, der sich keinen Lottoschein leisten könnte!

Martyn ist kürzlich von seinen Arbeitgebern gebeten worden, in zwei Artikeln einer skeptischen Öffentlichkeit zu erklären, daß Spielhallen etwas Gutes sind, daß sie den Menschen Freude schenken, und er hat diese Artikel geschrieben, obwohl er sich nicht sicher ist, daß er dem überhaupt zustimmt. Aber er verkneift sich jedes Gegenargument. Die Sache hat wie üblich zwei Seiten, und es wäre nicht vernünftig, gleich alles über den Haufen zu werfen, nur um ein Prinzip zu verfolgen, wo derzeit der Relativismus herrscht und Hattie kein Geld verdient und er bei dem, wovon er hofft, daß es irgendwann eine parlamentarische Karriere werden wird, noch in den Startlöchern steht.

Moral ist, wie Hattie kürzlich erkannt hat, eine Frage dessen, was man sich leisten kann. Sie kann sich weniger leisten als Martyn. Trotzdem empfindet Hattie Schuldgefühle, wenn sie ihrem Baby den Schnuller in den Mund steckt, seinen Kummer zustöpselt. Schuldgefühle sind für die Seele wie Schmerzen für den Körper: ein warnender Hinweis darauf, daß es eine Verletzung gegeben hat. Vergleiche zwischen den Geschlechtern sind unzulässig, was Hattie als erste unterschreiben würde, aber vielleicht fällt es Männern tatsächlich leichter als Frauen, sich über Gefühle hinwegzusetzen.

Hätte ich Hattie lieber doch nicht meinen Segen dazu geben sollen, wieder arbeiten zu gehen? Mit der Entscheidung, die eigenen Kinder von anderen betreuen zu lassen, gehen Schuldgefühle einher: Andere Hände werden Kitty die Stirn streicheln, eine andere Stimme wird sie in den Schlaf singen. Schlimm genug für Hattie, daß sie ein Baby geboren hat – und Schuldgefühle verhalten sich zur Mutterschaft wie Trauben zu Wein –, jetzt muss sie sich auch noch Sorgen darüber machen, wie Agnieszka auf das Baby und das Baby auf Agnieszka und beide auf Martyn und umgekehrt reagieren werden.

Hattie wird sich die Kunst der Diplomatie im Schnelldurchgang aneignen müssen. Aber wäre es alles in allem nicht doch einfacher, sich mit der Langeweile der Mutterschaft abzufinden und zu warten, bis Kitty aus dem Gröbsten raus ist? Am liebsten würde ich Hattie anrufen und ihr sagen: »Nein! Tu's nicht!«, doch ich widerstehe dem Impuls. Dieses Mädchen hat nicht das Zeug zur Häuslichkeit. Aber wird Agnieszka Kittys Charakter beeinflussen, ihre Entwicklung womöglich beeinträchtigen, ihr angewöhnen, das Essen auszuspucken und schmutzige Ausdrücke zu benutzen? Ich bin Kittys Urgroßmutter. Ich mache mir Sorgen. Schuldgefühle gehen über Generationen.

Anerzogene Eigenschaften

In den sechziger Jahren, als wir Anfang Dreißig waren und um die Ecke voneinander am Caldicott Square wohnten, reichten Serena und ich unsere Au-pairs je nach Bedarf hin und her. Fast alle waren liebe Mädchen, nur wenige hatten wirkliche Macken. Und alle haben ihre Spuren hinterlassen. Ich bin mir sicher, daß sich manche davon als anerzogene Eigenschaften bis heute bei meinen und bei Serenas Kindern finden.

Roseanna, Viera, Krista, Maria, Svea, Raya, Saturday Sarah – alle werden einen Beitrag zu dem geleistet haben, was aus ihnen wurde. Selbst wenn unser Einfluß der vorherrschende gewesen ist, so weiß ich doch, daß mein Jamie von Viera gelernt hat, seinen Willen mit Schmollen durchzusetzen, und von Sarah, vergebens zu lieben. Von Maria lernte Lallie, die Flötistin, uns alle zu verachten, aber von Roseanna erbte sie ein Faible für Stoffe. Lallie mag mit einem Liebhaber ins Bett fallen, aber ihre Kleidung wird nicht auf dem Fußboden landen, sondern ordentlich auf einer Stuhllehne oder sogar auf Kleiderbügeln. Handwäsche wäscht sie tatsächlich mit der Hand und opfert dafür notfalls Stunden, während ich meine Sachen einfach in die Waschmaschine stopfe und hoffe, daß alles gutgeht.

Zu den Zeiten der vielen Au-pairs arbeitete ich für einen Hungerlohn in der Primrosetti Gallery. Serena begann allmählich, gutes Geld in der Werbung zu verdienen, und George, ihr neuer Ehemann, hatte gerade sein Antiquitätengeschäft aufgemacht. Serena und George wohnten in einem großen Haus am Caldicott Square. Die Mädchen waren im Souterrain untergebracht, denn ich hatte kein Zimmer für sie, und obwohl da unten echt frühviktorianische Zustände herrschten – feuchte Wände und loser Mörtel –, schien sie das nicht zu stören.

Ich bin nie eifersüchtig auf Serena gewesen, dafür ist sie viel zu liebenswürdig und großzügig und nimmt ihre Stellung in der Welt zu leicht, womit sie sich generell vor Neid schützt. Sie ist, ehrlich gesagt, auch ausgesprochen dick und behauptet, daß sie es genau dieser Eigenschaft zu verdanken hat, sich in einer von Konkurrenzdenken geprägten Welt so gut halten zu können. »Ah ja, Serena«, sagen die Leute, »die hat zwar, so wie's aussieht, wirklich alles: selbstverdientes Geld, ein schönes Zuhause, einen aufmerksamen Gatten, ihren Namen in der Zeitung, Kreativität, Ansehen, Kinder – *aber meine Güte, die ist vielleicht dick!*« Und ansonsten lassen sie sich nicht dazu hinreißen, an ihrem Lack zu kratzen.

In den Sechzigern, als sie noch in der Werbung arbeitete, sich tagtäglich von einem teuren Arzt in der Harley Street wiegen und eine aus dem Urin trächtiger Stuten (oder so etwas in der Art) gewonnenen Substanz plus reines Amphetamin spritzen ließ, war Serena dünn und glamourös. Damals war ich wirklich neidisch auf sie. Warum fällt ihr alles so leicht, sinnierte ich, und mir so schwer? Aber dann dachte ich, na schön, in meinen Zwanzigern habe ich mich zumindest austoben können, wenn auch auf eine verzweifelte Art; ihre waren, bis sie sich mit George zusammentat, von Langeweile und Sorgen bestimmt.

Als Serena um ihren neunundzwanzigsten Geburtstag herum George kennenlernte, war es, als wäre irgendein Fluch aufgehoben, und all die schiefen und krummen Stücke ihres Lebens fügten sich erstaunlicher- und unerwarteterweise zusammen. Bisher war sie eine jämmerliche Außenseiterin gewesen, die an dem litt, was man heutzutage niedriges Selbstwertgefühl und Harmoniesucht nennt.

Der Fluch ging von ihr auf mich über – vielleicht ist das das Schicksal von Schwestern –, und nun standen mir zehn Jammerjahre als alleinerziehende Mutter von zwei Kindern bevor – eins sportbesessen, das andere verblüffend begabt, aber im Grunde abweisend. Bis dahin war ich die zu Beneidende gewesen. Ich war dünn, und sie war dick.

Wenn wir die sorgenvollen, tränenreichen, bitteren Tage und Nächte zusammenzählen würden, die wir beide im Laufe unseres Lebens durchgemacht haben, dann kämen wir sicher auf etwa dieselbe Menge. Ich hatte mit siebzig noch mal einen Batzen davon zu verbuchen, nämlich als Sebastian von der holländischen Polizei in Isolierhaft genommen wurde und später, bei seiner Verurteilung, aber wahrscheinlich ging es Serena mit sechzig noch schlechter: Als George sie so gemein betrog, sich von ihr abwandte, sie aus ihrem eigenen Haus aussperrte, heulte sie, schlug um sich und starrte nur noch ins Leere. Allerdings hat sie bald darauf wieder geheiratet.

Martyn auf dem Heimweg von der Arbeit

Das New Century House, wo Martyn als Wirtschaftsjournalist für *Devolution* arbeitet, ist neu gebaut und solide finanziert: Da steht es nun, dieses Konstrukt aus Glas, Stahl und Glanz, inmitten der eher schäbigen Sträßchen zwischen Westminster und Petty France. Es ist ansprechend gestaltet und hat ein effektives Klimakonzept. Anfangs grassierte hier eine panische Angst vor der Legionärskrankheit – das Wasser hatte zu lange in den »Adern« des Gebäudes zirkuliert, nachdem die Einweihung durch den Premierminister um mehr als ein Jahr verschoben worden war –, aber die Quelle der Epidemie wurde so rasch entdeckt und abgestellt, daß es nur den Tod eines Hausmeisters zu beklagen gab. Für die Gestaltung des Foyers wurde ein Feng Shui-Experte hinzugezogen, mit dem Ergebnis, daß der Eingang zum Starbucks nun auf eine Weise abgewinkelt ist, die Kunden anlocken und den Umsatz ankurbeln soll. Es scheint zu funktionieren. Die Stimmen fröhlicher, nichtrauchender Kaffeetrinker ziehen jeden Morgen bis weit nach zehn die Rolltreppen hoch. In den Aufzügen riecht es nach warmen Schokoladencroissants.

Jedes der sieben Stockwerke hat eine eigene Ruhezone für gestreßte Mitarbeiter mit einem stattlichen Vorrat an frischen Duschhandtüchern, und all diejenigen, die etwas Schlaf brauchen, können sich gegen eine geringe Gebühr auch Kissen ausleihen. Untersuchungen zeigen, daß nichts die Produktivität so sehr steigert wie ein kurzer, intensiver Erholungsschlaf. Seit Kitty auf der Welt ist, hat Martyn fleißig Gebrauch von diesem Service gemacht. Das Baby schläft tagsüber gut, nachts dafür aber nie, ganz gleich, wie oft Hattie es an die Brust legt, und Martyn schafft es nicht, bei dem Gezappel und Gequäke von Mutter und Kind durchzuschlafen.

Neben den Büros der Schwesternzeitschriften *Devolution* und *Evolution* beherbergt das Gebäude auch die Zentralen dreier Think Tanks oder IPPRs – das Zentrum für postkommunistische wirtschaftliche Entwicklung, die Initiative Politische Koordination der Wohlfahrtsreform, das Institut für soziale Studien – und zwei halbautonome nichtstaatliche Organisationen, die sich mit gesellschaftlichen Management- und Meßmethoden beschäftigen.

Es ging schon das Gerücht, Martyn würde stundenweise zur Initiative Wohlfahrtsreform unter dem neuen Human Resources Plan »Fördern und Fordern« abgeordnet, der sich mit Themen der Arbeitslosigkeit befaßt, doch Martyn laviert, damit es nicht dazu kommt. Das Gehalt wäre höher, aber Martyn sieht seine Zukunft im politischen Journalismus oder vielmehr direkt in der Politik. Und er hat bessere Chancen, aus einem journalistischen Zusammenhang heraus zum Kandidaten gekürt zu werden als aus einem, der mehr mit Wirtschaftsforschung zu tun hat. Er braucht ein deutlich erkennbares Profil.

Martyn begibt sich in den Ruheraum der vierten Etage, um ein Nickerchen zu machen. Der Raum ist hellgrün, die Einrichtung rosa; ziemlich gewöhnungsbedürftig fürs Auge, aber diese Farben sind erwiesenermaßen schlaffördernd. Hattie und er haben ihre eigenen vier Wände zum Teil in warmen, dunklen, kräftigen Tönen und die Möbel rot gestrichen: Kittys Bettchen ist gelb, um ihre synaptischen Reaktionen zu stimulieren. Hattie hat nichts am Hut mit der esoterischen Szene, den Kristallen und Horoskopen und so weiter, glaubt aber an die Macht der Farben, Stimmungen zu beeinflussen, was Martyn wiederum rührend findet. Seine eigene Erziehung war so praktisch und nüchtern, daß er manchmal eine regelrechte Gier nach den Marotten der südlichen Boheme verspürt.

Kurz darauf erscheint Harold Mappin, der Herausgeber von *Devolution* und Martyns direkter Vorgesetzter, läßt sich auf die Couch nebenan plumpsen (Nachbau einer Ruhebank aus einem römischen Fresko des ersten Jahrhunderts) und sagt: »Die haben fast die gesamte Ausgabe geschmissen. Außer deinem Artikel *Geizkragen und Spielverderber*, der ist ihnen wie Sahne runtergegangen. Wie will man so was ein Leben nennen? Wenn ich nicht gleich ne Mütze Schlaf kriege, bring ich mich um. Debora macht mich fertig. Gott schütze uns vor jüngeren Frauen.«

Es hat gewisse taktische Änderungen an der Spitze gegeben. Die vorgesehenen Reformen auf dem Gesundheitssektor erweisen sich als zu teuer für die öffentlichen Kassen; neueste Untersuchungen beweisen, was Martyn schon immer vermutet hat: Je mehr man gesunde junge Menschen dazu anhält, auf ihre Gesundheit zu achten, desto weniger richten sie sich danach; nur die bereits Kränkelnden und die Älteren machen sich die Mühe. Der Schwerpunkt der Herbstnummer soll also auf guten Neuigkeiten anstelle von ernsten Warnungen liegen. Außerdem sinkt die Auflage – selbst die Regierungsämter, in denen *Devolution* gelesen wird, sind neuerdings von Ausgabenkürzungen betroffen und kaufen die Zeitschrift nicht mehr.

All das verkündet Harold nun Martyn, der sich freut und geschmeichelt fühlt, so ins Vertrauen gezogen zu werden, während er seine Kissen zurechtlegt. Und was noch wichtiger ist, Harold sagt auch, daß er Abstand von der Idee genommen hat, Martyn in die Initiative Wohlfahrtsreform zu stecken. »Viel zu langweilig für einen Kerl von deinem Format. Wir brauchen dich im Team. Wie wär's mit einem positiven Artikel über die neuesten Forschungsergebnisse zum Thema Cholesterin? Was dieses Land braucht, sind gute Nachrichten.«

»Etwa so was wie *Warum Sie und das Fritten-Sandwich Freunde sein können?*« fragt Martyn. Er meint das ironisch, aber Harold sagt nur: »Genau« und schläft ein, ohne einen weiteren Kommentar abzuwarten, die Arme um den Kopf geschlungen wie ein kleines Kind.

Harold ist ein großgewachsener, stark behaarter Mann Mitte Fünfzig, der eine laute Stimme und einen scharfen Blick hat. Seine Mitarbeiter verbreiten das Gerücht, er sei autistisch oder leide zumindest am Asperger-Syndrom: Sie rufen die Symptome im Internet auf, in der Hoffnung, dort bestätigt zu finden, daß er mit einer derart dürftigen kommunikativen und sozialen Interaktionsfähigkeit eindeutig als verrückt bezeichnet und ignoriert werden kann. Martyn ist immer richtig gut mit ihm ausgekommen.

Erleichtert und bestärkt macht sich Martyn auf den Heimweg. Er geht zu Fuß bis zum Trafalgar Square, wo er die Northern Line bis Kentish Town nimmt. Seit die Strecke ausgebaut worden ist – vor hundert Jahren –, haben unzählige von denen, die in Westminster arbeiten, genau diese Linie heim nach Kentish Town genommen. Man geht erst ein Stückchen, sowohl, um sich die Füße zu vertreten, als auch, um sich das Umsteigen in Embankment zu ersparen.

Und wie so viele vor ihm nähert er sich seinem Heim mit gemischten Gefühlen: Die Sehnsucht, seine Familie wiederzusehen, kollidiert mit einer Art Entsetzen darüber, daß sie überhaupt existiert. Die wartende Familie ist der Quell aller Freude und der Quell aller Ängste. Einst war er jung und frei. Jetzt hat er Verpflichtungen und darf nicht egoistisch sein.

Sollte er vom einfachen zum verantwortlichen Redakteur befördert werden, was seiner Meinung nach jederzeit drin ist, dann dürfte sein Jahresgehalt um gut und gerne £ 6000 steigen. Und das wiederum würde bedeuten, daß Hattie zu Hause bei dem Baby bleiben könnte und sie kein Au-pair mehr bräuchten. Er will sein Haus für sich haben. Hattie betrachtet er als Teil seiner selbst, sie zählt nicht als jemand anders. Kittys Ankunft ist etwas Störendes gewesen, doch mittlerweile fühlt auch sie sich wie eine Erweiterung seiner selbst an, nicht wie ein Fremdkörper, den es sanft abzustoßen gilt.

Seine Privatsphäre hat er sich damals schwer erkämpfen müssen – so hockte der kleine Martyn in der Kälte auf dem Außenklo und las, nur um ein bißchen für sich zu sein –, doch selbst die Lektüre war nichts Privates: Man las die Bücher, die von den Lehrern aufgegeben und später im Unterricht behandelt wurden, weil man sonst seine Prüfungen nicht bestanden hätte, und was sollte dann aus einem werden? Dem großen Martyn kommt die Vorstellung, daß von nun an jemand Fremdes in seiner unmittelbaren Umgebung leben, am selben Tisch mit ihm sitzen, in denselben Fernseher gucken, ja seine Geheimnisse kennen wird, wie ein Alptraum vor. Geld hat seinen Wert doch sicher nicht nur in den Dingen, die man davon kaufen kann, sondern auch in der Zeit, die es einem einbringt, dem Plus an Privatsphäre?

Daheim, das bedeutet zumindest den friedlichen Hafen der Vertrautheit, obgleich dort derzeit Chaos herrscht, Hattie schmollt und der Kühlschrank leer ist. Aber dieser bevölkerte Rückzugsort ist ja genau das, was er sich ausgesucht, was er gewollt hat: sein ganz privates Glück. Dieses Glück gleicht einer russischen Puppe, deren Gewicht gut geerdet ist. Schlaflose Nächte, ein schreiendes Baby und Streitereien mit Hattie um dies oder jenes können es zwar so weit zum Schwanken bringen, daß man es direkt schon umkippen sieht, aber dann schaukelt es sich doch immer wieder in die alte Position zurück.

Aber jetzt hat Hattie ihn auf dem Handy angerufen, aufgeregt und hochgestimmt, um ihm mitzuteilen, daß das polnische Mädchen schon im Gästezimmer untergebracht ist – seine Zeit und Privatsphäre sind mutwillig verletzt worden, und zwar von Hattie, die doch auf seiner Seite sein sollte, aber nichts weiter im Sinn hat als ihre eigenen Interessen. Er reißt sich zusammen. So will er nicht denken. Alles wird gut werden. Es bringt doch nichts, sich als Einzelgänger durchschlagen zu wollen in diesen Zeiten des Teilens und der Fürsorge. Er wird nach Hause gehen, sich allem anpassen und anständig benehmen.

Martyn daheim mit Agnieszka

Martyn ist nicht auf den Anblick vorbereitet, der sich ihm bietet, als er die Haustür aufmacht: Hattie hat ihre wilden Haare gebändigt und trägt ein sauberes, gebügeltes Hemd zu frisch gewaschenen Jeans. Sie lächelt ihn an, als freute sie sich, ihn zu sehen, und nicht, wie so oft in letzter Zeit, mit einer Klage oder Anklage auf den Lippen. Er hat ganz vergessen, wie hübsch sie ist. Und sie trägt wieder einen BH, der betont, daß sie zwei Brüste hat und nicht eine Art durchgehendes Gesims aus Fleisch. Ihre Figur ist wieder in Prä-Kitty-Form. Wahrscheinlich schon seit Monaten, aber niemand, am wenigsten Hattie selbst, hat dem groß Beachtung geschenkt.

»Kitty schläft in Agnieszkas Zimmer«, sagt Hattie, »und das Abendessen steht auf dem Tisch.«

Und da steht es tatsächlich und wie zu Prä-Kitty-Zeiten: lauter leckere Häppchen statt Salzkartoffeln und billigen, zähen Koteletts. Jede Menge Löffelchen stecken in Gläschen mit diesem und jenem, obwohl Hattie neuerdings doch immer über Verschwendungssucht und wertlose Kalorien lästert. Aber keine Spur von Agnieszka, die anscheinend zu ihrem Bauchtanzkurs gegangen ist.

»Eine Bauchtänzerin! Du willst unser Kind einer Bauchtänzerin anvertrauen?«

»Sei doch nicht so furchtbar altmodisch«, sagt Hattie.

»Bauchtanz ist angesagt, Pilates ist schon wieder out. Beim Bauchtanz lernt man, sich zu entspannen, die Muskulatur zu kontrollieren und sich gesund zu bewegen.«

Hattie erzählt ihm, Agnieszka hoffe, sich als Kursleiterin zu qualifizieren, ja irgendwann sogar ihre eigene Schule in London aufzumachen. Tanzen ist offenbar ihre Leidenschaft. Sie war sogar eine Zeitlang in der Polnischen Tanzkompagnie, wofür sie während des letzten Jahres vor dem Abitur tageweise von der Schule beurlaubt wurde. Man hatte sie unter Hunderten von Bewerberinnen ausgewählt.

»Ich dachte, sie wollte hier Englisch lernen und dann wieder nach Hause gehen.« Martyn wird etwas nervös. Was, wenn Agnieszka nur eine Einbildung, eine Ausgeburt von Hatties Phantasie ist? Wenn sie nur in Hatties Kopf und nirgendwo sonst existiert? Ihm kommt der Gedanke, Hatties neuestes Erscheinungsbild könnte ein Symptom für eine Geistesstörung sein. Die Verrücktheit also nicht in der Verwirrung, sondern in der Ordnung?

Aber das Essen sieht gut aus, und Hattie lächelt noch immer, und das Zimmer ist aufgeräumt, und die Servietten liegen hübsch gefaltet neben den Tellern, so wie bei seiner Mutter zu besonderen Anlässen. Das jedenfalls ist keine Einbildung. Eine gute Fee hat bei ihnen vorbeigeschaut und alles gerichtet. Martyns Mutter las ihren Kindern aus Prinzip keine Märchen vor: »*Wenn sie lesen wollen, dann sollen sie das gefälligst selbst tun.*«

»Wie sieht sie eigentlich aus?« fragt er und hat sogleich das Gefühl, sich damit auf dünnes Eis zu begeben, weil das Äußere von Frauen nicht zur Debatte steht und besonders am

Arbeitsplatz keine Rolle zu spielen hat, aber er will es nun mal wissen.

»Da gibt es nichts zu erzählen.« Hattie muß sich Mühe geben, um überhaupt eine Art Beschreibung zustande zu kriegen. »Sie ist einfach ganz normal. Keine vollbusige Venus, kein langbeiniger Vamp. Sie sieht richtig nett aus. Und hat einen flachen Bauch. Meiner ist ja immer noch nicht wieder normal. Vielleicht begleite ich sie mal zu ihrem Kurs.«

»Und ich muß dann auf Kitty aufpassen?« Er sagt das leichthin, fühlt sich aber jetzt schon einsam und von gleich zwei Frauen alleingelassen.

»Wenn keine von uns da ist, leisten wir uns einen Babysitter«, sagt sie. »Sobald ich wieder arbeiten gehe, können wir uns so viele Babysitter leisten, wie wir wollen – oder Agnieszka und ich wechseln uns eben mit den Abenden ab.«

Dies ist der Moment, um Hattie zu sagen, daß er wahrscheinlich mit einer saftigen Gehaltserhöhung rechnen kann, was den Druck aus dem Thema Finanzen nehmen würde, aber er läßt es sein. Wenn das hier die neue Hattie ist, dann will er sie.

Martyn geht ins Gästezimmer, um nach Kitty zu sehen, und findet sie friedlich schlafend im Bettchen zwischen dem Gästebett und der Wand. Ihr Haar ist gebürstet und schmiegt sich um ihre Wange. Sie ist ein süßes, rundwangiges, wohlgenährtes Baby. Er hat sie entsetzlich lieb.

Im Gästezimmer sind ein paar positive Veränderungen vorgenommen worden: Der Tisch aus der Küche, der nur als Ablage für alte Zeitungen, leere Kugelschreiber und Gummibänder von Postlieferungen gedient hat, steht jetzt vor dem Fenster und trägt bereits mehrere Bücher: *Englisch für Ausländer*, *Tanzen zur Selbsterkenntnis*, *Kind-*

liche Entwicklungsstufen in der Ausgabe der New Europe Press. Martyn hat es seinerzeit für *Devolution* besprochen, als er noch für die Literaturseiten zuständig war. Auf dem Tisch steht auch ein Laptop der neuesten Generation. Wie hat sie sich den leisten können? Seiner ist alt und stürzt dauernd ab. Dieser hier dürfte spitzenmäßig funktionieren.

Kittys Anziehsachen und alles, was sonst noch zur Säuglingspflege gehört und bis dato den Wohnzimmerfußboden vollgemüllt hat, liegt jetzt feinsäuberlich in einem Regal. Agnieszkas persönliche Habe scheint sich auf das Nötigste zu beschränken: Er wirft einen Blick in die Schubladen und sieht ein Häufchen ordentlich zusammengelegte Unterwäsche und ein paar dünne Pullover in Pastellfarben. Nichts ist schwarz, nichts todschick. Beruhigt kehrt er ins Wohnzimmer zurück.

»Wir könnten ins Bett gehen«, sagt er, »bevor sie wiederkommt.«

»Gut«, sagt Hattie zu seiner Überraschung und folgt ihm ins Schlafzimmer, als wäre es wieder die Welt vor Kitty, vor der Schwangerschaft. Sie haben das Bett ganz für sich: Die Wolken verziehen sich aus seinem Kopf. Er stöhnt, sie seufzt. Das Baby im Nebenzimmer wacht nicht einmal auf. Sie halten sich mindestens zehn Minuten lang fest, bevor die wirkliche Welt wieder dazwischenkommt.

Martyn fragt sich, ob er Hattie von dem Artikel erzählen soll, den Harold offenbar erwartet: eine staatlich abgesegnete Eloge auf das Fritten-Sandwich – weiches Weißbrot mit einer Füllung aus gut gesalzenen Pommes frites – als Genußmittel, nachdem die Regierung festgestellt hat, daß sie mit dem Thema Gesundheit und der damit einhergehenden Selbstkasteiung beim Wähler nicht mehr punkten kann.

Er entscheidet sich dagegen, weil Hattie Zustände kriegt, wenn es um Ernährung geht, und gleich den unzeitigen Tod seines Vaters und den Anteil von Fritten-Sandwichs daran aufs Tapet bringen würde, und er sich das ersparen will. Sie bleiben im Bett und schlafen schon, als Agnieszka zurückkommt.

In der ungewohnten morgendlichen Ruhe schläft Martyn länger als alle anderen Hausbewohner, am Ende mehr als satte acht Stunden. Er springt nackt aus dem Bett, doch dann fällt ihm ein, daß er von nun an einen Bademantel anziehen muß, bevor er das Schlafzimmer verläßt. Der Bademantel liegt nicht irgendwo auf dem Fußboden, sondern hängt griffbereit auf einem Kleiderbügel. Da jetzt hineinzuschlüpfen hat etwas Rituelles, das sich quasi als Motto über den ganzen Tag stellt. Er rasiert sich. Das Waschbecken ist geputzt, die Wasserhähne blinken, und im Ausguß hängt kein Haarknäuel mehr, so daß das Wasser schneller abläuft und nicht der leiseste Seifenrand zurückbleibt. Die Ständer im Bad sind immer noch voll mit trocknender Wäsche, aber die ist mit Klammern befestigt und nicht wie sonst einfach über die Schnüre geworfen worden.

Martyn sieht Agnieszka zum ersten Mal und begreift, wie unpassend es wäre, sie Agnes zu nennen, obwohl er sich das im Geist als ultimative Trotzreaktion zurechtgelegt hat. Sie ist ein sorgfältiger Mensch und braucht einen entsprechenden Namen. Sie lächelt reizend, aber auf zurückhaltende Art, und sagt, sie freue sich, ihn kennenzulernen: »Mr. Martyn, der Mann im Haus.«

Ob er ein Ei zum Frühstück möchte, und wenn ja, als Spiegel- oder Rührei oder pochiert? Hattie ißt ein weichgekochtes, das erste von zweien, aus einem Eierbecher, nicht etwa aus einem von Kittys Plastikringen. Kitty sitzt in ihrem Hochstuhl, umgeben von einem Sicherheitspolster aus Kissen. Sie übt das Schaufeln mit einem Löffel und strahlt ihren Vater, ihre Mutter und Agnieszka gleichermaßen erfreut an. Doch Martyn und Hattie haben noch nicht viel Erfahrung mit Babys: Diese Freundlichkeit ist symptomatisch für ein sieben Monate altes Kind. Bald wird Kitty ziemlich eigen werden und ihr Gesicht nur den wenigen in ihrer Gunst stehenden Menschen zeigen wollen und losheulen, wenn man sie mit irgend etwas Unvertrautem konfrontiert.

Hattie und Martyn glauben daran, daß sie ein ganz besonders und ganz speziell begabtes Kind großziehen, ja natürlich: In Wirklichkeit ist es einfach ein weiteres menschliches Wesen, aber eins, das sie eine ganze Generation weit in die Vergangenheit versetzen wird. Schon jetzt sind sie nicht mehr die, die im Kommen sind, sondern die Abtretenden.

Für Kitty, von Kopf bis Fuß darauf eingestellt, gleichermaßen zu bezaubern wie auf die Nerven zu fallen, um sich bestmöglich entwickeln zu können, sind ihre Eltern das Mittel zum Überleben, Kleindarsteller in ihrer Zukunft, Großelternmaterial für die Kinder, die sie einmal haben wird, wenn alles gutgeht. Aber sie liebt sie auch wirklich. Sie liebt, was vertraut ist, und all die, die tun, was sie will.

Au-pairs, die wir gekannt haben

Das erste Au-pair-Mädchen kam im Winter 1963 zu uns. Sie hieß Roseanna. Seinerzeit legten ich, Frances, und Serena unsere Kinderbetreuung zusammen. Und wenn sich meine Kinder Lallie und Jamie öfter im Haus am Caldicott Square aufhielten als ihre, Oliver und Christopher, in meinem, dann nur, weil die Cousins das so wollten. Ihr Haus war größer, meines dafür wärmer.

Mein Haus war auch höher, mit einer breiten Treppe, einem einzigen Raum auf jeder der vier Etagen und einem unters Dach gequetschten Badezimmer. Serenas und Georges Haus war eines dieser spätgeorgianischen säulenbewehrten Doppelerker-Häuser in Blockrandbebauung und einheitlich gestalteter Fassade rings um den Platz. Seinerzeit waren diese Häuser allesamt baufällig und unbeheizbar und die Souterrains feucht wegen des unterirdisch durchlaufenden Flüßchens Fleet. Mein Haus, »Turm« genannt, hatte allerdings eine gewölbte Ziegelverkleidung und war zwischen die uniform aussehenden Nachbarbauten gequetscht. Irgendein Immobilienspekulant hatte in den 1820ern seine Maße falsch berechnet, ein anderer dann später die unrentable Lücke geschlossen.

Serena und George waren Eigentümer ihres Hauses. Ich hatte meins nur gemietet, und Serena mußte mir oft dabei helfen, die Monatsmiete zusammenzukratzen. Manchmal

79

nahm ich es ihr übel, daß sie mich als eine Art Erweiterung ihrer selbst betrachtete und daß das, was rechtmäßig ihres war, irgendwie auch mir gehörte, doch zumindest schien sie nie Dankbarkeit von mir zu erwarten. Und George kam dabei gar nicht erst ins Spiel: Serena verdiente ihr eigenes Geld.

Seinerzeit galt es als selbstverständlich, daß die Kosten der Kinderbetreuung von der Mutter getragen wurden, wenn sie sich entschied, arbeiten zu gehen, genau wie die Kosten für jegliche Hilfe im Haushalt, die benötigt wurde, um die Lücke zu schließen, die durch ihre Abwesenheit entstand. Erst in den achtziger Jahren hat sich die Ansicht durchgesetzt, daß beide Elternteile in gleichem Maße für die Familie verantwortlich sind. Aber Gleichheit bringt ihre eigenen Nachteile mit sich. Gutverdienende Frauen von heute fallen noch immer aus allen Wolken, wenn sie feststellen, daß der scheidende Ehemann Anspruch auf Unterhalt hat – die Hälfte ihrer Ersparnisse, die Hälfte ihres Einkommens, die Hälfte ihrer Rente. Serena staunte jedenfalls nicht schlecht, als sie dies nach dreißig Jahren Ehe mit George herausfand.

George wollte sich nicht nur in die Arme einer jüngeren Geliebten werfen, er wollte auch Serenas Vermögen für sich haben. Allerdings starb er, bevor die finanziellen Aspekte der Scheidung endgültig geklärt waren, was so manchen Streit ersparte, aber natürlich alle furchtbar mitnahm.

Die Cousins waren gute Freunde zu jenen Zeiten am Caldicott Square, was es denen einfacher machte, die auf sie aufpassen mußten: Sie kicherten eher miteinander, als sich in die Haare zu kriegen. Ich muß zugeben, daß Jamie einem schon auf die Nerven gehen konnte. Er war ein ausgesprochen charmanter, quirliger kleiner Junge, ein Wildfang, wie wir sagten, dem man heutzutage ADS attestieren und Ritalin verschreiben würde. Lallie spielte schon damals Flöte, Klavier, Gitarre und jedes sonstige Instrument, das sie zwischen ihre zarten Finger kriegen konnte. Wenn ich nicht viel von Jamie spreche, dann deshalb, weil ich ihn neuerdings so selten sehe. Er lebt in Timaru, Neuseeland, wo er ein Büro für Pferdewetten betreibt und hilft, das lokale Rugbyteam zu trainieren. Seine Frau Beverley möchte nicht, daß er zuviel Kontakt mit mir hat, besonders jetzt, wo Sebastian im Gefängnis ist. Beverley ist ausgesprochen reizend und trägt beneidenswerte Hüte zu den Pferderennen, findet ihre englischen Verwandten aber eher eigenartig. Ich bezweifle, daß sie Jamie geheiratet hätte, wenn er nicht Anwärter auf die Baronetswürde wäre – nicht daß damit irgendwelche Gelder oder gar Grundbesitz verbunden sind, dafür haben Generationen von verschwendungssüchtigen Söhnen gesorgt. Doch eines Tages wird Beverley Lady Spargrove sein, und das gefällt ihr. In Timaru sind vererbbare Titel eher selten, soviel ich weiß.

Ich habe Jamies Vater Charlie mehr oder weniger aus Versehen geheiratet – so, wie glamouröse Paare in Hollywoodfilmen der dreißiger Jahre plötzlich staunend in einem fremden Bett und mit einem Ehering am Finger erwachen. Wir waren in Las Vegas, wir waren beide betrunken und high von weiß der Himmel was. Die Rechtsgültigkeit der Ehe war immer fraglich. Ich habe den Titel jedenfalls so gut wie nie benutzt – es schien mir unfair, unter diesen Umständen Anspruch darauf zu erheben, obwohl Jamie das für seine Person verständlicherweise anders sieht; ansonsten hatte er ja weiß Gott wenig genug von seinem Vater.

Nach Currans Tod und Lallies Geburt tauschte ich das Vagabundenleben gegen das eines Malerliebchens ein. Ich wurde Aktmodell, ließ mich auf der Suche nach erotischen Abenteuern vom Geruch nach Terpentin leiten und haute auf den Putz. Das Baby lud ich bei Wanda ab, erst zwischendurch, dann ganz und gar, als dieser spezielle Lebensabschnitt zu Ende ging und ich mit Charlie nach Amerika entschwand.

Hier entwickelte ich Charlie zuliebe Interesse an Poledancing, Pferderennen und Glücksspielen, und plötzlich war Jamie unterwegs. Ich wollte keine Abtreibung. Ich ahnte, daß es dann nichts mehr gäbe, was mich daran hindern würde, in den Abgrund totaler Selbstzerstörung zu stürzen. Oft genug hatte ich mich an dessen Rand befunden. Und Serena kratzte das Geld zusammen, um mich zurück nach Hause zu holen und irgendwann auch zum Primrose Hill.

Bitte bedenken Sie, daß ich zu der Zeit, als ich Lallie bei meiner Mutter Wanda zurückließ, sehr jung war, reichlich verstört und immer noch in Trauer um ihren Vater. Das dürfte Entschuldigung genug sein, und dennoch ist es nicht ratsam, sich den eigenen Kindern gegenüber schlecht zu benehmen: Man fühlt sich nämlich sein Leben lang schuldig bei dem Gedanken, wie sie sich entwickelt hätten, wieviel besser sie es im Leben haben könnten, wenn man bloß nicht dies, sondern das getan hätte. Na schön, ich habe Lallie als Baby zu meiner Mutter abgeschoben, doch wenn ich fünfzehn Jahre später die Fahrerei nicht so gehaßt hätte, nicht so genervt davon gewesen wäre, sie durch den Berufsverkehr zu ihren Musikstunden und Konzerten zu kutschieren, dann hätte ich sie wahrscheinlich nicht ins Internat geschickt – mochte es noch so fortschrittlich und musisch ausgerichtet sein –, und sie wäre nicht schwanger geworden und hätte nicht Hattie bekommen und bei mir abgeladen – und Lallie hätte vielleicht ein bißchen häufiger gelächelt in ihrem Leben –, aber dann hätten wir nicht Hattie und jetzt Kitty bekommen, und so weiter und so fort.

Eine neue Strömung der Astrophysik behauptet, daß es unermeßlich viele alternative Universen geben könnte, wo alle Spielarten unserer Geschichte ausgelebt werden. Lauter andere Welten, gleichsam gespeichert in einem gewaltigen Computer, in denen Sebastian nicht ins Gefängnis geht, Curran nicht stirbt, Lallie als freundlicher Mensch geboren wird und drei Kinder mit einem Banker kriegt, und wer weiß, vielleicht wachen wir ja in einer Welt mit den Erinnerungen auf, die zur vorherigen gehören. Aber ich fürchte, es gibt auch ein paar unabänderliche Wahrheiten: etwa, daß »Ende gut« eben nicht immer »alles gut« heißt und weder schlechtes Benehmen entschuldigt noch einen von Schuld reinwäscht.

Curran. Lallies Vater. Ich lernte ihn kennen, als Serena und ich im Mandrake Club in Soho verkehrten, 1953 war das. Sie war einundzwanzig und ich zwanzig. Maler, Dichter und andere dubiose Gesellen saßen im Halbdunkel, spielten Schach, tranken billigen Wein und planten die Weltrevolution. Serena hatte wenig Selbstvertrauen, ich dafür jede Menge.

Dann lernte Serena David kennen, der ein enzyklopädisches Gedächtnis hatte, Gitarre spielte und sentimentale Lieder sang und der sie, kaum daß er ihr einmal tief in die Augen geblickt hatte, so hartnäckig bedrängte, bis sie sich schließlich erweichen ließ und ein Kind von ihm bekam. Doch ihn zu heiraten lehnte sie hochmütig ab.

Und ich lernte den schönen Curran kennen, der Mitte Zwanzig war, abends Schach im Mandrake spielte und tagsüber Flöte in der U-Bahn, während sich in seiner irischen Tweedmütze auf dem Boden das Kleingeld sammelte, bis er von der Polizei weggejagt wurde, was, wie er schimpfte, etwa jede Stunde geschah.

Curran war schön, aber vielleicht auch ein bißchen verrückt. Er hatte glänzende schwarze Locken, eine blasse Haut, blaue Augen und jede Menge Kleingeld in der Tasche. Das habe ich schon immer an Männern gemocht. Bei den Fahrgästen war er höchst beliebt: Er spielte einfach herrlich, und ich kann bis heute nicht *The Rose of Tralee*, *Danny Boy* oder *The Four Green Fields* hören, ohne daß mir die Tränen kommen. Diese schwermütig-schönen Melodien hallten durch die finsteren unterirdischen Labyrinthe, über- und unterhalb der rumpelnden Züge, kündeten von verlorenem Land, von verlorener Liebe. Ach, was habe ich ihn geliebt.

Er ließ mich neben sich auf seiner Decke sitzen – damals zogen Vagabunden noch nicht mit Hunden als Begleitung durch die Lande. Die Decke war ein MacLean-Karo-Plaid, von dem ich die Münzen klaubte, die, ungeschickt geworfen, neben der Tweedmütze landeten. Curran kam bei einer Kneipenschlägerei ums Leben, als ich im sechsten Monat schwanger war.

Ich wußte nichts von seiner Familie oder Heimat, und Wanda riet mir von dem Versuch ab, etwas herauszufinden. Männer, ob tot oder lebendig, machten mehr Ärger, als sie wert waren, es sei denn, sie hatten ein ordentliches Zuhause, Gewerbe und Einkommen. Ich bekam mein Kind in einem katholischen Heim für gestrauchelte Mädchen, reich-

te es an Wanda weiter und zog los, kaum daß Serena Davids
Sohn und Susan den von Piers zur Welt gebracht hatten.
Arme Wanda: Wir ließen ihr nicht viel an eigenem Leben.

Hugo, mein Labrador, schläft in seinem Korb auf einer
karierten Decke, die direkt von Currans Plaid abstammen
könnte. Hugo vermißt Sebastian. Ich auch. Er vergräbt
seine Nase in den vollgehaarten, wohlvertrauten Knautsch-
falten und fühlt sich getröstet, und wenn ich ihn so betrach-
te, wird auch mir leichter zumute. Ich vermisse Wanda, ich
vermisse Susan, und Serena geht es genauso. Aber ich habe
niemanden, mit dem ich gemeinsam Curran vermissen
könnte. Wenn ich versuche, mit Lallie über ihn zu sprechen,
würgt sie mich ab. Sie sagt, sie habe kein Interesse an ihrer
Abstammung.

Lallie wurde nicht nur mit dem Aussehen ihres Vaters geboren, sondern auch mit seiner Begabung, die Wanda mittels Notenblättern und Tonleitern zu kanalisieren versuchte
und Serena, indem sie die Gebühren für eine progressive
Schule beisteuerte, an der musikalisches Talent angeblich
gefördert wurde und wo Lallie dann prompt von Bengt,
dem Schweden, schwanger wurde. Also haben wir jetzt
Hattie und Kitty. Serena hat dafür lauter Jungen bekommen, wie aus Notwehr.

Und nun verzückt Lallie die Konzertsäle von Europa, Japan
und Amerika, wie ihr Vater einst die Pendler in der U-Bahn
verzückt hat. Seine Lieblingsstation war Charing Cross,
wo Martyn mittlerweile täglich einsteigt.

Beschönigungen unbequemer Fakten

Hattie ruft an. Hugo und ich sehen gerade fern. Hugo guckt gern Sendungen wie »Einsatz in vier Wänden«, wo Leute für eine kurze Zeit ihr Eigenheim verlassen und dann, bei ihrer Rückkehr, alles renoviert und völlig verändert vorfinden. Manchmal sind sie entsetzt, manchmal entzückt. Hugo ist sehr intelligent, und wenn er einen Hund auf dem Bildschirm sieht, steht er auf und fängt an zu bellen. Dann tapst er beunruhigt in Sebastians Atelier, um zwischen den alten Pinseln herumzuschnüffeln, als meinte er, irgendwo dort ein Kaninchen aufstöbern zu können. Das ist eine von Hugos Techniken zur Gesichtswahrung, denn, wie ich schon sagte, auch er vermißt Sebastian, doch soviel er weiß, ist sein Herrchen tot.

»Großmama«, sagt Hattie, als ich den Hörer abnehme. Das klingt schon besser als Uroma. Sie muß wirklich gute Laune haben.

»Du kannst dir ja nicht vorstellen«, schwärmt sie, »wie toll diese Agnieszka ist. Kitty himmelt sie an. Sie ist so tüchtig, und das Haus sieht traumhaft aus, und Kitty fühlt sich wohl bei ihr. Sie lächelt alle Leute an und streckt die Ärmchen zu Martyn aus, wenn er von der Arbeit heimkommt.« Und dann erzählt sie mir, daß sie gebeten worden sei, schon am kommenden Montag wieder bei Dinton & Seltz anzufangen, weil Coleen wegen Problemen in der Schwangerschaft vorzeitig ausfalle.

»Ist das nicht ein bißchen früh?« frage ich. »Solltest du nicht erst einen Monat ausprobieren, wie dieses polnische Mädchen mit Kitty zurechtkommt, bevor du dich wieder ins Berufsleben stürzt?«

»Ich brauche das Geld für den Monat. So ein Au-pair muß ja auch bezahlt werden. Du klingst langsam wie Urgroßmama an einem schlechten Tag«, wirft mir Hattie vor. »Als hättet ihr eine Art eingebauten Glauben, daß nichts, was wir tun wollen, jemals zum Guten dienen könnte.«

»Das nennt man Erfahrung«, kontere ich. »Wie läuft's mit dem Stillen? Ist Kitty soweit, daß sie aufs Fläschchen umgestellt werden kann?«

»Es ist allerhöchste Zeit. Agnieszka sagt, wir Engländer übertreiben es mit der Stillerei. Sie sagt, wenn Babys ein gewisses Alter erreicht haben, enthält die Muttermilch möglicherweise nicht mehr ausreichend Eiweiß, besonders abends.«

»Wie praktisch«, sage ich. Sie hat recht. Ich verwandle mich in Wanda. Hattie erzählt mir, daß Agnieszka mit Kitty Guck-Guck spielt und Kitty das toll findet. Agnieszka glaubt daran, daß kleine Gehirne so viel Stimulation bekommen sollten, wie sie kriegen können.

»Kannst du das nicht selbst tun, Hattie? Oder meinetwegen auch Martyn? Guck-Guck ist kein besonders schwieriges Spiel.«

»Aber uns macht es so verlegen«, jammert sie. »Wir kommen uns albern dabei vor, Agnieszka nicht.«

Tja, was soll ich sagen? Als Lallie sieben Monate alt war, hatte ich zu viel Kummer und Drama zu bewältigen, um groß Guck-Guck zu spielen. Das überließ ich Wanda. Und als Hattie dann klein war, überließ Lallie es mir, und ich könnte mir denken, daß ich es nie richtig gelernt habe, weil Wanda nicht der Guck-Guck-Typ war. Lallie hatte immer so

viel um die Ohren, reiste, gab Konzerte, spielte für Platten-
aufnahmen, rührte andere Leute zu Tränen und war selbst
knallhart. Sie hatte elegante Orchesterfreunde, allerdings
meistens welche, die nicht gerade die erste Geige spielten,
so wie manche Filmstars es anscheinend eher auf den Kame-
ramann als auf den Regisseur abgesehen haben. Sie mögen
keine Konkurrenz. Und Martyns Mutter dürfte auch nicht
viel Zeit fürs Guck-Guck-Spielen gefunden haben. Schließlich mußte sie oft genug zur Imbißbude laufen, um Fritten-
Sandwichs zu holen. Aber vielleicht wird ja alles gut. Vielleicht wird dadurch, daß Agnieszka mit Kitty Guck-Guck
spielt, ein Fluch von der Familie genommen, und Kitty wird
ihrerseits ein Geschlecht von Guck-Guck-Spielern hervorbringen. Noch ist alles drin. Aber ich ahne, daß auch ich
mich des Wunschdenkens schuldig machen könnte.

»Schläft Kitty jetzt nachts durch?« erkundige ich mich.
»Ja, seit kurzem. Und ihr Bettchen steht in Agnieszkas
Zimmer, so daß Martyn und ich endlich wieder mal ein
bißchen Privatleben haben.«
»Vielleicht füttert sie dem Baby ja Opium?«
»Sehr komisch«, sagt Hattie. Sie erzählt mir, Agnieszkas
Ansicht nach sollten Kinder nicht dem Fernsehen ausge-
setzt werden, also hat sie keinen Apparat in ihrem Zim-
mer, sitzt abends aber meistens dort und lernt. Sie hat in
Polen einen Kurs in Kindererziehung besucht.
»Ich könnte dir was über Kindererziehung in anderen
Teilen der Welt erzählen«, beginne ich. »Als Viera, unser
tschechisches Au-pair, sechs war, kam der Weihnachtsmann
durch den Schornstein und gab ihr einen Klumpen Kohle
statt eines Geschenks. Sie war unartig gewesen: Sie hatte
ins Bett gemacht.«
»Das war anno dazumal«, sagt Hattie, was auch wieder
stimmt.

Vor vierzig Jahren, um genau zu sein. Die arme Viera, die sich mit siebenundzwanzig als zu alt zum Heiraten ansah. Ihr Bräutigam hatte ihr nach siebenjähriger Verlobung am Abend vor der Hochzeit den Laufpaß gegeben. Sie war geflohen, weit weg aus ihrem Gebirgsdorf, wo der Weihnachtsmann mit Kohleklumpen den Schornstein herunterkam, weil sie die Schande nicht ertrug.

Als sie bei uns war, lernte sie einen jungen Sikh kennen und wollte ihn heiraten. Weil ich mich für sie verantwortlich fühlte, wandte ich mich an den Vater des Jungen, einen vornehmen Herrn mit weißem Turban und grauem Bart. Er sagte, die Sache werde schon gutgehen, weil sie beide so unbedarft seien. Die kulturellen Unterschiede würden ihnen gar nicht auffallen. Und er sollte recht behalten. Sie wurden ein glückliches Paar, Viera in glitzernde Saris gewickelt.

»Hast du mal kontrolliert, ob sie auch nicht aus dem Fenster hüpft, sobald Kitty in Opiumschlaf fällt, und sich ein bißchen was in Nachtclubs dazuverdient?« frage ich.

Das war Krista aus Dortmund. Krista verzog sich des Nachts in die Park Lane, um im dortigen Playboy Club als Croupière zu arbeiten. Sie machte die Vier-Stunden-Schicht von eins bis morgens um fünf. Und was dachten wir? Wir dachten, sie müsse krank sein, so müde, wie sie uns die ganze Zeit vorkam. Dann fand Serena ihren flauschigen weißen Karnickelschwanz und ihr schwarzes Kostüm mit der Satinkorsage in der Wäsche. Das Schwarz hatte ab- und alles in der Maschine grau gefärbt. Aber es verging noch eine Ewigkeit, bevor wir sie rauswarfen: Die Kinder mochten sie wirklich gern. Sie sagte, ihre Mutter sei so stolz auf das, was sie erreicht habe. Schwarzer Satin war ein Statussymbol in der Bunny-Welt. Das alles erzähle ich Hattie.

»Sei nicht albern, Großmama«, sagt sie. »Du hast eine schlechte Erfahrung gemacht. Aber ich habe tatsächlich kontrolliert. Ich ging in ihr Zimmer, um zu fragen, ob sie Lust hätte, mit uns ein bißchen fernzusehen – Martyn schläft meistens ein, sobald er sich hinhockt, und ich bin ja froh, wenn ich Gesellschaft habe –, dabei vergaß ich, vorher anzuklopfen, doch da saß sie mit einem Buch vor sich und schrieb etwas daraus in ihren Laptop.«

»Und was hat sie studiert? Ausländerrecht?«

»Ich weiß nicht«, flüstert Hattie. »Ich bin nicht so neugierig wie du.«

Sie wird richtig böse mit mir. Sie will gern bei allem meinen Segen haben. Ich soll sagen, daß ich es gutheiße, wenn sie ihr Kind allein mit einem Mädchen läßt, das sie erst seit einer Woche kennt und das auf Empfehlung von Babs gekommen ist. Ich bin Babs ein- oder zweimal begegnet. Sie ist ein sehr überzeugendes Exemplar des neuen weiblichen Typs, mit glänzendem Haar, ehrgeizig und gertenschlank, aber sie wird immer die eine oder andere heimliche Agenda laufen haben. Nun, vielleicht bin ich ungerecht. Hattie scheint sie zu mögen.

»Warum flüsterst du? Hört Agnieszka etwa mit?«

»Sie ist zu einem Abendkurs gegangen«, erklärt Hattie. »Und ich will Martyn nicht wecken.«

»Und was für ein Kurs ist das?« stichele ich. »Über Polizei und Asylsuchende?«

»Bauchtanz«, antwortet Hattie. »Bevor du jetzt irgendeinen Kommentar abgibst – das ist eine ganz vernünftige Sache. Man trainiert dabei Dehnen, Anspannen und Lockerlassen. Ich will bald mal mit ihr zu so einem Kurs gehen. Damit ich diesen vorgewölbten Bauch endlich loswerde.«

»Hattie, du bist so dünn, daß sich dein Bauch schon vorwölben würde, wenn du gerade eine halbe Karotte geknabbert hättest.«

»Agnieszka hat Karottensuppe und ein Käsesoufflé gemacht, bevor sie zu ihrem Kurs gegangen ist, und ich hab von beidem was gegessen. Auch Kitty hat ein winziges bißchen von beidem probiert und gelächelt und so froh ausgesehen.«

Sie erzählt mir, daß Martyn die Barbecuesoße holen ging, aber Agnieszka die Stirn runzelte, worauf er sie in den Mülleimer warf. Agnieszka hat Hattie davon überzeugt, daß Martyn seine Übellaunigkeit der Barbecuesoße verdankt: Sie besteht praktisch nur aus Essigsäure und Zucker.

»Karottensuppe?« sage ich. »Doch wohl hoffentlich aus biologischem Anbau?«

»Ja natürlich. Agnieszka kennt jemanden in Neasden mit eigenem Gemüsegarten, und da geht sie an ihren freien Tagen hin; sie sagt, sie bringt mit zurück, was sie nur kann.«

»Und ist dieser Jemand eine Sie oder ein Er?« hake ich nach.

»Was hat das, bitte schön, damit zu tun«, sagt Hattie. So genau hat sie sich nicht ausgedrückt, und außerdem hat sie ja einen Mann, den sie sehr liebt: Er ist Drehbuchautor in Krakau.«

»Was treibt ein Drehbuchschreiber in Krakau? Die polnische Filmhochschule ist in Lodz.«

»Keine Ahnung, Großmama. Ich weiß ja noch nicht mal, wo diese Orte liegen.«

Dann erzählt sie mir, daß Agnieszka über Weihnachten zwei Wochen Urlaub braucht, um nach Hause reisen zu können, womit bei Hattie drei Tage die Kinderbetreuung fehlt.

»Wenn du es also irgendwie möglich machen könntest, in der Zeit zu kommen, uns aus der Klemme zu helfen, Großmama ...«

»Aber Kitty kennt mich doch kaum. Seit sie auf der Welt ist, habe ich nur ein paar Stunden mit ihr verbracht, und davon hat sie die meiste Zeit geschlafen.«

»Dafür fühlst du dich an wie Familie, riechst wie Familie und wirst bestimmt genauso mit ihr umgehen wie ich. Das liegt in den Genen. Kitty stammt in direkter Linie von dir ab. Sie wird nicht fremdeln.«

Dieses Mädchen glaubt einfach alles, was ihr in den Kram paßt, aber ich muß zugeben, daß ich gerührt bin. Ich verspreche, daß ich sehen werde, was ich tun kann.

»Agnieszka sagt, es sei in Ordnung, Kitty den Schnuller zu geben. Hungerreiz und Saugreflex sind bei Babys getrennt. Manchmal sind sie satt und wollen trotzdem weiternukkeln und umgekehrt.«

Es war hoffnungslos. Hattie war keiner Logik mehr zugänglich. Hugo schnüffelte an der Türritze, weil er Gassi gehen wollte, und ich hatte die ganze Zeit in der zugigen Diele gestanden. Der Handyempfang hier in Corsham ist ziemliche Glücksache. Ich erklärte, ich müsse Schluß machen, und sie vergaß nicht, sich nach Serena, Cranmer und Sebastian zu erkundigen. Ich sagte, allen ginge es so gut, wie die Umstände es erlaubten. Ich fragte sie, ob sie etwas von ihrer Mutter gehört habe, und sie verneinte. Wen wundert's?

Allerdings fügte ich noch hinzu, wenn sie ihre Mutter sehen wolle, dann müsse sie Kitty schon taufen lassen, denn die Gelegenheit für ein schönes Foto – ihr Gesicht im Kerzenschein mit farbigen Buntglasfenstern im Hintergrund –

ließe Lallie sich bestimmt nicht entgehen. Hattie ignoriert die Spitze und prangert statt dessen die Scheinheiligkeit der christlichen Religion an: Wie könne das Kind getauft werden, wenn die Eltern streitbare, aufgeklärte Humanisten seien? Und noch nicht einmal verheiratet? Damit schien es für diesen Abend genug zu sein, und wir legten auf.

Kindesunterhalt

Als junge Frau habe ich, Frances, keinen solchen Drang zu arbeiten verspürt wie Serena. Den Broterwerb sah ich nie als wesentlichen Bestandteil meines Lebens an. Ich fand, daß Charlie, der Baronet, mich unterstützen sollte, während ich Jamie großzog, ganz gleich, wie zufällig und überstürzt dieses Kind entstanden war. Zur Zeit meiner ersten Schwangerschaft war ich mir sicher, daß Curran, wäre er am Leben geblieben, sich als feiner Kerl erwiesen und von Herzen gern den Inhalt seiner Tweedmütze mit mir geteilt hätte, aber dafür würde ich heute nicht mehr die Hand ins Feuer legen.

Wenn man den Vater seines Kindes liebt, dann hat man das Gefühl, daß er einem genug gegeben hat. Liebt man ihn aber nicht, dann will man eigentlich nur eins von ihm: Geld. Ich liebte Charlie nicht. Sobald ich nun also wieder in London war, ruhiger zwar als vorher, clean und zum Glück ohne mir eine der Krankheiten zugezogen zu haben, die so oft zu einem jungen, wilden Leben gehören, verschwendete ich viel Zeit und Energie mit dem Versuch, Geld aus diesem unseligen Mann meiner Wahl herauszupressen. Ich hatte den Traum, er würde, genau wie ich, aus dieser Phase herauswachsen und seßhaft werden, ich würde lernen, ihn zu lieben, und hinfort würden wir glücklich und zufrieden leben. Aber dann verschwand er zur Großwildjagd nach Südafrika, statt wie abgesprochen heimzukommen, und beantwortete meine Briefe nur selten.

Also richtete ich mir mit Jamie ein Zuhause im »Turm« ein
und fragte Wanda, ob ich Lallie zurückhaben könne. Die
Bereitwilligkeit, mit der sie mir ihre Enkeltochter zurück-
gab, überraschte mich dann allerdings doch ein bißchen. Sie
drückte mir das Kind mit regelrechtem Schwung in die
Arme. Und ich war auf einen Kampf gefaßt gewesen.

Aber Lallie hatte schon immer etwas Unzugängliches gehabt – als fände sie leichter eine Beziehung zu den Noten
auf dem Blatt oder den Vibrationen in der Luft denn zu anderen Menschen, als spiele es für sie keinerlei Rolle, wer
ihr gute Nacht sagte, was für Wanda recht verwirrend gewesen sein dürfte. Und da wir alle drei – zuerst ich, dann
Susan und schließlich Serena – früher oder später unsere
Kinder bei ihr abgegeben hatten, auf daß unsere Mutter
sich um sie kümmerte, konnte ich verstehen, daß sie vielleicht einfach mal wieder Licht sehen wollte.

Wanda mußte das Gefühl gehabt haben, daß ihre Spröß-
linge darauf aus waren, sie für ihnen bekannte wie unbekannte Missetaten zu bestrafen – vielleicht dafür, daß sie
unseren Vater verlassen hatte? Ich glaube, wir taten wirklich genau das – Wanda auf die Auswirkungen dieser Tat
zu stoßen, indem wir gleichsam eine permanente Protest-
haltung einnahmen, die sich in unserer schon fast mutwilli-
gen Fruchtbarkeit und fahrlässigen Vorliebe für Sex mani-
festierte. Das Problem war, daß wir nicht nur reagierten,
sondern auch agierten: Wir hatten alle solche Lust auf Sex.
Was Wanda nicht hatte, oder sich zumindest nicht erlaub-
te. Was sie dafür hatte, war ein gewaltiges Pflichtgefühl gegenüber ihren Kindern, das wir drei Töchter zu unserem
Vorteil ausnutzten.

Mit dem »Turm«, um die Ecke von Serena und George gelegen, als Zuhause und mit Roseanna, die uns die Kinder
abnahm, im Rücken, fand ich einen Job in der Primrosetti
Gallery, wo ich die Stellung hielt, wenn die Eigentümerin
Sally Anne Emberley mal wieder durch Abwesenheit glänz-
te. Sally Anne war ein Filmsternchen, mit dem ein berühm-
ter Filmproduzent ein Kind hatte, einen kleinen Jungen in
Lallies Alter. Das Kind galt stets eher als Sohn des berühm-
ten Filmproduzenten – und sie damit implizit als die bloße
Zuchtstute – denn als Sally Annes Sohn von dem berühm-
ten Filmproduzenten, doch so sahen die Machtverhältnis-
se seinerzeit eben aus. Immerhin kaufte der berühmte Filmproduzent ihr die Räumlichkeiten und ein paar Bilder für
den Anfang, und jetzt betrieb sie die Galerie, allerdings eher
lustlos. Aber damit hatte er ihr zumindest etwas zu tun gegeben und sie sich vom Hals geschafft. Die Galerie präsentierte Werke zeitgenössischer, ortsansässiger Maler – von
denen einige irgendwann zu besseren Adressen abwander-
ten: Eine Handvoll landete sogar in der Tate und im Metro-
politan Museum.

Mittlerweile werden Bücher über die Primrose Hill Group
geschrieben; gratulieren können sich diejenigen, die deren
Arbeiten gekauft hatten, als das noch möglich war. George,
der Serena zuliebe den Pinsel zur Seite gelegt hatte, äußerte sich so herablassend über Sally Anne und all ihre Ex-
ponate, daß Serena keinen Fuß in die Galerie setzte, wodurch sie sich den einen oder anderen erschwinglichen
Hockney oder Auerbach entgehen ließ. Einmal hätte ich
fast einen Edward Piper erstanden, aber dann mußte die
Waschmaschine repariert werden. Sally Anne, großzügig
ihren Malern gegenüber – sie konnte sich's leisten –, zahl-
te mir einen so kümmerlichen Lohn, daß selbst Roseanna
finanziell besser dastand. Wer im künstlerischen Bereich

arbeitet, soll dies ja eigentlich aus reiner Liebe zur Kunst tun.

Roseanna verdiente £ 5 pro Woche als Au-pair für George, Serena und mich. Ich bekam vier Pfund und fünfzehn Schilling pro Woche ohne Kost und Logis dafür, daß ich Gemälde präsentierte und gelegentlich auch eins verkaufte, die Post besorgte, die Buchhaltung führte, den Fußboden wischte, hier abstaubte, dort polierte und obendrein noch die Klos putzte. Ich wäre besser beraten gewesen, mich auf den Hintern zu setzen, eine anständige Ausbildung zu machen und mir ein paar berufliche Qualifikationen anzueignen, aber dies waren die sechziger Jahre, und was wußten wir schon? Die Rolle der Frau war es, sich unterhalten zu lassen, die des Mannes, sie zu versorgen, und wenn er versagte, so wie Charlie versagte, dann spielte die Frau die Märtyrerin, und auf die Rolle verstand ich mich bestens.

Diese Neigung zum Märtyrertum ging meiner Mutter auf die Nerven. »Was erwartest du denn?« fragte sie mich. »Natürlich wird dich dein komischer Charlie nicht unterhalten. Verschwende deine Zeit nicht damit, dir Hoffnungen zu machen. Männer unterhalten Frauen nur, wenn sie direkt vor ihrer Nase sind, das Bett anwärmen und das Essen kochen. Ich hab dir doch gesagt, du sollst ihn nicht heiraten.« Obwohl er dich zumindest zu einer anständigen Frau gemacht hat, wo du damals kaum besser warst als ein Flittchen im Dauerrausch, hätte sie hinzufügen können, tat es aber netterweise nicht. Ich habe in meinen Jugendjahren unter einem schlimmen Hormonschub gelitten – jedenfalls so schlimm, wie das die frühen Fünfziger zuließen.

Serena wagte sich damals kurzzeitig in Londons Unterwelt hinab, schloß dort Bekanntschaft mit einem Mann, der ihr als lebenslanger Anhänger erhalten bleiben sollte, und eilte dann zurück zu Mutter. Ich hingegen folgte dem Lockruf von Freiheit und Hemmungslosigkeit aus der Unterwelt in den Untergrund und brauchte Jahre, um wieder nach Hause zu finden.

Martyn und Hattie haben eine Meinungsverschiedenheit

»Das kannst du nicht machen, Martyn«, protestiert Hattie. Kitty schläft. »Du kannst kein Loblied auf das Fritten-Sandwich schreiben. Du hast mir doch immer erzählt, das Fritten-Sandwich hätte deinen Vater ins Grab gebracht.«
»Meine Güte, Hattie«, wehrt Martyn sich. »Du nimmst alles immer dann wörtlich, wenn es dir in den Kram paßt. Versuch mal, ein bißchen lockerer zu werden.«

Der hat gut reden, denkt Hattie, die umgekehrt findet, daß Martyn sie seit Kittys Geburt mit Anfällen von extremer Ernsthaftigkeit traktiert. Hattie geht seit knapp zwei Wochen wieder arbeiten, und schon jetzt findet Martyn, daß sie allzu schnell mit einer Meinung oder einem Urteil zur Hand ist. Darin zeigt sich zwar wieder die Prä-Kitty-Hattie, aber er hofft, daß sie es nicht zu weit treibt. Denn wie ihm jetzt klar wird, hat er sich doch ziemlich an ihre trübsinnige Version gewöhnt und sie sogar zu schätzen gelernt.

An diesem Abend sind beide Eltern rechtzeitig zu Hause, um das Baby baden zu können, während Agnieszka eine Thunfisch-Karotten-Pastete zaubert – sie benutzt häufig Karotten: Vitamin A, Karotin und bekömmliche Ballaststoffe, und was übrigbleibt, kommt am nächsten Tag in den Mixer und liefert den Babybrei zum Mittagessen. Hattie stillt nur noch einmal täglich, am frühen Morgen, worauf sie sich seit neuestem sogar freut. Ihre Brüste fühlen sich nicht mehr wund und ausgelaugt an. Sie und Kitty können miteinander schmusen und kuscheln und kleine Guck-Guck-Scherze machen, wenn niemand hinschaut, und Martyn fühlt sich nicht ausgeschlossen.

Sie müssen leise sein beim Sex, weil Agnieszka ja im Nebenzimmer schläft, aber dadurch bekommt der Akt etwas eigenartig Aufregendes, köstlich Verbotenes, wie in der ersten Zeit. Nicht daß Sex ihnen je verboten worden wäre, im Gegenteil: Der Geist von *Make Love Not War*, der die Generation ihrer Eltern so sehr beschäftigt hat, erregt schon längst kein Aufsehen mehr. Doch in jeder Generation scheint ungehemmte, frei ausgelebte Liebe ein zu großes Vergnügen zu sein, um nicht abgestraft zu werden.

»Was ist nur aus *Devolution* geworden?« fragt Hattie. »Ich dachte, ihr wolltet eine seriöse Zeitschrift machen? Warum verlangt man auf einmal von dir, Dreck zu schreiben?«

»Das ist kein Dreck«, gibt Martyn zurück. »Das ist engagierter Journalismus. Wir probieren einen anderen Ansatz aus. Wir konzentrieren uns einfach weniger auf das, was schlecht für die Leute ist, und mehr auf das, was gut für sie ist.«

»Ich finde, du solltest dich weigern. *Warum Sie und das Fritten-Sandwich Freunde sein können*. Alle werden dich auslachen.«

»Nein, das werden sie nicht«, sagt Martyn. »Sie werden mich lesen, selbst während sie spöttisch grinsen. Harold hat mir eine eigene Kolumne angeboten. *Geizkragen und Spielverderber* hat denen wirklich gefallen. Offenbar hat es den Meinungsbildungsprozeß in der obersten Etage befördert.«

»Hoffen wir mal, daß sie da überhaupt Meinungen haben«, gibt Hattie zurück. »Was ist aus der tiefen Ernsthaftigkeit unserer Jugend geworden, aus unserer Mission, die Welt zu verändern? Weshalb wechselst du heimlich die Seiten?«

Martyn räumt ein, daß die Alternative zum Lobgesang auf das Fritten-Sandwich und die Spielhalle um die Ecke offenbar in seiner Versetzung zur Initiative Wohlfahrtsreform besteht, und weist darauf hin, daß seinen parlamentarischen wie finanziellen Aussichten eher gedient sein dürfte, wenn er seine journalistische Karriere voranbringt, statt sich in Wirtschaftsdaten zu vergraben.

»Die haben dich gekauft!« Hattie läßt nicht locker. Sie trägt ein rotes Kostüm, das Serena ihr als Teil ihrer neuen Arbeitsgarderobe gekauft hat und das ihr sehr gut steht. Es ist von Prada. Hattie ist ein klein wenig fülliger geworden, was an Agnieszkas Angeboten zum Abendessen und Frühstück liegt, aber vielleicht auch an dem Glas Weißwein, das sie zum Mittagessen in der Sushibar gleich neben dem Büro trinkt – sie sieht nicht mehr hager aus. Sie sieht hinreißend aus.

»Ich finde, da verrennst du dich jetzt«, antwortet Martyn. »Es gibt wissenschaftliche Erkenntnisse darüber, daß der Körper Nahrung besser aufnimmt, wenn sie mit Genuß verzehrt wird. Ein Fritten-Sandwich ab und an schadet also niemandem. Im Gegenteil, es tut den Leuten gut.«
    »Du meinst, es hilft Wahlen gewinnen«, sagt Hattie. »Besonders im Norden, wo die Arbeiter wohnen. Wes Brot ich freß, des Schmalz ich sing.«
    »Und ich frage mich langsam, auf wessen Seite du stehst. Wenn schon ein paar Wochen bei Dinton & Seltz das mit dir machen können, dann gnade Gott der Arbeiterklasse. Eine literarische Agentur ist Kapitalismus in Reinkultur. Sie schafft nichts, sie verbessert nichts; sie ist nur auf

Profit aus. Und was ist das für ein Buch, das du dich so schwer bemühst, nach Polen zu verkaufen – *ScheißLoch-PißHund!*?«

»Es ist ein Buch von einem Mann, der am Tourette-Syndrom leidet«, sagt Hattie. »Tourette ist eine schreckliche Krankheit, über die wir alle mehr erfahren sollten. Tatsache ist, Martyn, daß du Karriere über Moral stellst, wo du doch geschworen hast, das würdest du nie tun.«

In diesem Moment kommt Agnieszka lächelnd zur Tür herein. Sie reicht Hattie einen schlichten Rock und einen Pulli und schlägt ihr vor, sich umzuziehen, bevor das Abendessen fertig ist, so daß Agnieszka ihr Arbeitskostüm auf einen Bügel hängen kann, bevor es Flecken bekommt oder zerknittert, und fügt hinzu, daß sie Hattie für den nächsten Tag einen rosa Kaschmirpulli und einen kurzen grauen Rock herausgesucht hat.

»Du kannst ja nicht an zwei Tagen hintereinander dasselbe tragen«, sagt Agnieszka. »Du mußt vielmehr den Eindruck vermitteln, daß du eine Riesenauswahl schöner Sachen hast.«

»Trifft das auch für Männer zu?« fragt Martyn.

»Nein«, sagt Agnieszka entschieden. »Männer sollten nicht so aussehen, als würden sie besonders auf ihre Erscheinung achten: sondern so, als hätten Sie Wichtigeres zu tun.«

»Das klingt aber ein bißchen sexistisch«, bemerkt Martyn, und Agnieszka sieht ihn verwirrt an. Was mag er damit wohl meinen?

Doch dann zieht sie die Thunfisch-Karotten-Pastete aus dem Ofen. Sie ist mit einer dünnen goldenen, fertig gekauften und gut aufgegangenen Teigplatte bedeckt. Hattie hat nichts gegen Tiefkühl-Blätterteig, aber das ist ungefähr schon das äußerste, was sie an Fertiggericht-Kultur akzeptiert. Martyn ist immer noch ein bißchen sauer. Er hat das Bedürfnis, Agnieszka als Schlichterin anzurufen.

»Meinst du«, fragt er, »die erste Pflicht eines Mannes besteht gegenüber seiner Familie oder gegenüber der Gesellschaft, in der er lebt?«

Hattie runzelt die Stirn. Dies ist mit Sicherheit eine etwas abstrakte Frage für ein Au-pair, und warum fragt er eigentlich nicht sie, Hattie, sondern Agnieszka, aber Agnieszka stutzt nicht einmal.

»Diese Art Fragen hat man uns in der Schule gestellt«, sagt sie. »Die richtige Antwort im alten Polen war letzteres, aber nun wissen wir es alle besser, und die Antwort lautet: die Familie. Wenn man allerdings eine Begabung hat wie Sie, Mr. Martyn, dann hat man auch in der Hinsicht eine Pflicht zu erfüllen. Und wenn sich dem Künstler Gelegenheiten bieten, dann ist es dumm, sie nicht zu ergreifen.«

»Da hörst du's, Hattie!« ruft Martyn triumphierend. »Ich stärke meine kreative Ader, indem ich das Fritten-Sandwich besinge, und du veröffentlichst einen Schnellkurs über das Tourette-Syndrom, und wenn alles so weiterläuft, schaffen wir es vielleicht tatsächlich, im Sommer mal richtig in Urlaub zu fahren, und können von jetzt an essen gehen, wann immer wir Lust haben.«

Und er lacht und umarmt Hattie, während sie aus ihrem Kostüm und in den alten Pulli und Rock schlüpft. Das Umziehen geht ganz sittsam vor sich, weil sie Slip, BH und sogar den Unterrock anbehält, den Agnieszka offenbar als unerläßliches Accessoire einer Frau ansieht, aber Agnieszka wirkt etwas irritiert, als fände sie, Hattie hätte dafür lieber ins Badezimmer gehen sollen. Hattie verspürt einen

Stich: Sie will ihr Privatleben zurückhaben: Sie will nicht beobachtet werden, nicht andauernd. Doch die Pastete mit ihren seltsamen Zutaten – wer mag sich das ausgedacht haben: Thunfisch plus Karotten plus Blätterteig – riecht einfach köstlich, und sie hat Hunger und schüttelt das Unbehagen ab.

Martyn sagt: »Ich liebe dich trotzdem«, und Hattie sagt: »Ich dich auch«, und dann setzen sich alle zum Essen. Martyn ist ganz erfreut darüber, daß Agnieszka sich auf seine Seite geschlagen hat.

Männer, Frauen, Kunst und Lohnarbeit

Mit Roseannas Ankunft am Caldicott Square ließ der häusliche Druck nach, und alsbald rumorte es in mir, endlich mal ein bißchen Ehrgeiz zu entwickeln und aufzuhören, über Charlie zu lamentieren.

Ich bat Sally Anne um eine Lohnerhöhung – sie ging, wenn auch ungern, auf £ 6 pro Woche hoch, denn sie sah ein, daß ich mehr verdienen müßte als das Au-pair. Wenn man nicht bittet, kriegt man auch nichts, das gilt besonders für Frauen. Und es ist überraschend, wieviel man kriegt, wenn man tatsächlich bittet. Serena, die in ihrer Werbeagentur mittlerweile Karriere machte, sagte mir, weibliche Mitarbeiter bäten nur selten um eine Gehaltserhöhung: Sie meinten, sie bekämen ohnehin das, was sie verdienten, und die Geschäftsführer wüßten schon, was sie täten. Die Männer dagegen gingen zum Chef rein, hauten mit der Faust auf den Tisch und stellten ihre Forderungen. Schriftstellerinnen, sagt sie noch heute bedauernd, seien auf peinliche Weise dankbar, wenn ein Verleger beschließe, ihre Arbeit herauszubringen. Männer sähen dies als ihr natürliches Recht und könnten ziemlich rabiat werden, wenn sie auf Hindernisse stießen.

Dank Roseanna fand ich jetzt die Zeit, mir das anzuschauen, was Künstler, frühere wie zeitgenössische, tatsächlich malten. Das Modell sieht ja quasi aus der Vogelperspektive, was auf die Leinwand kommt, und dieser Blickwinkel ist naturgemäß beschränkt. Und wie dem Medium, wenn es die Geister der Verstorbenen zum Nutzen der Hinterbliebenen heraufbeschwört, so wird auch dem Modell beim Gemaltwerden etwas von seiner ureigenen Substanz herausgesaugt. Es ist eine strapaziöse Sache. Man behält nur, was übrigbleibt, wenn diese Essenz in das Bild eingegangen ist, und je besser der Maler ist, desto weniger bleibt von einem übrig. Genau das macht einen sexuell zu leichter Beute. Doch jetzt hielt ich tatsächlich die Augen offen und lernte. Ich schaute regelmäßig bei den bedeutenderen Kunstgalerien, den großen Auktionshäusern und den Galerien entlang der Cork Street vorbei und ließ den Blick schweifen.

Meine Mutter Wanda, eine Absolventin der Slade School of Art, war selbst keine schlechte Malerin, allerdings so perfektionistisch, daß sie sechs Monate brauchte, um ein einziges Bild fertigzustellen. Aber sie schien mir meine neue Angewohnheit des Kunst-Guckens übelzunehmen: Ich täte besser daran, daheim zu bleiben und mich um die Kinder zu kümmern.

Wanda fand die Wallace Collection vulgär: lauter geschmacklose Vergoldungen, lauter Bilder in falschen Rahmen, völlig beliebig gehängt. Fragonard und Boucher wurden von ihr verschmäht. Einen Turner in der Tate ließ sie sich schon eher gefallen. Sie wollte die einzige sein, die *im Bilde* war.

George ging in der Hinsicht ganz ähnlich mit Serena um. Er sah sich Kunst lieber allein an, während sie so gern etwas von dem lernen wollte, was er wußte, doch sobald sie Fragen stellte, wurde er knurrig, wie ein Hund, dem man seinen Knochen wegschnappt, und schlug ihr vor, doch schon mal ins Café zu gehen und dort auf ihn zu warten, statt über Dinge zu reden, von denen sie nichts verstand. Sie solle sich lieber an die Werbung halten. Aha. Der Schuster meint, die anderen sollten sich von seinem Leisten fernhalten.

Roseanna kam ganz zufällig zu uns, wie ein Kätzchen, das eines Tages zitternd und hungrig auf der Türschwelle erscheint. Statt ihre Zeit damit zu verbringen, angetan mit gestärktem weißen Häubchen und Schürzchen, adlige Engländer an der Haustür eines imposanten Anwesens zu begrüßen, wie ihre Mutter sich das vorgestellt hatte, als sie ihr Kind in die Welt hinaus schickte, landete Roseanna bei einem emigrierten polnischen Kapitän und seiner Frau in einer Wohnung über einem Wolladen am Primrose Hill. Sie arbeitete zwölf Stunden pro Tag für ihren Unterhalt. Roseanna war ein hübsches, nettes junges Ding, aber auch praktisch veranlagt und entschlossen. Sie rechnete sich aus, daß ihr bei sechs Stunden Schlaf und zwölf Stunden Arbeit täglich immer noch sechs Stunden freie Zeit blieben. Also hängte sie eine Annonce in ein Schaufenster, in der sie ihre Dienste als Putzhilfe anbot. Serena reagierte sofort.

Unsere Familie war nicht an Personal gewöhnt – jedenfalls seit Mitte der Zwanziger nicht mehr. In jungen Jahren hatte meine Großmutter Frieda eine Köchin und ein Mädchen für alles beschäftigt, doch schon in den Dreißigern lebte sie, inzwischen geschieden, in Kalifornien, wo nur die sehr Wohlhabenden Bedienstete hatten. Als ihre Tochter Wanda zwanzig war, ging sie mit ihrem Mann Edwin nach Neuseeland, einem Land mit Pioniergeist, wo Dienstboten überhaupt keinen gesellschaftlichen Faktor darstellten. Als die aufgrund zweier Scheidungen mittlerweile rein weibliche Familie – Mutter, Großmutter, Susan, Serena und ich – nach Jahren kriegsbedingten Exils 1946 in die alte Heimat zurückkehrte, war dort das gesellschaftliche Gefüge zerfallen. Die Klasse der Dienstboten war verschwunden – wer wollte noch anderer Leute Fußböden schrubben, wenn er für die halbe Arbeit doppelt soviel Geld in einer Munitionsfabrik verdienen oder als Marinehelferin jede Menge Männer kennenlernen konnte?

Die Fünfziger blieben weitgehend dienstbotenfrei. In den Sechzigern, als Wohlstand und Abenteuerlust zunahmen, kamen die ersten Au-pairs aus dem Ausland, die im Haus lebten und mithalfen. Sie kamen, um Englisch zu lernen, und waren im großen und ganzen sittsam, ehrlich und sauber und erwarteten nicht, Liebhaber oder mehr als den Mindestlohn zu haben. Und da nur wenige Mütter berufstätig waren, sah sich das Au-pair kaum je mit der ganzen Verantwortung alleingelassen. Au-pairs wurden wie ein Familienmitglied behandelt. Unter gewissen Umständen, wie bei Roseanna und dem polnischen Kapitän, war das Wort »Familie« allerdings recht unklar definiert. Schon bald kursierten jede Menge Geschichten über Ehemänner, die mit dem Au-pair durchgebrannt waren; im großen und ganzen aber wurde die »Fürsorgepflicht«, wie wir sie heute nennen, gegenüber den Hilflosen und den Verletzlichen – das »Tabu«, wie Freud es genannt hat – anerkannt.

Das Au-pair von heute will ein Sexleben, anständig bezahlt werden, in Pubs und in Clubs gehen und gelegentlich auch einen Kurs besuchen. Sie weiß selbst, was sie will, egal was ihre Mutter sich wünscht. Sie ist das Produkt ihrer eigenen Generation, nicht der vorhergehenden. Sie kommt aus einem Land weiter im Osten – Ungarn, Rumänien, Polen sind die aktuellen Spitzenreiter –, und ihre Gewohnheiten mögen überraschend sein; wir erwarten, daß sie den unseren entsprechen, aber das ist ein Fehler. Sie denkt in erster Linie an ihr Überleben. Die Kulturen, in denen Männer Frauen versorgen, sind rapide im Schwinden begriffen. Wenn sie von außerhalb des neuen Europa stammt, hofft sie womöglich, einen Engländer um seiner Staatsangehörigkeit willen heiraten zu können.

Es ist natürlich keine Einbahnstraße. So mancher Europäer sucht per Anzeige eine Braut aus Fernost, der er Dienstleistungen wie Kochen, Putzen und Bettanwärmen mit ihrem Unterhalt und ein bißchen Taschengeld vergilt, die bei Dinnerpartys still dasitzt und auch noch meint, sie hätte das große Los gezogen. Russische Mädchen haben längere Beine, sind aber gefährlich. Der Mann trifft seine Wahl eher nach der Nationalität als nach dem Charakter.

Die Welt lebt, wie Hattie schon zu Martyn gesagt hat, vom Unterschied zwischen denen, die haben, und denen, die nicht haben. Dagegen läßt sich nicht viel machen. Aber man weiß ja nie. Dinge können sich ändern. Hat Martyn nicht vor kurzem anläßlich von Agnieszkas Einstellung bemerkt, hier gebe es ein Problem? »*Ist es moralisch?*« Wandas Prinzipien tauchen an den eigenartigsten Stellen auf. Und das kann nicht an den Genen liegen – Martyn ist schließlich kein Blutsverwandter. Vielleicht ist es ja Wandas Geist, der die Familie verfolgt.

Serena hat immer Sekretärinnen und Haushaltshilfen gehabt und manchmal auch einen Chauffeur, sich aber eigentlich nie dazu berechtigt gefühlt. Als Wanda schon über Neunzig war, bekam sie vom Haringey Council eine »Hilfe« zugewiesen – normalerweise ein verwirrtes Mädchen aus Botsuana oder Sambia – und bat diese »Hilfe« dann, sich einfach hinzusetzen und ein Buch zu lesen, bis ihre Zeit um war, während Wanda mit der Hausarbeit und der

Kocherei weitermachte. Sie mochte ihren Toast genau so und ihr Badewasser eben genau so und nicht anders.

Susan, Serena und ich waren, anders als Wanda, bereit, uns mit dem abzufinden, was uns geboten wurde. Wir lebten zu nah am Rand der Not, um uns den Luxus zu erlauben, pingelig zu sein. Diese Scheibe Toast wird's schon tun. Ob zu kalt oder zu heiß, Hauptsache Badewasser. Aber vielleicht schließen sich Pingeligkeit und Lohnarbeit gegenseitig aus. Meine Mutter sah sich nur ein paar Jahre lang gezwungen, arbeiten zu gehen. Für Susan, Serena und mich war dies eine lebenslange Notwendigkeit – obwohl Susans Leben leider nicht lange genug währte, um sich hier aufführen zu lassen.

Aber wir gehören alle zu denen, die Ordung schaffen, bevor die bezahlte Hilfe eintrifft: eine Angewohnheit, die Sebastian ärgert. Wenn ich seine sauberen Anziehsachen zusammenlege und in die Schubladen räume oder seine Socken paarweise ineinanderstopfe, kann es passieren, daß er alles wieder auf den Boden schmeißt, damit Daphne, unsere Putzfrau, es aufhebt und sortiert. »Warum solltest du das tun?« fragt er mich. »Bezahlen wir sie nicht genau für so was?« Und das Ergebnis ist, daß Daphne ihn verehrt, während sie mich gerade mal erträgt.

Sebastian ist Eton-Absolvent und sieht nicht ein, wozu man sich Mühe geben sollte, von den Dienstboten akzeptiert zu werden. Innerhalb der englischen Aristokratie war es üblich, sich zu benehmen, als würde das Hauspersonal gar nicht existieren. Die Arbeitgeber defäkierten und koitierten vor ihren Augen, bohrten sich in der Nase und aßen die Popel; die Bediensteten waren schlicht Luft für sie. Mittlerweile haben sie natürlich dazugelernt, denn die Nachfrage nach Dienstboten überschreitet das Angebot bei weitem.

Zu Hause bei George und Serena

Daß Roseanna unangekündigt bei George und Serena auf der Schwelle erschien, lag daran, daß der Kapitän sie in ihrem Schlafzimmer aufgesucht und Anstalten gemacht hatte, gemeinsam mit ein paar betrunkenen Freunden zu ihr ins Bett zu steigen. Mit Unterstützung der Gattin hatte sie es geschafft, die Männer hinauszubugsieren und die Tür abzuschließen, aber bei Morgengrauen schlich sie aus dem Haus und setzte sich am Primrose Hill auf eine Bank, nur mit dem Mantel überm Nachthemd, bis sie meinte, George und Serena könnten wach sein, dann klopfte sie. Natürlich nahmen die beiden sie auf.

George ging beim Kapitän vorbei, um Roseannas wenige Habseligkeiten zu holen. Die Gattin des Kapitäns war fuchsteufelswild, weil Roseanna gegangen war, ohne zu kündigen. Der Kapitän war zu verkatert, um sich etwas daraus zu machen. Roseanna schlief so lange auf dem Sofa, bis die Mieterin des Souterrains – eine Spendeneintreiberin für den ANC, Teil des Exodus der jüdischen Linken aus Südafrika in den Sechzigern – sich ihrer erbarmte und ihr Bett aufgab, um fortan mit einem jamaikanischen Dichter in einer noch feuchteren Kellerwohnung zu leben.

Das waren die goldenen Zeiten des Caldicott Square. Es war ein warmes, gastfreundliches, unordentliches Haus. George und Serena konnten die tollsten Partys schmeißen.

Ihre Großzügigkeit schloß mich mit ein, und trotzdem kam ich mir vor wie eine arme Verwandte. Sie waren verheiratet, ich nicht oder nur pro forma. Über Dreißig und ohne Partner zu sein war damals ein bemitleidenswerter Zustand.

Aus One-Night-Stands – von denen es viele gab – entwickelten sich allzu selten dauerhafte Beziehungen. Der Mann war am Morgen danach meist schon wieder verschwunden, und wenn man die Nacht bei ihm verbrachte, erwartete er, daß man vor dem Frühstück ging. Mit jemand Fremdem zu frühstücken galt als peinlich. Diese Sixties-Mädchen mit den Rehaugen und den ausdruckslosen Gesichtern waren so unglücklich, wie sie aussahen, in ihren winzigen spitzen Killerschuhen.

Doch irgendwie hatten George und Serena einander gefunden. Mir schien es ziemlich offensichtlich, daß George ab und an mal die Nacht mit einer anderen Frau verbrachte – er kam in den frühen Morgenstunden nach Hause und erzählte, er sei »auf dem Sofa eingeschlafen« oder etwas in der Art, und Serena entschied sich immer dafür, ihm zu glauben. Allzuviel Wirklichkeit hatte sie nie ertragen, und je mehr Romane sie schrieb, desto weniger konnte sie das.

Sie litt Höllenqualen, während sie auf seine Rückkehr wartete, ließ sich aber leicht beschwichtigen. Und auch sie landete gelegentlich im falschen Bett, denn dies waren die Sechziger, aber als Untreue betrachtete sie das nie. Es war einfach eine Art Beschäftigung, während sie darauf wartete, daß Georges Liebe wieder aufblühte.

Der schlechte Chianti aus Korbflaschen wurde von saurem Muscadet abgelöst. Erst als in den Achtzigern nichteuropäische Weine auf den englischen Markt kamen, begann der stinknormale Traubensprit tatsächlich zu schmecken. Doch Serena nahm ihren Berry Brothers-Katalog und bestellte die großen roten Bordeauxweine der Fünfziger und Sechziger, Lafites, Latours, Margaux, für einen Spottpreis. Hätte sie sich die Flaschen einfach in den Keller gelegt, wären die mittlerweile hunderte, ja tausende Pfund wert, aber sie flossen nun mal die Kehlen der Kenner genau wie die der Banausen runter.

Serena gehörte eigentlich zur zweiten Kategorie, obwohl sie gern von einer Episode in den Siebzigern erzählt, als sie, beauftragt, über die Romanze zwischen JFK und Jackie zu schreiben, auf der Recherchefahrt zu deren alten Liebesnestern einem der sie begleitenden Fernsehproduzenten im Namen des guten Weines einen Schlag verpaßte. Die Produzenten, Vietnamveteranen, stritten sich häufig im Auto, hielten dann an und gingen mit Fäusten aufeinander los. Einmal zerbrach dem, der am Steuer saß, dabei die Brille, der andere weigerte sich zu fahren, sie konnte nicht fahren, und so mußten sie ihre Reise mit einem Mann fortsetzen, der derart kurzsichtig war, daß er nicht einmal rote Ampeln sah. Die Produzenten setzten ein fiktives Baby samt Kindermädchen sowie Übernachtungen in Hyatt Regency-Hotels auf die Spesenrechnung, während sie in Wirklichkeit im Holiday Inn abstiegen. Als sie in einem Restaurant in Hyannis Point eine Flasche 62er Château d'Yquem bestellten und der Kellner sagte, dies sei nicht nur die letzte im Weinkeller, sondern in den gesamten Vereinigten Staaten, und sie sich den edlen Tropfen einfach hinter die Binde gossen, sprang Serena auf und versetzte einem der Burschen einen Haken mit der Rechten. Europas Ehre stand auf dem Spiel. Danach kuschten die beiden. Aus der Sendung wurde nie etwas.

Das Haus am Caldicott Square vergrößerte sich. George beschloß anzubauen, den Souterrain zu renovieren und gegen Feuchtigkeit abzudichten und den Kohlenkeller, in dessen Loch einst der viktorianische Kohlenmann seine Säcke voll dreckiger, glänzender Kohlen geleert hatte, in den Umbau miteinzubeziehen, um Platz zu schaffen für Roseanna, ein Klavier für seine begabte Nichte Lallie und ein anständiges Bad. Bisher hatte sich das Bad vom Caldicott Square in der Küche befunden, in Form einer Wanne mit hölzernem Deckel, der als Anrichte diente. Bevor die Wanne benutzt werden konnte, mußten die Küchenutensilien und Lebensmittel heruntergenommen und woanders abgestellt werden. In der ersten Zeit badete Serena die Babys im Spülbecken.

Als Serenas Einkommen stieg, kam die Wanne in ein neues Badezimmer. Die Lücke, die sie hinterließ, wurde mit Schränken gefüllt, ein Geschirrspüler installiert, die Wäsche kam jetzt in die eigene Waschmaschine, statt in den Waschsalon geschleppt zu werden. Die Fassade erhielt einen neuen Anstrich, Fenster wurden ersetzt, dem Holzwurm der Garaus gemacht, ja sogar das Erdreich um das Souterrain abgetragen, so daß daraus tadelloser, heller Wohnraum entstehen konnte.

Doch Serenas Einkommen kam nicht von ungefähr; es fiel nicht wie Manna vom Himmel, es mußte verdient werden, sie mußte arbeiten gehen, und während sie arbeitete, wurde ein Großteil der Kinderbetreuung an die Au-pairs übergeben. Und die Au-pairs fabrizierten Lallie, und Lallie und ich (vor allem ich) fabrizierten Hattie, und nun werden Hattie und Agnieszka Kitty fabrizieren, und wer könnte jetzt schon sagen, welche der beiden dabei die größere Rolle spielen wird?

Hattie bei der Arbeit

Babs steckt in Schwierigkeiten. Sie ist in Tränen aufgelöst. Sie kann nicht arbeiten, nicht nachdenken, nicht einmal Anrufe annehmen. Ihre sinnlichen Augenlider sind geschwollen und wund. Sie ist eine der schönsten Frauen, die Hattie kennt. Beide haben zur selben Zeit als Berufseinsteigerinnen bei Hatham Press gearbeitet. Damals war Babs ein linkisches Mädchen mit einem fleischigen Gesicht, doch inzwischen ist sie kontrolliert, durchtrainiert und etwas ganz Besonderes. Hattie benutzt ihre Arme, um beim Gehen im Gleichgewicht zu bleiben, um Babys hochzuheben und Martyn um den Hals zu fallen, sie werden normalerweise bedeckt und so vor Kälte und den Beanspruchungen des Alltags geschützt. Babs geht ärmellos, im Vertrauen auf ihren perfekten Körper, ihre kein bißchen schwabbelnden Oberarme. Wenn sie gestikuliert, kommen nicht nur ihre Hände, sondern auch die Arme zum Einsatz, so weiß, glatt und unendlich sexy. Seit sie Alastair, den Tory-Abgeordneten und reichen Erben, geheiratet hat, ist ihre Kleidung erstklassig, perfekt, entworfen von Fashionistas, die so grandios und unnahbar sind, daß man sie schwerlich in Zeitungen zu sehen bekommt; obwohl Babs sich auch manchmal zu Harvey Nichols hinabbegibt und beobachtet werden kann, wie sie dort in einer Umkleide verschwindet.

Es überrascht Hattie, daß Babs sie anscheinend immer noch als ihre beste Freundin betrachtet. Was kann jemand so Außergewöhnliches bloß von jemand so Alltäglichem wie Hattie wollen? Aber es läßt sich nicht abstreiten: Sie ist nett. Und wenn man sie noch so sehr beneidet, Babs ist trotzdem nett. Und in dem Monat, seit Hattie wieder ins Büro kommt, hat sie tatsächlich selbst angefangen, ein bißchen mehr aus sich zu machen. Sie war beim Friseur, hat sich die Augenbrauen in Form zupfen lassen, und ihre Fingernägel sind auch schon länger.

Heute jedoch fühlt sich Hattie ein bißchen erschöpft. Sie muß dauernd ins Zimmer nebenan laufen, um nach Babs zu sehen und sie zu beruhigen. Währenddessen nimmt Hilary Ramshaw, die sich mit Hattie ein Büro teilt, Hatties Anrufe entgegen, und Hattie weiß nicht, ob sie das so gut findet. Zwar betreut Hilary die englischsprachigen und Hattie die Auslandsrechte, doch Hilary scheint zu glauben, letzteres Ressort sei ersterem untergeordnet, obwohl die beiden Frauen einander eigentlich gleichgestellt sind. Hattie ist derzeit schlechter bezahlt, doch das liegt an ihrer Auszeit und den Gehaltsstrukturen, nicht etwa daran, daß ihre Arbeit weniger wichtig für die Agentur wäre: Eigentlich rechnet sie sogar damit, Hilary innerhalb eines halben Jahres gehaltsmäßig zu überrunden.

Hattie erwartet einen Anruf aus Warschau: Sie möchte nicht, daß Hilary den Hörer abnimmt und irgendwelchen Blödsinn anstellt wie etwa einen Vertrag abzuschließen, den Hattie nicht abgeschlossen sehen will, noch nicht, denn Hattie ist sich ziemlich sicher, daß der Warschauer Verlag, einen gewissen Druck vorausgesetzt, sehr wohl bereit wäre, mehr zu bieten, und sie hat vor, diesen Druck zu machen. Hilary ist irgendwo in der Vergangenheit steckengeblieben und glaubt, die ehemaligen Satellitenstaaten der Sowjetunion hätten kein Geld. Hattie weiß, daß sie den Armutstrumpf schon längst nicht mehr ausspielen können. In Polen boomt das Verlagsgeschäft. Das hat ihr Agnieszka selbst erzählt.

Neil Renfrew sitzt in der obersten Etage an einem riesigen Schreibtisch aus Eichenholz und herrscht von hier aus, über alles, was unten vor sich geht: Film- und Fernsehagenten, literarische Agenten, für Fiction und Non-Fiction, sind mit der Verarbeitung dessen beschäftigt, was den Köpfen dieser seltsamen Leute entspringt, die mit einer Mischung aus Ehrfurcht, Geringschätzung und Belustigung »die Autoren« genannt werden.

Die Autoren sitzen allein an Computern im ganzen Land, schürfen im Inneren ihrer Köpfe nach Schätzen, werden manchmal fündig, meistens aber nicht. Der Agent muß Verleger, Filmemacher und Zeitungen davon überzeugen, daß das, was da glänzt, kein Katzengold ist, sondern echtes. Manchmal ist es das auch, aber man weiß es eben nie im voraus. Das reinste Glücksspiel. Demnächst wird Hattie mit Neil Renfrew über eine genauere Definition der Verantwortlichkeiten sprechen müssen, falls sie ihn überhaupt mal erwischen kann.

Dinton & Seltz belegen das gesamte Gebäude und werden bald in größere Räumlichkeiten umziehen, das Haus nebenan dazukaufen oder einen Teil des Betriebes auslagern müssen. Zu viele Menschen arbeiten auf zu engem Raum. Anders als Martyns Büro ist dieses hier alt, richtig alt. Das Gebäude wurde Ende des 18. Jahrhunderts als Stadthaus für einen wohlhabenden Großgrundbesitzer errichtet. Die Räume sind hoch und herrschaftlich – bis man zu den Dienstbotenetagen gelangt, die winzig und schäbig sind. Computer, Akten und Telefone wirken wie fehl am Platz, und ganz gleich, welche Möblierung man wählt, paßt doch nichts so richtig rein. Das Haus scheint auf etwas zu warten, das nie eintreten wird. Ein Fahrstuhlschacht, vor fünfzig Jahren eingebaut, läßt die einst so herrschaftlichen, weitläufigen Treppen und Flure eng und unproportioniert erscheinen. Die Baubehörde wird bestimmt bald einschreiten und fehlende Notausgänge und Rollstuhlrampen monieren. Neils neues Büro, zurückgesetzt von der Straßenfront, so daß es von unten nicht eingesehen werden kann, ist erst fünf Jahre alt und hat seinem jungen Architekten schon den einen oder anderen Preis eingebracht. Kürzlich wurde nun auch die Baugenehmigung dafür erteilt.

Alle achtundzwanzig Frauen der Belegschaft von Dinton & Seltz und einige von den siebzehn Männern sind ein bißchen in Neil verliebt, der gut aussieht und üblicherweise braungebrannt ist von seinem letzten Urlaub. Er ist glücklich verheiratet, geht an den Wochenenden segeln und kommt dann zurück, um Entscheidungen zu treffen, vor denen andere zurückschrecken, weshalb er ja auch das Sagen hat.

Harold von *Devolution* gehört zur alten Schule der eigenartigen Chefs, die mittels einer unbändigen Individualität und unvernünftiger, aber oft genialer Entscheidungen schalten und walten. Neil, der einer jüngeren Generation angehört, kennt das innerbetriebliche Prozedere, läßt sich auf keine Nullsummenspiele ein und möchte seine Angestellten in Win-Win-Situationen sehen.

Hattie reagiert auf einen jammervollen Hilferuf, der durch die Bürowände dringt: Babs sind die Taschentücher ausgegangen, und sie kann ihr Büro nicht verlassen, um welche zu suchen, weil ihr die Nase läuft, also holt Hattie ein Päckchen für ihre Freundin. Babs würde das gleiche auch für sie tun. Trotzdem drängt es Hattie zurück in ihr Büro, wegen des erwarteten Anrufs aus Warschau und der Sorge, Hilary könnte ihr da halb absichtlich, halb unwissentlich, etwas vermasseln.

Hilary ist seit siebenundzwanzig Jahren bei der Agentur und dürfte hier die Älteste sein. Sie trägt Tweedröcke, Strickjacken und Perlen. Wie Nonnen ihr Leben Jesus weihen, so hat Hilary ihr Leben Dintons geweiht. Sie hat keine Kinder. Die Wetten stehen hoch, daß sie immer noch Jungfrau ist, obwohl auch das Gerücht geht, sie habe eine Affäre mit dem längst verschiedenen Mr. Seltz gehabt. Das Telefon klingelt, aber wieder ist Babs dran. Wegen der ganzen Aufregung hat sie ihre Regel zu früh bekommen. Und dabei hatte sie doch so gehofft, schwanger zu sein. Sie traut sich nicht aufzustehen, weil sie einen weißen Rock anhat, auf dem jetzt bestimmt ein Fleck ist, und ob Hattie ihr ein paar Binden und einen anderen Rock bringen könnte, Größe 6, aber bitte schnell. Babs' Problem ist, daß sie eine Affäre mit einem jungen Fernsehproduzenten namens Tavish gehabt hat, der vor einem halben Jahr auftauchte, um in der Agentur für einen BBC-Dokumentarfilm zu drehen. Hattie hat ihn nie zu Gesicht bekommen, aber Babs hat ihn beschrieben, und Hattie stellt ihn sich so ähnlich wie ihren unbekannten Großvater Curran vor, den Straßensänger mit dem MacLean-Plaid, der Frances erobert, Lallie gezeugt und dann das Zeitliche gesegnet hatte.

Trotz all ihrer Schönheit liebt Babs diesen Tavish mehr, als er sie liebt. Viele Frauen in der Agentur haben Affären, aber kaum eine behauptet dabei je, verliebt zu sein. Es gilt als ziemlich stupide und riskant, in so einen Gefühlssumpf hineinzustolpern: Wenn Frauen weinen, dann wegen einer

119

frustrierenden Begebenheit bei der Arbeit oder eines Fruchtbarkeitsproblems oder einer herzlosen Bemerkung ihres Partners, doch insgesamt herrscht bei Dinton & Seltz eine Bürokultur nach dem Motto: *»Die Frauen sind von Zeit zu Zeit gestorben, und die Würmer haben sie gefrühstückt, aber keine starb an der Liebe.«*

Über all das ist Babs mittlerweile erhaben; sie lebt in Sphären voller Zauber, wie aus längst vergangenen Zeiten. Sie ist verliebt, vollkommen entflammt, ihre weißen, ach so weißen Arme sehnen sich danach, diesen einen Mann zu umschlingen, genau den, der Gift für ihre Karriere, ihre Zukunft und ihre Ehe ist.

Passiert ist folgendes: Babs hat eine kompromittierende E-Mail verschickt, die eigentlich für Tavish gedacht war, der sie in einem Internet-Café abrufen sollte, aber versehentlich auf Alastairs Rechner landete. Man drückt auf den falschen Knopf, und schon fliegt einem sein Leben um die Ohren. *Ich liebe dich, ich liebe dich, ich liebe dich, bis nachher, im selben Café wie immer; er ist in seinen bescheuerten Wahlkreis gefahren, also kann ich über Nacht bleiben.*

Babs erkannte binnen Sekunden, was sie getan hatte, und fuhr sofort mit dem Taxi nach Hause, weil sie hoffte, die Nachricht löschen zu können, bevor Alastair zurückkam, was ihr auch gelungen wäre – bloß arbeitete seine Sekretärin gerade an seinem Computer, sah das Wort »Wahlkreis« und leitete die Mail automatisch weiter. So lautet zumindest ihre Version. Babs meint aber, das sei Absicht gewesen.

»Sie hat mich noch nie leiden können. Immer wieder hat sie Alastair erzählt, wieviel ich für Klamotten ausgebe, damit diese Rechnungen nicht versehentlich als Bewirtungskosten abgerechnet würden, aber das war bloß eine Ausrede. Was sie nicht kapiert, und solche Leute werden das nie kapieren: Je mehr ich ausgab, desto glücklicher war Alastair. Es hat ihn angeturnt. Wenn schon nichts anderes.«

»Na komm«, sagt Hattie. »Die Art Versehen gibt es nicht. Du mußt unbewußt gewollt haben, daß Alastair es erfährt. Massive Schuldgefühle, schätze ich.«

»Ein paar Schuldgefühle sind dem Geschäftssinn nur dienlich«, erklärt Babs, die eines Tages auf Neils Stuhl nachrükken möchte. »Sie sind ein dickes Plus, gerade bei Vertragsverhandlungen. Du lernst dadurch, gemein und gerissen zu sein, und genießt es, Geheimnisse zu haben und anderen einen Schritt voraus zu sein. Aber jetzt sagt Alastair, er will sich scheiden lassen, und das kann ich mir nicht leisten.«

»Ja, wäre das denn nicht das Beste?« fragt Hattie. »Dann könntest du dich offen zu Tavish bekennen.«

Aber Tavish ist zu Weib und Kindern nach Schottland heimgekehrt, ohne zu warten, bis sich herausgestellt hat, ob Babs nun schwanger ist oder nicht. Sie hatten nicht immer ein Kondom benutzt, dafür reichte die Zeit nicht, alles erschien doch so wichtig und dringlich, und Babs mochte nicht mit Chemikalien, Implantaten oder Metallspiralen herummurksen. Alles Fremde, das man in seinen Körper aufnimmt, kann dort Schaden anrichten. Sie hatte den Fehler gemacht, Tavish zu sagen, daß sie ihn liebte, und das treibt jeden Mann in die Flucht, was allen klar ist außer ihr – offensichtlich.

Babs war eben naiv. Sie hatte gehofft, ein Kind von Tavish zu bekommen und es als das von Alastair auszugeben. Sie war neununddreißig, und ihre biologische Uhr tickte. Welches Glück Hattie doch hatte, ein Baby, einen Job und einen

Mann zu haben, der nicht langweilig war. Das Problem mit Alastair war, daß er ein altes Arschloch war, Landadel, so daß sie sich auch noch blöd vorkommen mußte, weil sie Pferde nicht ausstehen konnte, und der, obwohl im Bett eine Niete, ganz gern auf Tuchfühlung mit jungen Frauen ging und angefangen hatte, Agnieszka zu betatschen, so daß Agnieszka hatte gehen müssen. Nicht daß sie, Babs, das sehr kümmerte. »Diese ewigen Karottenpasteten: Irgendwann kriegt man die echt über.«

»Moment mal«, sagt Hattie. »Davon hast du mir ja gar nichts erzählt. Ich dachte, Agnieszka ist direkt zu mir gekommen, nachdem die Familie mit den Drillingen nach Frankreich gezogen war?«

»Sie hat ein paar Wochen bei mir gewohnt, solange sie nichts anderes hatte«, sagt Babs. »Sie war auf der Suche nach einer festen Anstellung. Sie hat alle meine neuen Vorhänge genäht und aufgehängt, umsonst. Wenn ich das beim Fachmann in Auftrag gegeben hätte, hätte es ein paar tausend Pfund gekostet.«

»Und warum hat sie bei Alice aufgehört? Ich dachte, es sei wegen ihrer Englischkurse gewesen.«

Babs erzählt Hattie, Alices Partner Jude, der Vater der Drillinge, habe Agnieszka in den Hintern gezwickt, und Alice habe das gesehen und ihm erklärt, er könne sich aussuchen, ob Agnieszka ginge oder er selbst, und während er noch überlegte, habe Agnieszka gesagt, lieber ginge sie, um der Familie willen.

»Noch am selben Nachmittag kam sie weinend bei mir an«, sagt Babs.

»Die arme Agnieszka«, erwidert Hattie. »Alice hätte Jude rausschmeißen sollen.«

»Da bin ich mir gar nicht so sicher. Manchmal trifft man

auf Frauen wie Agnieszka, die darauf aus sind, jede Ehe in ihrem Umfeld zu zerstören. Aber sobald sie die Ehefrau losgeworden sind, verlieren sie das Interesse. Mein Therapeut sagt, das sei ödipal. Sie sind in ihre Väter verliebt und hassen ihre Mütter.«

Hattie kommt zu dem Schluß, daß Babs von sich und nicht von Agnieszka spricht. Babs projiziert ihre eigenen Schuldgefühle wegen Tavishs Frau und braucht nicht ernst genommen zu werden. Martyn kann man vertrauen, daß er keine andere Frau streichelt, zwickt oder sonstwie belästigt, nur weil sie mit im Haus wohnt.

»Du kannst von Glück sagen, daß du Martyn hast«, erklärt Babs, und sogleich regt sich in Hattie das Mitgefühl.
»Und du hast Alastair«, erwidert sie. »Tu jetzt, was du kannst, um ihn zu halten. Wozu allerdings nicht gehört, ihm ein fremdes Kind unterzujubeln. Sei lieber froh, daß du's los bist.« Sie spricht in etwas gereiztem Ton. Sie will zurück in ihr Büro.
»Nur daß mein Leben gerade in Scherben gegangen ist«, sagt Babs. »Ich hätte gern ein bißchen mehr Unterstützung. Du bist ganz schön komisch, seit Kitty auf der Welt ist. Ich will nicht verurteilt werden, ich will Anteilnahme. Wahrscheinlich habe ich ja nicht mal mehr einen Ehemann: Du hast alles und ich nichts. Wer hätte gedacht, daß es mal so kommen würde?« Und Babs schnieft wieder los, offenbar erschöpft von der Anstrengung, an jemand anderen als sich selbst zu denken. »Bitte, Hattie, tu was wegen des Rockes, laß mich nicht so hier sitzen.«

Hattie fällt ein, daß in einem der Putzschränke ein Kilt hängen müßte, ein Überbleibsel der Weihnachtsfeier, die unter einem keltischen Motto stand. Hattie hatte nicht zu dem

Fest gehen können, weil sie wegen Kitty schon zu unbeweglich gewesen war. Sie holt den Kilt für Babs, und Babs windet sich aus ihrem Rock und steigt in den Kilt. Sie sagt, Hattie solle den weißen Rock gleich wegwerfen, weil die Flecken bestimmt nie wieder rausgehen, aber Hattie denkt sich, daß Agnieszka da womöglich noch etwas retten kann. Hattie hört das Telefon in ihrem Büro klingeln und daß Hilary abhebt.

»Ich brauche Alastairs Geld«, sagt Babs. »Und ich bin gern mit ihm verheiratet. Vor kurzem waren wir zum Dinner im Oberhaus, und da war ich mit Abstand die bestaussehende Frau. Und ich will ein Baby. Aber ich will nicht, daß es Alastairs Wanst oder seinen dicken Hals oder seine Schweineäuglein erbt. Ich will ein Baby mit Tavishs Augen, das zu mir aufsieht und mich anbetet. Ich finde es zu schön, Hattie, wie die kleine Kitty dich ansieht. Sie liebt dich. Und genau das will ich auch.«

Babs bricht wieder in Tränen aus. Sie sieht hinreißend aus in dem Kilt, wenn man sich ihr Gesicht für den Moment wegdenkt. An den meisten Frauen würde der Kilt scheußlich aussehen, aber Babs hat die langen Beine und den kleinen Hintern, um einen Hingucker daraus zu machen. Hattie überlegt, woran sie das Karomuster erinnert, bis ihr die Decke einfällt, mit der ihre Großmutter Hugos stinkenden, alten Korb gepolstert hat.

»Ich bin immer so, wenn ich meine Tage kriege«, sagt Babs, schon deutlich aufgeheitert. »Alastair wird sich auch wieder abregen. Wie üblich. Aber wenn Tavish wirklich zu seiner Frau zurückgekehrt ist, von wem soll ich dann ein Baby kriegen? Ich schätze, daß Neil gute Gene hat. Meinst du, er könnte eventuell interessiert sein?«

124

Hattie geht in ihr Büro zurück, und Hilary sagt: »Ich hatte gerade einen Anruf von Jago aus Warschau. Sie waren ja nicht präsent, sondern haben lieber mit Babs getratscht. Jedenfalls will Javyński, daß der Titel *ScheißLochPißHund!* in *Eine andere Art zu weinen* geändert wird. Die meinen, das würde sich besser übersetzen. Also habe ich unser Einverständnis gegeben.«

»Aber der Witz ist doch«, protestiert Hattie, »daß es um das Tourette-Syndrom geht. »Ich hatte so schon genug mit dem Autor zu kämpfen. Er wollte einfach eine Reihe von Sternchen und Blitzen und Ausrufezeichen auf dem Umschlag und seinen Namen natürlich, aber ich sagte, der Titel müsse unbedingt lesbar sein, für Rundfunkbesprechungen zum Beispiel, und schließlich hat er das eingesehen. Er ist nicht so leicht zu nehmen: *Eine andere Art zu weinen* wird er niemals akzeptieren. Und jetzt mal im Ernst, Hilary, das ist eine Entscheidung, die ich zu treffen habe, nicht Sie.«

»Wir müssen das wirklich klären«, sagt Hilary. »Zwischen uns scheint es beim besten Willen nicht zu funktionieren. Vielleicht sollten wir uns mal mit Neil treffen und sehen, was er dazu meint.«

»Von mir aus gern«, erklärt Hattie, aber nicht in dem gewichtigen Ton, den Hilary wohl gern gehört hätte. »Ich finde, das ist eine gute Idee. Die Luft reinigen.«

»Sie machen also jetzt Feierabend«, sagt Hilary, als Hattie nach ihren Turnschuhen sucht, um bequemer nach Hause marschieren zu können. Sie schafft den Weg in zwanzig Minuten. Aber weil sie die Dinger weit unter ihren Schreibtisch geschoben hat, muß sie sich erst auf alle Viere begeben, um sie hervorzuholen.

»Ich werde ungefähr bis halb acht dasein«, sagt Hilary. »Es gibt noch so viel zu tun. Könnten Sie nicht bleiben, bis ich die E-Mails mit Ihnen durchgegangen bin? Oder wartet das Baby auf sein Bad?«

»Meine E-Mails sind bereits abgerufen und beantwortet«, entgegnet Hattie schnippisch. »Und in Polen ist es eine Stunde später als hier. Die haben schon Feierabend. Ich werde morgen früh bei Jago anrufen und weiter über den Titel und das Finanzielle verhandeln.«

»Ich habe den Vertrag abgeschlossen«, sagt Hilary. »Ich dachte, das hätten Sie verstanden. Ich habe mich einverstanden erklärt, daß wir den Titel ändern, und die angebotene Summe war in Ordnung, wenn man die Risiken bedenkt, die sie eingehen, und ihre eigene finanzielle Situation, die ziemlich übel ist. Das kann ich jetzt nicht mehr rückgängig machen. Übrigens ist *ScheißLochPißHund!* einfach kein Titel, den diese Agentur, die doch einen gewissen literarischen Ruf zu wahren hat, annehmen sollte. Und außerdem klingt *Eine andere Art zu weinen* ohnehin viel aussagekräftiger.«

»Lassen wir das Neil klären«, sagt Hattie so ruhig wie möglich.

Hilarys Haar wird immer dünner. Hattie verspürt beinahe Mitleid mit ihr. Sie tupft sich ein bißchen Parfum hinter die Ohren, um zu demonstrieren, daß sie jung und unbekümmert ist. Normalerweise benutzt sie kein Parfum, aber dieses hat Agnieszka ihr geschenkt. Es heißt *Joy* und soll das teuerste der Welt sein, also denkt sich Hattie, daß sie damit nicht viel falsch machen kann. Offenbar war es ein Abschiedsgeschenk von Alice, bevor die Familie nach Frankreich ging. Aber Agnieszka ist nun mal kein Parfumtyp, ob Hattie es haben wolle? Man kann Parfum ja nicht lange herumstehen lassen, sonst verfliegt der Duft, und der Flaschenhals, so hübsch er auch sein mag, wird klebrig und zieht Staub an.

Also hat Hattie die Flasche jetzt im Büro stehen und trägt ein paar Tropfen auf, wenn es ihr in den Sinn kommt. Doch Hilary zieht dann jedesmal geräuschvoll die Luft ein und ergeht sich in dieser oder jener Variante von: »Meine Güte, Sie benutzen Parfum? Ich dachte, heutzutage wäre *au naturel* angesagt: wegen der Pheromone und so.« Aus lauter Trotz parfümiert sich Hattie um so mehr.

Dann schaut Hattie in Babs' Büro vorbei, um zu fragen, ob sie sich mit ihr ein Taxi nach Hause teilen will, aber Babs sagt, sie habe kein Zuhause mehr. Hattie verfolgt das Thema nicht weiter. Sie will in der Tat daheim sein, wenn Kitty gebadet wird. Jetzt, wo sie von Kitty fort ist, spürt sie die Trennung beinahe körperlich. Es ist, als würde ein Teil von ihr fehlen, mit dem sie so schnell wie möglich wieder vereint sein will.

Schließlich läuft sie auf gutgepolsterten Füßen heimwärts, doch als sie zu Hause ankommt und Kitty inmitten von Kissen auf ihrem Hochstuhl thronen sieht, verbirgt Kitty ihr Gesicht und beginnt zu weinen.

Ein gutes Au-pair und die Aussicht auf ein Leben nach dem Tod

Roseanna war gelernte Verkäuferin und hatte es einfach im Blut, Stoffe zu falten, Kleidung zusammenzulegen und mit System aufzuräumen. Kleidung wurde nach Farbe sortiert, Teller nach Größe gestapelt. Wie Agnieszka brachte sie Ordnung mit sich, wohin sie auch ging. In Roseannas Obhut waren die Kinder sauber, ihre Haare gekämmt, ihre Fingernägel geschnitten. Während George ihr Zimmer im Souterrain mit Kommoden ohne Griffe, angelaufenem Silber und ramponierten Ölgemälden füllte, reparierte, putzte und pflegte Roseanna das alles, aber ganz unauffällig, weil George die Dinge gern so beließ, wie sie waren (weniger als Gegenstände denn als »Happenings«), bevor sie in sein Antiquitätengeschäft wanderten.

Ein einziges Mal nur hat Roseanna den Mut oder die Beherrschung verloren: als wir alle zu einem Campingurlaub in die Bretagne fuhren. Das war zu einer Zeit, als die Engländer es erhebend fanden, inmitten der Natur zu leben, mit gesenktem Kopf durch nasses Gras in Einmannzelte aus grünem Segeltuch zu kriechen, Baked Beans und Dosenwürstchen über einem Primuskocher zu erhitzen. Französisches Camping war etwas ganz anderes: Deren Zelte waren große, robuste Dinger in knalligem Orange mit kunstvoll verbundenen Metallstangen, in denen man tafeln konnte: Der Duft von kleingehacktem Knoblauch zog über die Campingplätze der Franzosen. Ich glaube, es war ebensosehr die Schmach wie die Unbequemlichkeit, die Roseanna in Tränen ausbrechen und mit dem Fuß aufstampfen ließ, womit sie uns alle verblüffte. Wir packten umgehend unsere Sachen und fuhren vorzeitig heim zu fließend warmem Wasser und trockenen Betten.

Solange sie währten, schienen diese Zeiten, als die Kinder noch klein waren, ganz schön schwierig zu sein. In der Rückschau sind sie das reinste Vergnügen. Wir waren jung, wir steckten voller Energie. Hinter jeder Ecke wartete schon die nächste Veränderung. Wir meinten, alles besser zu wissen als unsere Altvorderen, und unsere Kinder hatten noch nicht angefangen, mit uns zu streiten. Wenn sie in Gefahr gerieten, klemmten wir sie uns unter den Arm und brachten sie weg. Später meinten sie, selbst einschätzen zu können, wo Gefahren lauerten, und wenn die Mädchen sagten:»Ach, Mum, sei nicht albern, du kannst dich auf mich verlassen« und die Jungs sagten:»Ich lauf nur eben schnell um die Ecke, auf'n Schuß, ha-ha«, dann wußte man nicht einmal, ob sie Spaß machten oder nicht.

Serena versuchte, Arbeit, Mutterschaft und Ehefrausein unter einen Hut zu bekommen. Ich versuchte das gleiche mit Mutterschaft und Arbeit und fand schon das ausgesprochen schwierig. Was mir fehlte, war ein Mann, der auf Dauer das Bett mit mir teilte, die familiäre Wärme in Winternächten – ich bin mir sicher, daß Ehen vor dem Aufkommen der Zentralheizung im allgemeinen stabiler waren –, aber ich sah auch die Vorzüge eines Single-Lebens.

Vielleicht war es ja wirklich eitel Sonnenschein, das Leben mit George in jenen frühen Tagen, auch wenn später, mit Serenas weltlichem Erfolg, so vieles in Bitterkeit umschlug, aber er war kein »einfacher Mann«, nicht einmal nach den Maßstäben jener Zeit. Er machte sie kirre, indem er ihr jede Anerkennung verweigerte: Da konnten Tage vergehen, in denen er schmollte – selten wegen irgend etwas, das sie getan hatte, sondern weil sie war, was sie *war*: frivol, unordentlich, ohne jeden Kunstverstand, weil sie zu viele Schuhe kaufte, zu sehr an ihrer Familie hing. Dinge, die sie nicht ändern konnte – zu schnell bereit zu verzeihen, zu wenig an Politik interessiert oder seiner Mutter zu ähnlich. Aus allem, dachte ich manchmal, konnte er ihr einen Strick drehen – zu solchen Zeiten, wenn sie litt und er litt, durchströmte Traurigkeit das ganze Haus, Freunde blieben weg, die Kinder quengelten und heulten und bekamen Erkältungen. Es war, als würde eine Wolke über die Sonne ziehen. Und dann klarte es auf: George war wieder der alte.

Sobald sie ihre Englischprüfung bestanden hatte, was mehr als ein Jahr dauerte, kehrte Roseanna nach Österreich zurück, ließ uns aber eine Freundin da: jene Viera, die später einen jungen Sikh heiratete und mit ihm glücklich wurde. Roseanna schrieb Serena und George und auch mir noch jahrelang. Allmählich reduzierte sich der Kontakt auf den Austausch von Weihnachtsgrüßen, bis er schließlich ganz einschlief, wie das eben so geht. Sie hat, glaube ich, geheiratet und Kinder bekommen. Mittlerweile dürfte sie auch schon an die Sechzig sein, aber ich habe immer noch ihr stilles, niedliches Gesicht vor Augen und ihre geschickten Hände, wenn sie in reizender, wenn vielleicht auch etwas zwanghafter Manier, jedes greifbare Stück Stoff wusch, bügelte und zusammenlegte. Durchaus möglich, daß sie gar nicht mehr lebt – vierzig Jahre sind eine lange Zeit, sogar in unserer gesundheitsbewußten Epoche –, aber das mag ich mir lieber nicht vorstellen.

Serena hat mir von einem klassischen Nah-Tod-Erlebnis unter Narkose berichtet. Sie reiste durch einen warmen, dunklen Korridor einem riesigen Licht entgegen, und überall auf dem Korridor öffneten sich Türen, in denen Freunde und Verwandte, erschienen – nicht eigentlich Menschen aus Fleisch und Blut, eher deren Seelen –, die sie anspornten. Manche waren immer noch von dieser Welt, andere nicht mehr. Es herrschte ein Gefühl von großer Liebe und Wärme, Verständnis und Anerkennung. »Roseanna war da«, sagte Serena, »und die tschechische Viera in ihrem Sari und alle, die sonst noch im Haushalt mitgeholfen haben. Ist das nicht komisch? Sogar Mrs. Kavanagh, die Putzfrau mit den haarigen Warzen und den borstigen Haaren war da, die so gern davon redete, wie sie ihre kleine Tochter ans Tischbein gebunden und gezwungen hatte, vom Fußboden zu essen, weil das Kind einmal bei Tisch die Finger statt Messer und Gabel benutzt hatte. *(Wer frißt wie ein Tier, wird auch behandelt wie ein Tier.)* Dabei war die Kleine erst drei.«

»Wahrscheinlich hat Mrs. Kavanagh gemeint, es sei zu ihrem Besten«, sagte ich, »obwohl ich Jamie und Lallie nie gern in ihrer Obhut gelassen habe. Du bist immer unbekümmerter gewesen als ich: Du dachtest, Oliver und Christopher seien bei ihr gut versorgt. Aber es freut mich zu wissen, daß selbst den Schlimmsten unter uns vergeben wird.«

»Alle waren da«, versicherte Serena. »Wir gehörten alle zu einem großen Ganzen. Zum All-Eins-Sein, würde ich sagen, obwohl ich ungern einen so esoterischen Ausdruck verwende. Die ganz erträgliche Leichtigkeit des Seins. Und dann mußte ich zurück, weil meine Zeit noch nicht gekommen war, was mich furchtbar enttäuscht hat. Aber seither habe ich nie mehr Angst vor dem Tod gehabt.«

Doch mein Vater starb, und Wanda starb, und Susan und George starben, und eins weiß ich: Wenn man erst einmal auf die Siebzig zugeht, muß man damit rechnen, daß der Kreis allmählich kleiner wird – aber was ist aus all den Mädchen geworden, die zu uns kamen und Teil unseres Lebens wurden? Ob sie noch von uns sprechen, so wie wir gelegentlich von ihnen sprechen, wenn jemand wie Agnieszka erscheint und den Tümpel der Erinnerung aufrührt? Werden wir uns alle einst wiedersehen in einem heiteren Leben nach dem Tod, wie Serena es beschreibt? Ich denke, das kann nur das Gespinst eines durch die Narkose überstimulierten Hirns sein. Ich hoffe es jedenfalls. Im Leben nach dem Tode wünsche ich mir nämlich nicht unbedingt ein Wiedersehen mit meinem zweiten Ehemann, der Hammerzehen hatte und dessen Name mir immer wieder entfällt.

Den häuslichen Frieden wahren

Die meisten Männer wissen sich halbwegs zu benehmen, wenn sie eine Position innehaben, in der Autorität und Verantwortung gefragt sind. Ein guter moderner Familienvater, ob Ehemann oder Lebensabschnittspartner, wird seine sexuellen Phantasien nicht in die Wirklichkeit umsetzen. Er mag von dem vollbusigen mazedonischen Au-pair träumen, das sich zur Frühstückszeit über seinen Stuhl beugt, oder von den hübschen Händen des irischen Mädchens, das ihm seine Autoschlüssel reicht, wenn er sie verlegt hat, aber er wird aus dem Schlaf hochschrecken, bevor es zum Vollzug kommt. Hier geht es um die ureigenen Interessen des Herrn wie der Herrin im Hause. Er will keinen Ärger: Er hat nicht die Absicht, sein eigenes Nest zu beschmutzen. Sie will jemanden, der ihr einen Teil der eintönigen Aufgaben von Hausarbeit und Kinderbetreuung abnimmt, so daß sie beide sich höheren, helleren und heitereren Dingen zuwenden können.

Martyn möchte über die Funktion von Glücksspielen nachdenken und die Sorte Essen, das den Leuten schmeckt, sie aber in der neuen Gesellschaft, die er ja herbeisehnt, umbringen wird. Hattie möchte, daß ihre Autoren aus allen nicht-englischsprachigen Ländern einen fairen Anteil der Lizenzzahlungen bekommen und daß Hilary in ihre Schranken gewiesen wird. Das sind alles Dinge, die Agnieszka entweder nicht erledigen kann oder nicht erledigen will.

Was in Agnieszkas Kopf vor sich geht, ist ihren Herrschaften derzeit nicht ganz klar. Lieber übersehen Sie kleinere Anzeichen, etwa die Sache mit dem Drehbuchschreiber-Ehemann in Krakau oder Krakovec – sie kann sich das nicht merken – und die Gründe, aus denen sie ihr letztes Arbeitsverhältnis beendet hat, die wohl doch etwas anders sind, als Hattie und Martyn bisher geglaubt hatten. Darüber hinaus sind Agnieszkas Pläne für die Zukunft ein bißchen obskur – soll es nun Bauchtanz in London oder eine Tätigkeit als Hebamme daheim in Polen sein? Eigentlich hoffen beide nur, daß sie nie wieder gehen wird.

In jedem Fall wird die Hausherrin, falls sie nicht ausgesprochen unangenehm oder unansehnlich ist, der Haushaltshilfe vorgezogen. Die Herrin mit ihrer höheren sozialen wie finanziellen Stellung ist gewöhnlich klüger und attraktiver als die Hilfe. Die Hilfe ist dafür jünger – was aber nur bei frivolen Männern einen besonderen Anreiz zur Untreue darstellt.

Und doch sollte sich jede Frau, die eine Jüngere ins Haus holt, unbedingt vor zweierlei Sorten von Mädchen hüten: denen, die romantische Liebe erwecken, diesen zerbrechlichen Schönheiten mit einem Hang zur Poesie, und denen, die den Beschützerinstinkt im Mann ansprechen, indem sie mit einem blauen Auge und Horrorstorys von der Brutalität ihres Freundes bei der Arbeit erscheinen. Der Herr des Hauses könnte das Bedürfnis verspüren, sie zu retten, und dann wird die Sache schon schwieriger. Zum Glück für die Herrin erwecken niedriggeborene Haushaltshilfen dafür selten romantische Liebe: Das passiert eher in Märchen, wo der Prinz die Milchmagd heiratet, oder in Romanen wie *Stolz und Vorurteil*, wo die kleine Miss Arm-aber-apart Bennett den begehrten Mr. Darcy ehelicht.

Selbst wahre Liebe braucht ihre Anreize. George hat Serena erst geheiratet, als sie gutes Geld verdiente, obwohl ich ihr das nie sage. Das liegt nun vierzig Jahre zurück, und sie glaubt immer noch, es sei Liebe auf den ersten Blick gewesen. Und hoch zu Pferde anzureiten, um eine Mamsell in Nöten zu retten, ist auch nicht mehr so üblich wie einst. Sozialamt und Selbsthilfegruppen sind an die Stelle der Ritter in glänzender Rüstung getreten. Warum sollten sich letztere da noch abrackern?

Hattie hat trotzdem gut daran getan, selbst die Wahl zu treffen. Stellt der Mann eine weibliche Hilfskraft ein, kommt nämlich ein weiterer Faktor ins Spiel. Sie ist die Sklavin, die er von der Schlacht heimbringt: Sie ist Kriegsbeute und ihr Körper rechtmäßig sein. Doch in unserem Fall wird Agnieszka Hatties Jungfer, und ihre Loyalität gilt der Person, der sie zuerst begegnet ist, in diesem Fall der Hausherrin, nicht dem Eroberer. Hattie verabscheut jeglichen Biologismus – sie und Martyn können nur herzlich über die Absurditäten lachen, die im Namen der Wissenschaft in *Evolution*, der Schwesterzeitschrift von *Devolution*, veröffentlicht werden –, und deshalb erspare ich ihr diese Gedanken. Sie würde sich ja doch nur über mich lustig machen.

Aber so weit, so gut für Hattie und Martyn und Baby Kitty, die jede Routine und die unaufgeregte Anwesenheit Agnieszkas liebt und dazu neigt, die Person am meisten zu lieben, die ihr das Essen in den Mund schiebt, es ihr behaglich macht und Guck-Guck mit ihr spielt. Von den Eltern gebadet zu werden ist nett: Mit ihnen macht es mehr Spaß, aber sie passen nicht auf, daß ihr keine Seife in die Augen kommt, und lassen sie unter Wasser rutschen, so daß sie panisch strampeln muß. Und deshalb bevorzugt sie Agnieszka.

Selige Unschuld

Ich treffe mich mit meiner Enkeltochter Hattie zum Lunch in einem Pret-à-Manger in der Gray's Inn Road gleich um die Ecke von ihrem Büro, und sie sieht hinreißend aus: Alles glänzt, Augen, Haare, Nägel. Ich freue mich, ein solches Prachtexemplar von Enkelkind zu haben, und denke mir, daß ich es so schlecht also doch nicht gemacht haben kann. Sie redet ohne Unterbrechung über Martyns Job, über Babs' Krise, über Hilary bei der Arbeit – beide warten immer noch auf ein Gespräch mit Neil – und das Problem mit *Scheiß-LochPißHund!* und seinen schwierigen Autor, holt Luft, legt mir eine Hand auf den Arm – sie ist bei der Maniküre gewesen – und bricht mitten im Satz ab, um zu sagen: »Entschuldige, Großmama, es ist nur ich, ich, ich, nicht wahr, bloß daß ich plötzlich so voll von allem bin. Nachdem ich seit Kitty nichts, nichts, nichts war. Wie geht es dir, und wie geht es Serena und Sebastian und dem Knast und allen anderen?«

Und ich erzähle es ihr, und sie zeigt echtes Interesse, und ich denke wieder, wie glücklich ich mich schätzen kann. Die arme Serena hat nur Jungs: Sie wird nie den Downpull der weiblichen Generationen durch die Mitochondrienlinie erleben. Die führt von Frieda zu Wanda, zu mir und Lallie und Hattie und Kitty, und falls Kitty ein Mädchen hervorbringt, dann zu dem: und durch Susan zu Sarah und weiter zu Sarahs zwei Töchtern – doch bei Serenas Zweig endet die Linie. Serena hat nur Söhne bekommen. Es ist ganz angenehm, manchmal Mitleid mit ihr zu haben. Aber irgendwas macht Hattie zu schaffen, irgendwas stimmt nicht, das weiß ich.

Sie erzählt es mir.

Es geht darum, wie Kitty bei ihrem Anblick zu weinen begann, als Hattie nach diesem stressigen Tag im Büro ins Zimmer kam; um ihre Angst, nach Hause zu gehen. Agnieszka sei ganz verständnisvoll gewesen und habe gesagt, sie solle darüber hinwegsehen; alle Babys machten eine solche Phase durch, in der sie so auf Fremde reagierten. Nur eine Woche, dann sei es vorbei.

»Du bist ja wohl kaum eine Fremde«, entgegne ich. »Du bist die Mutter. Wie kann sie es wagen, so etwas zu sagen! Selbst wenn sie es denken sollte, hätte sie es nicht aussprechen dürfen. Kein Wunder, daß du durcheinander bist.«

»Sie ist keine Engländerin«, sagt Hattie. »Es ist nur ein Problem der Kommunikation. Sie hat das Wort »Fremde« falsch benutzt. Ich kapiere nicht, warum du so gegen sie bist. Du hast sie noch nicht mal kennengelernt. Es geht nur darum, daß Agnieszka den ganzen Tag mit Kitty zusammen ist und ich nicht.«

»Das passiert, wenn sich jemand anders um dein Kind kümmert«, erwidere ich.

Das muß ich gerade sagen. Roseanna, Viera, Raya, Annabel, Svea, Maria und andere, längst nicht mehr zählbar oder aufzählbar, die sich alle zu ihrer Zeit um Lallie kümmerten. Und Lallie, die mit sechzehn, ihnen kaum entwachsen, Hattie zur Welt brachte.

Wer kümmerte sich um Hattie, wenn Lallie Flöte spielte? Darüber weiß ich kaum etwas. Lallie sprach zu der Zeit nicht mit mir. Ich hatte ihr einen weiteren Stiefvater beschert – Sebastians Vorgänger –, den sie nicht ausstehen konnte. Auch ich habe keine allzu guten Erinnerungen an ihn. Er war Schriftsteller, wir lebten auf dem Land, und Lallie war dagegen. Seine Sandalen sind mir deutlicher in Erinnerung geblieben als alles andere an ihm. Er hielt nichts von Socken. Er hatte Hammerzehen mit schmutzigen Nägeln, aber einen guten Ruf in der Literaturszene.

Die Ehe währte nur drei Jahre, und kaum war ich wieder frei, durfte ich mich auch gleich wieder um Hattie kümmern. Eine Frau mit einem kleinen Kind tut ja ihr Möglichstes. Ich kenne Frauen, die nur geheiratet haben, um von ihren Müttern wegzukommen, ihren Kindern, ihren Therapeuten, ihren Jobs – nur um die Rechtfertigung zu haben: »*Ich kann mich nicht um dich kümmern, um dein Alter, deine Krankheit, deine Kunstbesessenheit, deinen Wunsch, meine innersten Gedanken zu kennen, ich kann nicht jeden Morgen um sechs aufstehen, um die Profite eines Chefs zu erhöhen, was auch immer – ICH BIN VERHEIRATET. Ich habe jetzt andere Pflichten.*«

»Eins verstehe ich nicht«, sagt Hattie, »nämlich, daß sie immer noch ihre Ärmchen nach Martyn ausstreckt und ihn anlächelt, wenn er heimkommt. Er kriegt keine Tränen ab. Warum soll ich die Fremde sein und er nicht?«

Sie beugt sich vor und schiebt die Hälfte ihres Avocadosalats mit Brunnenkresse auf einen anderen Teller, um sich, vermute ich, von der Last zu befreien, ihn ansehen zu müssen. Sie hat wirklich eine Tendenz zur Magersucht. Ich bin froh, von Agnieszkas Karottenpasteten mit Blätterteig zu hören.

Aus allen möglichen Ecken im Raum richten sich Männerblicke auf Hattie. Ich empfinde eine vage Sehnsucht nach jenen Zeiten, als solche Blicke mir galten. Erst als Hattie sich vorbeugt, nehme ich wahr, daß sie Parfum aufgetragen hat. So etwas ist in unserer Familie nicht üblich. Mit Parfum suchen Leute oft zu verbergen, daß sie sich in letzter Zeit nicht gewaschen haben. Wanda hat uns das gesagt, und wir haben es nie vergessen.

»Benutzt du etwa Parfum?« frage ich.
»Es nennt sich *Joy*«, sagt Hattie. »Ein sehr teurer Duft. Nur ein paar Tropfen.«
»Kein Wunder, daß Kitty weint, wenn du in ihre Nähe kommst«, sage ich. »Der ganze Muttergeruch, der Milchgeruch, wird dadurch verdeckt. Nicht deinetwegen fremdelt sie, sondern wegen des verdammten Parfums!«

Ich verwende einen kräftigeren Ausdruck als verdammt. Ein anderer Gast blickt überrascht von seiner süßen Rote-Paprika-Suppe auf. Ich mute heute etwas farblos an mit meinem grau-rosa Flatterschal und dem blaßrosa Kostüm. Aber für eine Frau meines Alters habe ich eine gute Figur – solange ich mich von vorn anschaue und nicht von der Seite. Mein Haar ist über Nacht weiß geworden, kurz nachdem ich den Mann mit den Hammerzehen verlassen hatte. Seitdem ist es vollkommen pflegeleicht. Einfach eintunken und fertig.

Rein äußerlich habe ich ziemliche Ähnlichkeit mit meiner Mutter, als die in meinem Alter war. Große Augen und hohe Wangenknochen. Ich hoffe, ich habe ein fröhlicheres Temperament als sie. Auf jeden Fall habe ich ein kräftigeres Vokabular. Mr. Hammerzeh hatte eine Vorliebe fürs Fluchen: eine Angewohnheit, die sich die Oberschicht in den Sechzigern von der Arbeiterklasse abgeschaut hatte, wovon ich mich dann meinerseits anstecken ließ. Hattie schweigt einen Moment. Sie erzählt mir nicht, daß Agnieszka ihr erzählt hat, sie habe das Parfum von Alice geschenkt bekommen – genausowenig wie sie mir erzählt, was Babs ihr durch die Blume gesagt hat, nämlich daß sich Agnieszkas letzte Arbeitgeber recht kurzfristig von ihr getrennt haben, unter Umständen, die eher gegen kostbar duftende Abschiedsgeschenke sprechen. Und Hattie ahnt nicht, daß Agnieszka bald anfangen wird, in Martyns Träumen zu erscheinen.

Hattie und ich küssen uns in aller Form, bevor wir auseinandergehen. Eins, zwei, drei, Wange um Wange um Wange, auf die französische Art. Keine Ahnung, wie sich diese Mode hat durchsetzen können. Früher gab man sich die Hand, was eine eher unpersönliche Sache war, jetzt berühren Lippen Wangen. Als wollten wir alle miteinander in ein großes Bett hüpfen, um zu demonstrieren, daß niemand Angst hat, sich etwas einzufangen. Obwohl uns allen nicht wohl dabei ist.

Martyn allein mit Agnieszka

Am nächsten Tag im Büro schenkt Hattie Babs die Flasche *Joy.* Sie erzählt ihr nicht, wie sie zu dem Parfum gekommen ist. Sie hat keine Lust auf Babs' Kommentare, sie will bloß nichts Teures einfach wegwerfen. Immerhin ist sie so ehrlich, Babs zu sagen, daß Kitty es nicht mag.

»Ich frage mich, ob ich wirklich ein Baby will«, sagt Babs. »Ich kann mir nicht vorstellen, keins zu haben, aber dann denke ich an die Realität, und mir wird ganz anders.« Alastair hat sie wieder aufgenommen, unter der Bedingung, daß sie eine Familie gründen. Er hat ihr Fotos von sich als Kind und als junger Mann gezeigt, bevor sein Hals so dick wurde, und damals sah er wirklich ganz passabel aus.

Jetzt weint Kitty nicht mehr, wenn Hattie in ihre Nähe kommt, sondern strahlt und lächelt und schmust und hat gelernt, »Mama« zu sagen.

»Ich habe dir doch gesagt, es würde sich legen«, erklärt Agnieszka. »Daß es nur eine Phase ist, die sie alle durchmachen. Es geht dabei um das endgültige Durchschneiden der metaphorischen Nabelschnur.«

Ihr Englisch wird richtig gut. Sie geht zweimal die Woche zum Englischunterricht und einmal zum Bauchtanz. Zwei Abende die Woche gehen Hattie und Martyn miteinander aus, Freunde besuchen oder zum Dinner ins Restaurant, zwei Abende die Woche bleiben sie daheim und ruhen sich einfach aus, und manchmal setzt sich Agnieszka zu ihnen ins Wohnzimmer, und manchmal setzt sie sich an ihren Schreibtisch, um zu lernen.

Eines Abends macht sich Hattie nach Camden Town auf, zu Agnieszkas Bauchtanzklasse. Der Unterricht geht von acht bis neun. Der Weg dorthin ist eine Zumutung. Zwar hat die Polizei Drogendealer und Junkies Richtung Kentish Town weitergetrieben, doch der Eindruck von mittels Spraydose verewigter Gefahr und zugemülltem Chaos bleibt; sie muß an Gruppen kapuzenvermummter Jugendlicher vorbeigehen, die zum Glück mehr in ihre eigenen Angelegenheiten vertieft zu sein scheinen, als sich für sie zu interessieren. Sie hofft, daß das auch noch der Fall sein wird, wenn sie den Rückweg antritt. Bevor der eigentliche Unterricht beginnt, werden ihr ein paar wirklich hübsche ägyptische Schals, Gürtel und Röcke verkauft, die sie eigentlich gar nicht braucht, dann lernt sie, wie man den Bauch vom restlichen Körper löst und die Hüften bewegt, um das Kreisen des Bauchs zu unterstützen. Es macht Spaß, und sie fühlt sich richtig sexy und frei. Gut möglich, daß die Lehrerin, eine korpulente Frau mit einer Masse Bauch, die sie höchst dramatisch kreisen läßt, Hattie für magersüchtig hält.

Eigentlich sollte Agnieszka mit Hattie mitkommen und sie der Lehrerin vorstellen, und Martyn wollte babysitten, aber sie muß für ihre nächste Englischprüfung lernen, und Martyn muß noch weitere Recherchen zum Fettgehalt von Beefburgern machen, um besser behaupten zu können, daß sie gut für die Leute sind.

Martyn und Agnieszka sind allein im Haus. Hattie läßt
nicht einmal den Gedanken daran zu. Selbst wenn ein
Fitzelchen von dem wahr wäre, was Babs gesagt hat, ist
Martyn ja kein Alastair. Alastair ist ein erzkonservativer
Vertreter der alten Schule. Martyn gehört zur neuen Welt,
und obwohl seine Großmutter unterstellt hätte, daß die
Anwesenheit von einem Mann und einer Frau allein im
Haus nur zu einem führen könnte, nämlich Sex, ist das
heutzutage ja ganz anders.

Wie auch immer, gegen halb neun kommt Agnieszka ins
Wohnzimmer, sie und Martyn unterbrechen die Arbeit für
eine Kaffeepause, und das Gespräch kommt auf Bauchtanz. Martyn bemerkt, daß Hattie ja kaum genug Bauch
zum Üben haben dürfte, und Agnieszka sagt, oh, das spielt
keine Rolle, und sie schiebt ihre Jeans etwas runter und
den dünnen Pulli hoch, um eine feste, weiße, schmale Tail-
le zu enthüllen, die sie nun von hier nach da und wieder
zurück gleiten läßt. Er kann das Spiel der Muskeln unter der sehr zarten blassen Haut sehen. Es ist eine höchst
anständige Vorführung: Agnieszka zeigt kaum mehr als so
manches junge Mädchen im Büro zwischen bauchfreiem
T-Shirt und Hüfthose, aber Martyn muß in die Küche gehen und sich Kaffee nachschenken, um eine beginnende
Erektion zu verbergen.

Schiere Willenskraft bringt seinen Körper wieder zur Vernunft; als er ins Wohnzimmer zurückkehrt, fällt der Pulli
längst wieder über die Jeans, und er beschließt den Vorfall
mit den Worten, er sollte lieber mal losgehen und Hattie
vom Unterricht abholen, wo die Adresse doch nach einer
anrüchigen Gegend klinge. Agnieszka sagt, da sei schon
was dran, aber sie mache sich nichts draus: Sie habe in Polen
Aikido gelernt, eine Technik, dank derer man sich durch

jede Großstadt der Welt bewegen könne, ohne nervös zu werden. Vielleicht sollte Hattie das auch lernen?

Martyn wandert nach Camden und trifft Hattie, als die gerade, erhitzt und erfreut, die Schule verläßt. Er kann ihr nicht von dem Vorfall mit Agnieszka erzählen; wie denn auch? Außerdem ist er davon überzeugt, daß Agnieszka keine unlauteren Absichten gehegt hat. Sie ist auf seltsame Weise unschuldig, mit ihrem ernsten Gesicht und dem kleinen Mund und der strengen, sachlichen Frisur. Wenn sich überhaupt jemand einen Vorwurf machen muß, dann er.

Später, viel später – nachdem er mit seinem Chef mehr als reichlich gebechert hat, um seine neueste Beförderung bei *Devolution* zu feiern, wo *Burger und andere fleischliche Genüsse* bestens ankam wegen der einzigartigen Mischung aus ernsthafter Recherche und lockerer Präsentation – beschreibt Martyn, provoziert von Harolds üblichen derben Sprüchen, die exotischen Träume, die der Bauchtanz-Vorfall ausgelöst hat. Träume, in denen das Au-pair ihm näher und immer näher kommt mit ihrem nackten Bäuchlein, und er liegt mit Hattie im Bett, und das Mädchen legt sich dazu, und er ist unheimlich erleichtert, daß er kurz vor dem Vollzug aus dem Schlaf hochschreckt, um festzustellen, daß in Wirklichkeit gar nichts passiert ist. (Harold erzählt das Hattie weiter und Hattie mir. Harold – der vielleicht tatsächlich an einer milden Form von Autismus leidet, wie seine Mitarbeiter behaupten – begreift nicht ganz die Wirkung, die diese Information auf Hattie hat.)

Martyn kompensiert den Ausrutscher, indem er, sobald Agnieszka außer Hörweite ist, an ihrer Arbeit herummäkelt, indem er Hattie sagt, er könne keine Karotten mehr sehen, indem er behauptet, das Mädchen habe geschlampt und Weiß- mit Buntwäsche zusammen gewaschen (das war übrigens Hattie selbst, aber sie gibt es nicht zu) oder den *New Statesman* weggeräumt, so daß er ihn nicht finden kann. Er tut dies vor allem, um sich und Hattie zu beweisen, daß sein Verhältnis zu ihrer Haushaltshilfe ganz normal ist.

Ein anderes Land

Martyn hat seine Träume, ich habe Erinnerungen. Die Vergangenheit ist ein anderes Land, indem es keine Kinder gibt. Wir betrachten es durch Erwachsenenaugen.

Aber wir drei jungen Mädchen in unserer Teenagerzeit! Das Wort war noch nicht einmal erfunden. Wir waren kein Markt. Wir hatten keine Kaufkraft. Wir hatten zwei Garnituren Kleidung: eine für die Schule und eine für außerhalb der Schule. Zwei Paar Schuhe, eins naß und eins am Trocknen. Kleidung war dazu da, heranwachsende Körper zu bedecken und zu kaschieren, nicht sie zur Schau zu stellen. Zweifellos gab es auch damals Pädophile, aber niemand hatte je etwas von ihnen gehört. Auf jeden Fall kleideten sich kleine Mädchen nicht, um scheinbar zu verführen, sich aber dann zu zieren und die Männer anzuschmieren, wie sie das heute tun. Was hätten wir darum gegeben! Nein, unsere Haare wurden mit einer Metallspange zur Seite geklemmt, damit sie uns nicht in die Augen fielen. Dies war der unvorteilhafteste Stil, den man sich nur erdenken konnte.

Ich war rebellisch. Ich weigerte mich, mir von meiner Mutter die Haare schneiden zu lassen. Ich wollte sie so lang tragen wie Veronica Lake in *Meine Frau, die Hexe*. Ich weigerte mich zu glauben, daß meine Haare nie so aussehen könnten, nur weil sie eben nicht glatt und seidig waren wie ihre. Als ich zehn war, gab es einmal eine furchtbare Szene.

Wanda nahm sich meinen Kopf vor und schnippelte an meinen Haaren. Ich schnappte ihr die Schere weg und stach ihr damit in den Hintern, nur damit sie aufhörte. Susan und Serena bekamen einen Schock. Ich schämte mich entsetzlich. Danach ließ ich mir von Wanda die Haare schneiden, wann und wie sie es wollte.

Wanda, gebildet und belesen, imstande, lange Passagen obskurer Dichtkunst aus dem Gedächtnis zu rezitieren, beeindruckte uns Mädchen sehr mit ihrer Fähigkeit, abstrakte Gedanken zu erfassen und sogleich in ihre Sprache umzumünzen. Bedauerlicherweise nahm sie, die nie zur Schule gegangen war, jede Autorität übermäßig ernst. Wir lebten mit ihren ewigen Ängsten. Wenn wir über einen Rasen gingen, obwohl da ein Schild mit der Aufschrift »Betreten verboten« stand, war sie uns nicht etwa böse: sie litt. Sie gab uns ein strenges Erbe und einen klaren Blick mit auf den Weg, und wenn Susan, die weniger verschlagen war als Serena oder ich, in späteren Jahren etwas verrückt machte, dann war es das Gewissen unserer Mutter.

Im Alter zwischen fünfzehn und achtzehn machte ich eine der Phasen durch, in der Hormone an die Stelle von Vernunft traten und Mädchen gern Alkohol, Drogen und Sex konsumierten. Wir hatten Neuseeland verlassen und waren mit dem ersten Schiff, das nach Kriegsende auslief, in die alte Heimat London gekommen. Wanda hatte gerade genug Geld geerbt, um die Überfahrt für sich selbst, ihre Mutter Frieda und ihre Töchter Susan, Serena und Frances, die kleine rein weibliche Familie, zu bezahlen. Danach war nichts mehr übrig.

Meine Schwestern fügten sich in ihr neues, armseliges Leben in London, studierten, bestanden Examen. Sie taten

147

im großen und ganzen, was ihnen gesagt wurde, hielten ihre Zunge im Zaum, warteten darauf, endlich erwachsen zu sein. Ich nicht. Ich war zu wütend. Meine Mutter hatte Arbeit mit Logis als Haushälterin angenommen – sie hatte keine richtige Einkommensquelle, bis Serena gutes Geld verdiente – und mußte uns ja irgendwie unterbringen und versorgen. Genau wie seinerzeit unsere Au-pairs und heute Agnieszka suchte sie Zuflucht im komfortableren Heim einer anderen Frau und verrichtete dort die niederen Arbeiten im Austausch für ihren Unterhalt und ein paar Pennies extra. So machte die Not uns alle zu Dienstboten, jedenfalls damals.

Damals, das war Ende der vierziger Jahre, gleich nach dem Krieg; zu trinken gab's Rum und Cidre, die Drogen waren schlichte Weckamine – hauptsächlich Benzedrin, aus Armeebeständen – und Sex, der reichlich praktiziert wurde, aber ohne große Raffinessen und zumeist in der Missionarsstellung. Der Körper war immer noch der Tempel der Seele. Einem Mann einen zu blasen wäre uns nicht einmal in den Sinn gekommen. Analverkehr war undenkbar. Pornographie existierte zweifellos, aber wir bekamen nichts davon mit. Kurze Ausbrüche von Liebe und Leidenschaft, als Lust interpretiert, konnten – bei Mädchen wie mir – zu One-Night-Stands in schäbigen Hotels mit aufregenden Fremden führen, aber selten zu einer schnellen Nummer auf den Knien in irgendeiner Hintergasse, bei der es auch um Geld ging. Mitte der Fünfziger sah das schon ganz anders aus. Alle wußten alles.

Doch während die Vierziger in die Fünfziger übergingen, war unser Zuhause eine Souterrainwohnung, dunkel, feucht und mit vergitterten Fenstern, in dem herrschaftlichen Haus, wo meine Mutter die Dienstbotin war. Ich fühlte mich erniedrigt. Ich fand es unter meiner Würde, in einem Keller zu wohnen. Ich hatte Sehnsucht nach meinem Vater. Ich fand, meine Mutter habe kein Recht gehabt, uns ihm wegzunehmen, ihn so einsam zu machen, daß er wieder hatte heiraten und eine neue Familie gründen müssen, als spielten seine schon existierenden Töchter gar keine Rolle.

Ich schwelgte im Haß auf meine Mutter und begann, die Schule zu schwänzen, in Nachtclubs zu verkehren, die ganze Nacht wegzubleiben, mich für ein Taschengeld zu verkaufen, wenn ich etwas Neues zum Anziehen brauchte; ging schließlich vorzeitig und ohne einen Abschluß von der Schule ab, arbeitete als (schlechte) Kellnerin und (noch schlechtere) Putzfrau, ließ mich von Curran schwängern, der mir kurz darauf abhanden kam, brachte Lallie in einem katholischen Heim für unverheiratete Mütter zur Welt, wo man Treppenstufen schrubben mußte, weil das gut für die Bauchmuskeln und für die Seele war. Dann gab ich das Baby, immer mal wieder und immer öfter, bei meiner armen Mutter ab und stürzte mich wieder in meine Abenteuer.

Es zog mich in die Welt der freien Künste. Ich mochte Gemälde und Maler und fand den Geruch von Ölfarbe aufregend, obwohl ich, genau wie Serena und anders als Susan, ums Verrecken nichts hätte auf die Leinwand bringen können. Ich wandelte mich vom Malerliebchen zur Malermuse, stand William Gear, Mitglied der Königlichen Akademie, und anderen bedeutenden Künstlern Modell. Joe Tilson malte meine Zähne. Mein Gesicht und mein Körper sind auf so mancher Galeriewand zu sehen, und immer mal wieder erscheinen Versionen von mir, die ich schon ganz vergessen hatte, in einer Retrospektive. Aber letztlich, nachdem ich so etwas wie eine Legende geworden war – ich war wohl ziemlich schön und zudem ausgesprochen helle für ein böses Mädchen –, wurde ich mit einem Schlag zur Besinnung gebracht.

Ich verkehrte in Kreisen, die sich mit denen von Christine Keeler berührten. Stephen Ward, der uns alle unter seine Fittiche nahm, brachte sich um, als er beschuldigt wurde, von unmoralischen Einkünften zu leben. Eine Woche, bevor er sich zum Freitod entschloß, hat er mich noch gemalt. Ward, ein freundlicher, törichter, stolzer Mann, ein begnadeter Osteopath und guter Porträtmaler, hatte sich von der Presse zu Tode hetzen lassen. Wir waren nicht unmoralisch, wir Mädchen. Wir wollten uns bloß amüsieren, und er half uns dabei. Aber wir kamen dem Zentrum zu nahe, und es mußte eine Grenze gezogen werden, bevor der Skandal die wirklich Mächtigen erfaßte.

Durch diese Verbindungen lernte ich den Mann kennen, mit dem ich durchbrannte, den ich dann heiratete und von dem ich schließlich ein Kind bekam: Charlie Spargrove, Playboy und Baronet. Vom Regen in die Traufe, obwohl er nicht die leiseste künstlerische Ader hatte. Las Vegas war wilder und gefährlicher als London. Deshalb brachte ich das Baby heim, in Sicherheit.

Ich haßte meine Mutter nicht mehr. Ich hatte begriffen, daß eine Frau das tun muß, was sie nun einmal tun muß. Ich glaube, ich habe Charlie geheiratet, damit Wanda aufhörte, sich um mich zu sorgen, und weil ich uns alle kraft seines Titels wieder in die Klasse von Eton-Absolventen und Mitgliedern der Königlichen Akademie zurückhieven wollte, in die meine Mutter hineingeboren und aus der die Familie infolge von Krieg und Scheidung verstoßen worden war. Ich kann mir keinen anderen Grund denken, warum ich ihn geheiratet habe. Und warum ich so über die arme Beverly, Jamies Frau, herziehe, weiß ich selber nicht. Sie ist auch nicht snobistischer als ich.

Und Serena tat das gleiche; sie wurde berühmt, einfach um Wandas Kummer zu lindern. Und wir haben untereinander dafür gesorgt, daß unsere Kinder und die Kinder unserer Kinder in der Welt Fuß fassen, die Wanda beinahe für uns verloren hätte, und Hattie wird ihren Platz finden, wohin sie auch gehen mag.

Meine arme Mutter! Da hatte sie uns jungfräuliche Mädchen nach dem Krieg von Neuseeland aus durch die halbe Welt gekarrt, weil sie hoffte, für sich und ihre Töchter das rege intellektuelle Leben wiederzufinden, in das sie hineingeboren worden war. Statt dessen blühte ihr ein Leben als Haushälterin, mit einer ungeratenen Tochter, mir, einer, die ernstlich introvertiert war, Susan, und einer leichtsinnigen Quasselstrippe, Serena; alle clever und begabt, aber ohne erkennbare Aussicht, es im Leben zu etwas zu bringen, und ohne das ersehnte Umfeld für sie selbst in der verarmten Nachkriegswelt, in die sie zurückgekehrt war. Sie schämte sich zu sehr, glaube ich, um an die Kontakte aus ihrem alten Leben anzuknüpfen. Sie konnte es nicht ertragen, bemitleidet oder als *déclassée* angesehen zu werden oder dankbar sein zu müssen.

Und als die Töchter ihr dann eine nach der anderen ihre ungeplanten und unglückseligen Babys übergaben, im vollen Vertrauen darauf, daß sie sich um sie kümmern würde, machte Wanda sich auch das zum Vorwurf. Sie hätte nicht nach England zurückkehren sollen. Sie hätte ihre Ehe irgendwie retten müssen und nicht zulassen dürfen, daß ihr Mann sich von ihr scheiden ließ. Wenn sie doch nur in

Neuseeland geblieben wäre, dann hätte sich Susan zu einer Art Heimatdichterin entwickelt, Serena wäre die Frau eines Farmers geworden und ich vielleicht nicht auf die schiefe Bahn geraten, sondern hätte jemanden mit einem geregelten Leben und Einkommen geheiratet. In späteren Jahren taten Serena und ich alles, um unsere Mutter zu trösten – *Siehst du, du hast das Richtige getan, wir kommen doch klar im Leben –,* aber so ganz hat sie uns das nie abgenommen.

Susan, meine älteste Schwester, war die Schönste von uns dreien: dunkeläugig, blaß, ruhig, ernsthaft und schlank. Serena hatte einen Hang zur Fettleibigkeit, womit sie sich vor schmerzenden Nervenenden schützte, die sich, wie sie beteuerte, wegen irgendeines Geburtsdefekts auf der Außen- und nicht der Innenseite ihrer Haut befanden. Ihre Lehrer beschwerten sich, sie schwatze und kichere zuviel und scheine nie für die Schule zu lernen. Sie war immer Klassenzweite oder -dritte, ganz gleich, ob ihre aktuelle Klasse aus Dummköpfen oder Überfliegern bestand – als sei sie sich dessen bewußt, daß es am sichersten ist, nicht aufzufallen, während man darauf wartet, endlich erwachsen zu werden. Schlägt man sich zu früh schon zu gut, könnten die Parzen Wind davon bekommen und einen unter den nächsten Bus schubsen.

Ich glaube, ich habe schon immer mehr Pheromone verströmt als meine beiden Schwestern. Während Susan in dem Jahr, bevor wir nach England aufbrachen, die heißen neuseeländischen Nächte hindurch den Sternenhimmel mit dem Teleskop absuchte und Serena Hausaufgaben machte, lag ich wach da, befingerte mich und dachte dabei, wie herrlich es sein würde, verheiratet zu sein und jede Nacht einen Mann bei mir im Bett zu haben, *jede Nacht.*

Meine Unschuld verlor ich auf der Überfahrt nach England an den Schiffszahlmeister. Ich war dreizehn und er vierundzwanzig. Wir hatten eine Entschuldigung. Die Schiffsmotoren waren ausgefallen, wir hatten Windstärke 8 und 40 Fuß hohe Wellen. Die Stewards gingen mit diesem ruhigen, aber höchst nervösen Ausdruck herum, der auch einer Kabinenbesatzung in die Gesichter geschrieben steht, wenn das Flugzeug es aller Wahrscheinlichkeit nach nicht schaffen wird. (Ich habe so etwas zweimal miterlebt, und das ist mehr als genug.) Der Zahlmeister versuchte, im Alleingang ein Rettungsboot auszuschwingen: Weißes Wasser brandete über die Reling, tiefblaues Wasser türmte sich davor auf. Ich versuchte, ihm zu helfen – er sah sehr gut aus und trug ein Jackett mit Messingknöpfen –, und er befahl mir immer wieder, zurück nach drinnen zu gehen, aber ich war zu fasziniert von der See, die so majestätisch heranrollte, von der Gischt, die über Deck wirbelte, und selbstverständlich auch von dem Zahlmeister, um auch nur einen Gedanken an mein Überleben zu verschwenden. Schließlich überrumpelte er mich und versuchte mich mit dem Einsatz seines ganzen Körpers nach drinnen zu schieben. Und wie bei der ersten Begegnung von Hattie und Martyn erzeugte die körperliche Nähe ihre eigene Magie. Er war wütend, ich war trotzig – wie es ja auch bei dem Vorfall mit meiner Mutter und der Schere gewesen war.

Ehe wir's uns versahen, rieben wir uns aneinander im Schutz eines der riesigen, phallischen Luftschächte, die an Deck dieser alten Schiffe in die Höhe sprossen. Sein Ding tat weh, als es in mich eindrang, aber ich guckte nicht hin, wozu auch. Ich hatte keine Ahnung, wie diese »Dinger« aussahen, und wollte es auch gar nicht wissen. Dann fühlten wir, wie die Maschinen unter uns wieder ansprangen, fühlten, wie das Schiff ganz langsam den Bug in die Wellen drehte und wir gerettet waren. Ich glaube bis heute, daß ich und der Zahlmeister das zustande gebracht haben. Der Verlust der Jungfräulichkeit ist nicht ohne. Die restliche Reise über taten wir, als würden wir uns nicht kennen.

Trotzdem mochte ich ihn sehr gern, und als der Alptraum von einer Überfahrt endete und er den von Bord gehenden Passagieren zum Abschied die Hand reichte, beugte er sich herunter – er war sehr groß – und küßte mich auf beide Wangen. Meine Mutter war außer sich. »Du bist zu jung für so was«, sagte sie. »Du bist noch ein Kind. Wie er dich angesehen hat! Was soll ich nur mit dir machen?«

Aber sie hatte keine Ahnung davon, was vorgefallen war, und ich würde es ihr bestimmt nicht verraten. Ich habe ihr nie etwas verraten, wenn es sich vermeiden ließ. Denn worum es auch gehen mochte, ich wußte schon im voraus, daß sie mir befehlen würde, es sein zu lassen – weshalb mir also die Mühe machen?

Susan bekam auf der Überfahrt zum ersten Mal ihre Regel; sie war die Älteste, reifte aber am langsamsten heran, was, glaube ich, mit dem Körpergewicht zu tun hatte. Sowohl Serena als auch ich waren kräftig: Susan war ätherisch. Auf der Krankenstation des Schiffes gab es einen Vorrat an Damenbinden, etwas ganz Neues, auf das sie sehr stolz waren. (Bis dato war es üblich gewesen, »Lumpen« zu benutzen – zusammengelegte Stoffstreifen, die wie Taschentücher ausgewaschen und wiederverwendet werden mußten.) Nach heutigen Maßstäben waren diese Binden primitiv. Die Füllung aus Papier löste sich beim Gehen gern in scharlachrote Krümel auf – wir Mädchen schritten im Gänsemarsch über das Deck und halfen uns gegenseitig, sie einzusammeln. Es war eine ziemliche Erleichterung, als die Vorräte ausgingen und wir zu den Lumpen zurückkehren konnten.

Meine Großmutter Frieda, die uns auf dieser Reise begleitete und darunter zu leiden hatte, daß wir in Schlafsälen untergebracht waren, Reihen um Reihen von Etagenbetten aus blankem Eisen unten im Frachtraum, bei grassierendem Durchfall und ansteckender Bindehautentzündung – wir waren 2000 Personen auf einem Schiff, das in Friedenszeiten 150 Passagiere transportierte –, dankte Gott dafür, daß sie über das fortpflanzungsfähige Alter hinaus war. Ich blute natürlich immer noch, genau wie Serena. Heutzutage gibt es ja künstliche Hormone, und wir sind beide technisch gesehen nie in die Wechseljahre gekommen. Ebensowenig brechen uns die Knochen, und die Lust ist uns auch noch nicht abhanden gekommen. Ach, wie glücklich sich unsere Generation schätzen darf!

Agnieszka und Martyn gehen einkaufen

Agnieszka ist nun seit einem Vierteljahr bei Hattie und Martyn. Kitty ist neun Monate alt und mitten in der oralen Phase, wie Agnieszka dazu sagt. Ihr Kurs im Fach Kindesentwicklung orientierte sich an der Freudschen Theorie. Wenn Kitty auf ein Objekt böse wird, weil sie es nicht beherrschen kann, und versucht, es mit ihren winzigen neuen Zähnen zu zerbeißen – sie hat schon zwei unten und zwei oben –, bemerkt Agnieszka, daß sich Thanatos, der Todestrieb, auf normale Weise bemerkbar macht. Das ist beeindruckend. Aber dann sagt sie: »Nur gut, daß wir das Stillen hinter uns haben«, was Hattie ärgert. Wir?

Kitty hat »ma-ma-ma« zu Agnieszka hin gebrabbelt, und Martyn sagt im Scherz zu Hattie: »Paß bloß auf, sonst fängt sie noch an, Agnieszka für Mummy zu halten – aus reinem Eigennutz. Agnieszka ist zu lang, wie soll denn so ein Name in einem Babyköpfchen Platz finden. Du hättest für Agnes stimmen sollen.« Das ärgert Hattie nur noch mehr.

Martyn hat miese Laune, weil Hattie in letzter Zeit ein-, zweimal abends lang im Büro geblieben ist, um die Chancen auf neuen Märkten in der Ukraine auszuloten, die sich da auftun, und weil Agnieszka ihre Abendkurse hatte, mußte er Kitty ganz allein baden, und sie hat verrückt gespielt. Außerdem hat Hattie nach der Arbeit erst noch ein Glas auf Coleens Wohl getrunken, die gerade einen kleinen Sohn bekommen und ins Büro mitgebracht hat, um ihn allen zu zeigen. Coleen fragt, ob Hattie und Martyn zur Taufe kommen wollen, und Hattie sagt ja, natürlich gern, obwohl es ein Jahr her ist, daß sie das letzte Mal in einer Kirche war, von Martyn gar nicht zu reden. Aber in der Schule hat sie immer gern Kirchenlieder gesungen.

Der Anblick von Coleens Baby hat in Hattie komischerweise den Brutinstinkt geweckt. Sie hätte gern einen kleinen Jungen, doch das kommt gar nicht in Betracht; sie hat schon so mehr als genug am Hals. Das mit der Taufe wird sie Martyn später erzählen. Erst einmal braucht er ein paar Streicheleinheiten. In versöhnlichem Ton weist sie darauf hin, daß Kitty jedenfalls da-da-da gesagt hat, bevor sie mama-ma gesagt hat – Martyn sollte sich also freuen, der erste von beiden Elternteilen zu sein, der als solcher tituliert wird. Doch dann schaltet sich Agnieszka ein und erklärt, daß das da-da-da immer vor dem ma-ma-ma komme: So sei das nun mal in der kindlichen Entwicklung. Die harten Konsonanten kämen vor den weichen. Hattie wird von irrationalem Ärger ergriffen. Sie wünscht Agnieszka aus ihrem Leben und ihr Baby zurück.

Sie weiß aber auch, daß an diesem Samstag morgen, während sie und Martyn immer noch ihren frischgerösteten, eben erst gemahlenen Kaffee trinken und die spätherbstliche Sonne durch die Fenster scheint – welche Agnieszka vor ein paar Tagen geputzt hat –, das Mädchen bereits den Geschirrspüler aus- und wieder eingeräumt hat, ein paar Sachen in die Reinigung gebracht, Martyns Anzüge in den Schrank gehängt, Kitty angezogen und dabei ihren Popo auf Windelausschlag kontrolliert hat (nur ein Fleck, der sich nach ein paar Abenden zeigte, nachdem sie von Martyn gebadet und ins Bett gebracht worden ist) und Kittys

Ohren mit einem Wattestäbchen gesäubert hat. Also schluckt Hattie ihren Ärger herunter. Kitty wird einmal richtig hübsch werden, da sind sich alle einig. Sie hat riesengroße blaue Augen und ist sehr aufgeweckt und fröhlich. Sie sitzt auf ihrem Hochstuhl und schlägt mit dem Löffelrücken auf ihren Brei ein, und Agnieszka sagt ruhig und sachlich:»Laß das, Kitty«, und Kitty läßt es einfach. Nein, Hattie könnte unmöglich ohne Agnieszka auskommen. Dafür ist es zu spät.

Großtante Serena ruft an, um sich zu erkundigen, wie es allen so geht und ob es Probleme mit der aktuellen Hypothekenzahlung gibt. Hattie verneint, sie kommen bestens zurecht, seit sie, Hattie, wieder arbeiten geht, und wenn sie in einem halben Jahr ihre Gehaltserhöhung bekommt, kann es nur noch besser werden. Mittlerweile hat sie ihr eigenes Büro: Vorher mußte sie sich eins mit einer eher schwierigen älteren Dame namens Hilary teilen, aber das alles ist jetzt geklärt.

»Hmm«, sagt Serena.»Hüte dich vor älteren Frauen. Die haben es nicht umsonst so lange geschafft.«

»Meine Güte«, entgegnet Hattie,»da, wo ich arbeite, gibt es kein Hauen und Stechen. Es geht nur ums Verlegen und Vermarkten.«

Serena, die bereits zweiunddreißig Bücher herausgebracht hat, lacht ein bißchen spöttisch. Dann fragt sie Hattie nach dem Baby, und Hattie, die sich bereits für ihre häßlichen Gefühle gegenüber Agnieszka schämt, zählt alles auf, was das Mädchen in den letzten beiden Stunden erledigt hat.

»Ein Traum«, sagt sie abschließend.

»Klingt ein bißchen zu traumhaft für mich«, sagt Serena, »aber sie sollte wirklich keine Wattestäbchen benutzen. Nimm sie ihr weg. Bei Babys können diese Dinger die

Membran durchbohren. Wisch ihr die Ohren einfach mit einem Seifenlappen aus und achte darauf, hinter der Muschel gut trockenzureiben.«

Serena hat zu allem einen Ratschlag parat, ob es nun eine vaginale Pilzkrankheit zu kurieren, eine Scheidung zu überleben oder einen Roman zu schreiben gilt. Wenn sie Dinge weiß, die andere nicht wissen, empfindet sie es als ihre Pflicht, dieses Wissen weiterzugeben. Viele ihrer Sätze beginnen mit:»Ich an deiner Stelle – «

Hattie gibt den Rat an Agnieszka weiter, und Agnieszka gibt in scharfem Ton zurück, in Polen verwendeten alle Leute Wattestäbchen für Babys, und ihres Wissens gebe es dort auch nicht mehr taube Menschen als anderswo. Hattie ist verblüfft. Eine solche Reaktion hat sie bei Agnieszka noch nie erlebt. Agnieszka setzt sich mit einem hörbaren Rumser hin, statt wie üblich elegant auf ihren Stuhl zu gleiten, und verbirgt ihr Gesicht in den Händen. Sie schluchzt los. »Ich bin ganz allein in einem fremden Land, und niemand macht sich etwas aus mir. Mein Mann wird sich eine andere suchen, wenn ich so lange weg bin. Ich habe einen Brief von ihm bekommen, der mir gar nicht gefallen hat. Wenn ich ihn nur öfter anrufen könnte, aber das ist teuer, und ich kann ja nicht euer Telefon benutzen.«

Martyn kommt herein, Kitty auf den Schultern, sieht Agnieszka weinen, hört, was sie sagt, und ist peinlich berührt. Er sagt, es sei wirklich lieb von Agnieszka, sich Gedanken um die Telefonkosten zu machen, aber sie solle ihren Mann unbedingt anrufen, wann immer sie das Bedürfnis habe. »Allerdings mag Serena recht haben mit den Wattestäbchen und daß ein Frotteelappen am besten ist«, fügt er hinzu.

159

Zumindest für letzteres ist Hattie ihm dankbar. Ihr geht auf, daß Martyn es geschafft hat, sowohl Agnieszka zu beschwichtigen als auch sie, Hattie, zu unterstützen, und verspürt einen Moment lang schieren Stolz auf ihn. Er entwickelt ein wirkliches Talent dafür, Menschen zu führen. Wegen des Telefons hat sie ohnehin schon ein schlechtes Gewissen gehabt. Babs hatte Hattie den Rat gegeben, Agnieszka von vornherein zu erklären, daß sie fragen müsse, bevor sie irgendwelche Auslandsgespräche führe. Aber Agnieszka hat es doch sicher verdient, ihr Privatleben halbwegs ungestört pflegen zu können, und Martyn sieht das genauso.

Seit seiner Beförderung zum stellvertretenden Chefredakteur trägt Martyn Kontaktlinsen, und Hattie bemerkt, daß er wunderschöne blaue Augen hat und fragt sich, warum ihr das nie zuvor aufgefallen ist. Vielleicht war einfach nie die Zeit dafür. Nach nur zwei Ausgaben, in denen die neue Geisteshaltung präsentiert wird, steigt die Auflage von *Devolution* bereits, und Harold sagt, Martyns Artikel über Junk Food, *Kleine Sünden halten Leib und Seele zusammen*, habe einen großen Beitrag dazu geleistet.

»Man muß ebenso unterhalten wie belehren, oder man geht baden«, sagt Harold, und Martyn habe da echt den Bogen raus.

Martyn ist Hatties Beschützer und ihr Kraftquell, ihr Verbündeter und ihr Freund. Er sieht gut und lebensfroh aus, und seine Wangen werden voller – kein Wunder bei der Thunfisch-Karotten-Pastete und den anderen Delikatessen, die ihm zu Hause aufgetischt werden. Agnieszka serviert jetzt Borschtsch, eine Suppe aus Roter Bete und saurer Sahne, die fremdartig und köstlich schmeckt. Und auch Kitty bekommt das ein oder andere Löffelchen ab. Es ist wichtig, den Gaumen eines Babys immer mal wieder mit einem neuen Geschmack zu stimulieren. Außerdem reicht Agnieszka ihre Schachtel mit Pflaumen im Schokomantel herum, die ihr Mann Aurek per Post schickt; die Dinger sehen nicht besonders appetitlich aus, schmecken aber herrlich.

Wenn Kitty nicht auf der Welt wäre, wenn Agnieszka nicht in der Nähe wäre, könnten sie jetzt miteinander ins Bett gehen oder sogar gleich da auf dem Sofa loslegen, wie sie das früher getan haben. Aber jetzt ist jetzt, und damals war damals, und damit hat sich's.

Normalerweise gehen Hattie und Martyn Samstag vormittags einkaufen, was neuerdings mehr Spaß macht, da ihnen das Geld ein bißchen lockerer sitzt. Agnieszka hütet das Baby. Sie bummeln über die Märkte und schauen, was es im Bioladen Neues gibt. Aber heute muß sie ein paar Manuskripte lesen, also würde Martyn allein gehen.

»Hör mal, Agnieszka«, fragt Hattie, »willst du nicht mit Martyn einkaufen, und ich passe auf Kitty auf? Du mußt öfters mal aus dem Haus. Du tust ja nichts anderes als arbeiten.«

»Ich gehe zum Bauchtanz«, sagt Agnieszka. »Das ist frivol. Frivol ist ein neues Wort für mich, das ich sehr mag«, und ein Lächeln stiehlt sich in ihr Gesicht, und sie sieht wirklich hübsch und dankbar aus.

Martyn wirkt etwas ungehalten, sagt aber: »Ja, wie wär's? Na komm, Agnieszka. Obwohl es heute nichts Großartiges ist. Ich brauche eigentlich bloß Oolongtee, das heißt, wir müssen in Richtung chinesischer Supermarkt.«

Also gehen Agnieszka und Martyn einkaufen, doch ihr Weg führt sie nicht über den Markt, der so in Mode ist, sondern durch staubige, schmutzige Straßen, wo Junkies herumschlurfen und die Fäuste gen Himmel recken. Kitty ist derweil quengelig und lästig und muß auf den Knien geschaukelt und beschäftigt werden, so daß Hattie nicht groß zum Arbeiten kommt.

Babs ruft an. Hattie war erst gestern mit ihr was trinken, mit ihr und Nisha, die jetzt für den indischen Subkontinent zuständig ist – wo Bücher immer noch zum Großteil im Raubdruck erscheinen, obwohl verantwortungsbewußte Verleger beginnen, Übersetzungen in Auftrag zu geben, und sogar für die Rechte bezahlen – und die gerade erst zu Dinton & Seltz gestoßen ist und erst mal alle kennenlernen muß. Babs hat Neuigkeiten. Sie sagt, sie sei tatsächlich schwanger, die vermeintliche Periode falscher Alarm gewesen und das Baby von Tavish – was sie jetzt tun solle? Sie und Alastair hätten sich richtig bemüht, ein Kind zu machen, aber sie sei sich ganz sicher, daß es von Tavish ist. Zu früheren Zeiten hätte sie ein bißchen schummeln und eine Frühgeburt haben können, aber das sei heute nicht mehr möglich: Babys würden ja schon vor der Geburt per Ultraschall genauestens überwacht. Sie klingt extrem nervös.

Hattie hat die Befürchtung, daß Babs in ihrer derzeitigen Verfassung tun wird, was auch immer sie ihr rät. Also sagt sie: »Wenn du dir nicht absolut sicher bist, unternimm erst mal gar nichts«, und dann: »Wir reden Montag darüber«, obwohl der Montag mit Terminen vollgepackt ist und der Autor von *ScheißLochPißHund!* sie jetzt auf dem Kieker hat, weil man ihm von vornherein hätte sagen sollen, daß der Titel unglücklich gewählt ist. Er möchte fortan von Hilary, nicht von Hattie vertreten werden, und zwar im In- und Ausland. Hatte er Neil denn nicht ausdrücklich erklärt, daß man der Tourette-Gemeinde sozusagen verhaltenstherapeutisch vermitteln muß, was anstößig ist und was nicht? Niemand außer Hilary, klagt er, habe ihn darauf hingewiesen. Babs sagt zu Hattie, sie glaube allmählich, das Tourette-Syndrom sei eigentlich nur eine Verkaufsmasche; jetzt fürchte der Autor, man könnte ihm auf die Schliche kommen, und kriege kalte Füße. Babs hat eine Art, ihre Probleme aufzuteilen, die Hattie ziemlich bewundernswert findet.

Hattie rechnet damit, daß Martyn und Agnieszka jeden Moment zurückkommen, doch gegen Mittag sind sie immer noch nicht daheim. Sie wäre gern mit Martyn zum Einkaufsbummel gegangen. Er und sie verbringen ohnehin so wenig Zeit miteinander. Warum in aller Welt hat sie bloß vorgeschlagen, daß Agnieszka ihn begleitet? Warum muß Agnieszka um jeden Preis bei Laune gehalten werden? Sie geht in Agnieszkas Zimmer und schaut sich um. Das hat sie bisher als unter ihrer Würde erachtet. Auf dem Tisch liegt ein offiziell aussehender Brief in einem braunen Umschlag von der örtlichen Schulbehörde, dem Anschein nach schon vor einiger Zeit geöffnet. Sie zieht ihn heraus und beginnt zu lesen. Wie weit ist es schon mit ihr gekommen? Das Schreiben ist eher ein Formular als ein Brief, mit dem für Ämter so typischen verschmierten dunklen Tintendruck auf billigem Papier. Es kommt von der Verwaltung eines Fortbildungscollege und besagt, Agnieszka habe so viele Unterrichtsstunden versäumt, daß sie von der Teilnehmerliste gestrichen worden sei. »Angesichts der hohen Nachfrage bezüglich der Plätze sehen wir uns leider gezwungen, derartige Maßnahmen zu ergreifen.« Hattie steckt den Brief gerade noch rechtzeitig in seinen Umschlag zurück: Martyn und Agnieszka hieven gerade einen nagelneuen, sehr teuer aussehenden Sportkinderwagen über die Schwelle. Das Ding ist knallrot und rosa, gepolstert und mit Nieten verziert und wirklich wunderschön. Hattie ist außer sich. Es wäre an ihr gewesen, zusammen mit Martyn so etwas für Kitty zu kaufen. »Ich mußte einfach zuschlagen«, erklärt Martyn, »wir haben die Karre im Fahrradladen gesehen, und ich konnte nicht widerstehen. Sie war im Ausverkauf. Nur 220 £, von 425 £ herabgesetzt.« 220 £ – das ist Wahnsinn. Was hat er sich dabei gedacht? Nein, in die Rolle von *Geizkragen und Spielverderber* wird sie sich nicht drängen lassen.

»Was meinst du? Agnieszka sagte, er wäre genau das Richtige für Kitty. Anständig gefedert und mit stabiler Rückenstütze.« Er sieht Hatties Miene, guckt besorgt und erkennt, daß er das Falsche getan hat.

»Ich wünschte, du wärst dabei gewesen, mein Schatz, dann hätten wir ihn gemeinsam kaufen können, aber ich hab den Gedanken nicht ertragen, daß jemand anderes als Kitty darin sitzen würde, also hab ich ihn einfach gekauft.«

»Ist schon okay«, sagt Hattie, kehrt zu ihren Manuskripten zurück und schmollt, nachdem sie gesehen hat, daß Agnieszka und Martyn sich anschauen, als hätte Hattie ihnen Wasser in den Wein gegossen.

Sie erzählt Martyn nichts von dem Brief aus der Schule. Die Sache mit dem Kinderwagen ist noch nicht ausgestanden. Sie erinnert sich daran, wie sie es als kleines Mädchen genossen hat zu schmollen, wenn Lallie zu Konzerten ging und sie in Frances' Obhut zurückließ. »Aber jetzt bin ich erwachsen«, denkt sie. Sie fragt sich, was Agnieszka eigentlich treibt, wenn sie sagt, sie sei beim Englischunterricht, und dort gar nicht erscheint. Aber vielleicht hat sie ja einfach den Kurs gewechselt und damit die Schule? Wenn Hattie das Martyn erzählt, wird er sich nur aufregen und alle verrückt machen. Hattie weiß nicht, was sie jetzt tun soll, und erinnert sich dann an ihre eigenen Worte: *Wenn du dir nicht absolut sicher bist, unternimm erst mal gar nichts.*

Sie geht in die Küche und hilft Martyn und Agnieszka beim Auspacken der eingekauften Leckerbissen, was unter leisen Ausrufen von Lob und Entzücken vor sich geht, während Kitty im Hintergrund gurrt. Sie ist wirklich das süßeste Baby der Welt.

Ganz normale Frauen

Ich, Frances, bekomme einen Anruf von Serena. Wir reden ungefähr ein- oder zweimal die Woche miteinander. Es ist sehr angenehm, mit jemandem, der einen schon das ganze Leben lang kennt und immer noch aushält, in so enger Verbindung zu stehen. Mit Ehemännern ist das nicht unbedingt der Fall. Ich habe Charlie Spargrove nichts zu sagen, obwohl wir uns Weihnachtskarten schicken und er mich vor langer Zeit, als unser Sohn Jamie von einem durchgegangenen Pferd überrannt wurde und mehr tot als lebendig im Krankenhaus von Timaru landete, tatsächlich anrief und informierte und sich in freundlichen und versöhnlichen Worten nach meinem Wohlergehen erkundigte. Beverley hatte sich natürlich zuerst bei Jamies Vater gemeldet, nicht bei mir; ich bin ja nur die Mutter. Charlie besitzt das Geld und den Titel. Heute hat er seinen eigenen Rennstall und zwei Enkeltöchter, die früher mal süße Mädelchen vom Ponyhof waren, heute allerdings in den Klatschspalten erscheinen, wie sie betrunken kichernd ihre langen Beine schwingen. Ich rechne damit, daß sich das auswächst.

Aber ich bin damals hingeflogen, um bei Jamie zu sein, nicht Charlie. Charlie wollte nur auf dem laufenden gehalten werden. Als ich endlich ankam, saß Jamie aufrecht im Bett, zwar immer noch dick bandagiert und am Tropf, aber fröhlich und der Entlassung entgegenfiebernd. Er hatte schon immer eine sagenhaft robuste Gesundheit: Ich dachte an seine frühen Kinderjahre und befand, daß Serena und ich und Roseanna und Viera und Maria und Raya und Sarah und all die anderen, an deren Namen ich mich nicht mehr erinnere, bei diesem Fremdling wirklich gute Arbeit geleistet haben. Irgendwie scheinen wir es untereinander hinbekommen zu haben, ihn mit etwas anderem als Fischstäbchen, Fritten und Erbsen zu ernähren. Ich glaube, Beverley hoffte, Charlie käme herübergeflogen, nicht ich, nicht die Schwiegermutter aus der Hölle mit ihren zahlreichen Ehemännern, ihrer anrüchigen Vergangenheit und ihren flatternden Chiffonschals.

Der Interims-Ehemann, der sandalentragende Schriftsteller mit den Hammerzehen, wünscht keinen Kontakt mit mir. Ich bin ihm durchaus wohlgesonnen, er jedoch ist immer noch beleidigt und zornig. Keine Ahnung, warum. Ich habe weder Geld von ihm verlangt noch versucht, ihm das Haus wegzunehmen. Ich habe lediglich meine Tasche gepackt und bin gegangen, getrieben von dieser seltsamen Verzweiflung und Panik, die Frauen zuweilen erfaßt – wenn sie jetzt nicht geht, wird nichts von ihr übrigbleiben. Sie wird eine Muschel sein, die nichts enthält. Eine schwarze tote Muschel auf einem Felsen am Meer, die Schale verkrustet durch parasitische Seepocken, offen und leer außer einem glitschigen Algenstrang, den die Flut hineingeschwemmt hat. Es ist eine schreckliche Vorstellung. Er schlägt sie nicht, er macht ihr auch nicht das Leben zur Hölle, sie kann ihren Freundinnen nicht erklären, warum sie da raus muß: Er ist einfach der Falsche. Das ist gefährlich. Er raubt ihr die Seele. Dieses Gefühl ist natürlich irrational, aber bedrängend und muß respektiert werden.

Gut möglich, daß auch Männer es empfinden, denn so mancher Mann geht ja eines schönen Morgens weg und kehrt nie mehr zurück. Und er ist nicht unbedingt zu einer Geliebten gegangen, er ist einfach gegangen. Irgend etwas daran, daß man das Bett teilt, daß die Konturen von zwei Menschen vor dem Fernseher, an der Küchenspüle ineinander verschwimmen, kann einen schon in Panik versetzen, und zwar zu Recht. Jedenfalls verließ ich Mr. Hammerzeh von einem Tag auf den anderen und verstörte ihn dadurch so sehr, daß seither, wie ich höre, mein Name in seinem Haus nicht mehr erwähnt wird. Er ist wieder verheiratet, glücklich verheiratet, mit einer Drehbuchautorin, die ihm in seiner Karriere bestimmt von Nutzen sein kann.

Tatsächlich habe ich, abgesehen von den Jahren, als ich Charlie bedrängte, mir mit Jamie zu helfen, nie finanzielle Hilfe von Männern erwartet. Ich bin meiner Mutter zu ähnlich, als daß ich es genießen könnte, abhängig zu sein. Ich erinnere mich an ihr Diktum – Männer bieten einer Frau nur dann Geld und Unterstützung an, wenn sie präsent ist: im Bett, am Herd, mit den Kindern. »*Aus den Augen, aus dem Sinn.*« Deshalb gibt es ja Scheidungsgesetze. Weil Männer und Frauen nun einmal unterschiedliche Ansichten darüber vertreten, was richtig und natürlich ist. Ich habe im Laufe der Jahre eine Menge Geld von Serena angenommen, aber sie ist meine Schwester. Wenn sie findet, was ihr ist, sei auch mein, dann bin ich aufrichtig dankbar und froh. Und ich kann ihr mein Leben erklären, wie sie das umgekehrt auch tut – per Telefon und neuerdings auch per E-Mail. Wir schaffen es, uns etwa einmal im Monat zu treffen. Sie stöhnt, sie schreibe so viele Romane, daß sie sich kaum noch darauf besinnen könne, wer sie selbst sei: Sie sagt, ich helfe ihr, ein Gefühl für ihre Identität zu wahren. Ich schwatze einfach gern und sie auch. Keine von uns beiden macht den Eindruck, daß bei ihr schon ein Schräubchen locker wäre.

Als wir Susan an den Krebs verloren – und das fühlte sich an, als würde ein Glied von dem rein weiblichen Familienkörper abgehackt, denn wir waren wie zu einem einzigen Gebilde verschlungen, Wanda, Susan, Serena und ich –, da klammerten wir uns aneinander, als könnten wir nur so das Gleichgewicht halten. Als wir Susans drei Kinder aufnahmen, hatten wir damit eine Art Prothese, eine Stütze. Jedenfalls kamen wir so wieder ins Lot. Als Wanda starb, dachte ich, daß sie nun endlich von den Sorgen befreit war, die aus ihr heraus und uns allen in die Adern drangen: Ich freute mich für sie. Vielleicht hätte sie mehr tun sollen, um uns davor zu bewahren, aber soweit ich weiß, habe ich meine Ängstlichkeit ebenfalls durch die Mitochondrienlinie vererbt. Lallie wird vor jedem Auftritt von Lampenfieber gebeutelt. Und vielleicht tut Hattie mir gegenüber auch nur so, als hielte sie die Welt für beherrschbar und frei von Überraschungen.

Heute sprechen wir über Hattie und das neue Au-pair. Gestern morgen hatte Serena bei Hattie angerufen und sich das Neueste berichten lassen. Wir sprechen über Wattestäbchen und Babyöhrchen. Serena fragt mich, wie diese Agnieszka aussieht, und ich erwidere, daß komischerweise noch niemand auch nur ein Wort darüber verloren habe. Hattie und Martyn zählten bloß immer ihre Leistungen auf. Sie dürfte also ganz gewöhnlich aussehen.

Wir gehen die ganz gewöhnlich aussehenden Leute in unserem Bekanntenkreis durch, die Ehen zerstört haben. Da gibt es so einige. Es ist nicht unbedingt die atemberaubende Schönheit, die mit anderer Frauen Männern durchbrennt. Das sexuelle Begehren ist kein so entscheidendes Motiv, wie wir das geglaubt haben, als wir jung waren. Geist, Herz, politische Überzeugungen, das Talent, gut Klavier zu spielen, was auch immer – gerade ein schlichtes Äußeres kann sich als das verführerische Moment erweisen.

An erster Stelle sei gewarnt vor der überzähligen Frau bei der Dinnerparty, die mit gesenkten Lidern dasitzt, still und lieb, gekleidet wie eine Maus vom Lande: Diese Augen können ganz groß werden, hungrig und einladend, wenn die Gastgeberin gerade nicht hinschaut. Wie Ann Footworth, die schon fünfundfünfzig war, als sie mit Serenas verheiratetem Verleger durchbrannte. Ann war seine langweilige Sekretärin. Seine Frau Marjorie hatte Mitleid mit Ann, die ja so allein auf der Welt war, und lud sie zum Dinner ein – und am Ende stand Marjorie selbst vor dem Verlagsgebäude, warf Steine und schrie Beschimpfungen zu seinem Fenster hoch, während er zusammen mit Ann unter dem Schreibtisch kauerte, bis die Polizei kam und die Ehefrau fortschaffte. Und niemand vergißt die Frau von T. S. Eliot – diejenige, die er ins Irrenhaus stecken ließ und die einmal flüssige Schokolade durch den Briefschlitz von Faber & Faber goß.

Aber das sind die seltenen, die ganz speziellen Fälle. Seinerzeit, da sind wir uns einig, hatten Männer einfach Affären und sagten, sie würden zu Hause ausziehen, taten das dann aber nur selten. Es begann mit: »*Warte, bis die Kinder aus dem Kindergarten sind*«, dann kam die Mittelstufe, die Oberstufe, das Abitur – und schließlich hieß es: »*Bis sie ihren Uni-Abschluß haben.*« So lange braucht die Geliebte, um sich klarzuwerden, daß er die Gattin wahrscheinlich nie verlassen wird, um mit ihr zusammenzuleben. Und dann bekommt die Gattin in späten Jahren noch ein Kind, denn natürlich hat er die ganze Zeit über mit ihr geschlafen. Frauen glauben das, was man ihnen erzählt, wenn sie es sich nur genug wünschen. (Ich denke da besonders an Serena und George.)

Wir fürchten, Hattie könnte die Neigung geerbt haben, das zu glauben, was sie gern glauben will, und nicht, was sich vor ihren Augen abspielt. Aber das trifft man ja häufig bei den jungen Leuten von heute. Sie sind mit einer Kost aus zuviel Fiktion – Film, Fernsehen, Romane – groß geworden und glauben, sie wären die Helden oder Heldinnen ihres eigenen Lebens, und alles würde gut werden. Das Beunruhigende daran ist, daß Agnieszka diese Wahrnehmung womöglich nicht teilt. Sie wird mit weniger Fiktion aufgewachsen sein als wir im Westen: Romane dürften bei ihr daheim Mangelware gewesen sein, das Fernsehen wird vorwiegend Belehrendes und nationale Volkstänze gezeigt haben. Sie wird wissen, daß es auf der Welt knallhart zugeht, und sich entsprechend verhalten. Hätten Hattie und Martyn dagegen eine junge Engländerin eingestellt, dann hätte die wahrscheinlich ein schwaches Über-Ich gehabt, in Fast-Food-Filialen herumgehockt und das Baby mit Hamburgern gefüttert, um es ruhig zu halten, oder im Supermarktcafé, wo das Kind gelernt hätte, mit einem biegsamen Strohhalm bonbonrosa Sprudel zu trinken. Ich kenne die Sorte.

Natürlich sind uns auch Fälle bekannt, wo Männer die Gattin an dem Tag für die Geliebte verlassen haben, an dem die Kinder das Abitur bestanden haben. Das ist Grace passiert: Grace und Andrew, der Steuerberater, machten gerade Sommerferien in einem *gîte* in Frankreich, als die Nachricht kam, daß ihr Jüngster seine Prüfung mit Auszeichnung bestanden hatte, und da ging Andrew einfach zur Tür hinaus und kam nie wieder. Er reiste zu seiner wartenden Geliebten, von der Grace nichts wußte, die bis dahin allein auf den Bahamas geurlaubt hatte.

Wenn so etwas heutzutage sehr viel seltener passiert, dann deshalb, weil alle derart von Schuldgefühlen geplagt und verunsichert sind, daß sie keine sexuelle Beziehung haben können, ohne zu meinen, das sei nun das Wahre, und die ganze Geschichte beichten: Kaum aus dem falschen Bett gehüpft, sind sie auch schon entschlossen, es zum richtigen zu machen, und denken an Scheidung. Alle beteiligten Parteien reden über *Authentizität der Gefühle* und sind sich einig, der Kinder zuliebe freundlich miteinander umzugehen und an Weihnachten immer zum Essen zu kommen. Und die Kinder müssen einen neuen Satz Stiefeltern übernehmen, und die umtriebigsten Weihnachtstage überhaupt, an denen sämtliche Partner und Kinder von einem zum anderen flitzen. Und dann geht's auch schon in die nächste Runde. Die Standesämter sind voll von Leuten, die ihre zweite, dritte, vierte Ehe schließen, nur weil man ihnen beigebracht hat, Heimlichkeiten und Lügen seien schlecht (*unauthentisch*), und so wird eine flüchtige Regung als lebenslang dauerndes Gefühl festgeschrieben. Meine Güte, in sexuellen Angelegenheiten ist Verschwiegenheit die erste Bürgerpflicht, wenn eine Gesellschaft überleben will. Serena und ich haben einander ganz schön in Fahrt gebracht.

Als ich Mr. Hammerzeh verließ, rufe ich ihr ins Gedächtnis zurück, bin ich jedenfalls nicht gleich jemand anderem in die Arme gefallen. Es dauerte ein, zwei Jahre, bis Sebastian auftauchte, und das waren sorgenvolle Jahre. Ich finde es furchtbar, ohne Mann zu sein; in der Rückschau waren es schon goldene Tage, damals am Caldicott Square, aber auch Zeiten der Panik und der Mutlosigkeit, als ich nichts hatte und Serena alles und ich in der Primrosetti Gallery den Fußboden wischte. Aber das ist sicher auch Gewohnheit und eben typisch für meine Generation. Seit Sebastian sitzt, habe ich es geschafft, das Garagentor einbauen, die Risse an der Decke im Bad zuspachteln, ja alle Zimmer streichen, die Bilder neu rahmen und das Sofa aufpolstern zu lassen. Sebastian mochte keine Handwerker im Haus. Er hatte das Gefühl, es sei Sache des Hausherrn, solche Arbeiten selbst zu machen – jeder Mann sein eigener Klempner –, nur kam er einfach nie dazu, sie zu erledigen.

»Aber was wird er sagen, wenn er rauskommt?« fragt Serena.

»Sofern keine Handwerker mehr im Haus sind, wird er gar nichts merken«, sage ich, und wir lachen.

Serena findet, Sebastian und George hätten eine Menge gemeinsam. Ich frage sie, ob er ihr fehlt, und sie sagt ja, natürlich: Je länger jemand tot sei, desto leichter falle es, sich eher an die guten als an die schlechten Zeiten zu erinnern. Aber immer noch verspürt sie einen Schmerz im Bauch und einen anderen im Herzen, so heftig, als wollte es zerspringen, wenn sie an seine Affäre mit Sandra denkt, dieser eher unansehnlichen und ganz gewöhnlichen jungen Frau, für die er sie verlassen hat. Zwölf Jahre sind vergangen, und sie erinnert sich immer noch an Einzelheiten. Wie er sich hinter ihrem Rücken über sie mokiert haben muß, etwa als er ihr, die nichts ahnte, die Wohnung zeigte, in der seine Geliebte lebte – dieser Verrat und diese Grausamkeit, wo sie doch nichts weiter getan hatte als ihn zu lieben.

»Moment mal, Serena«, unterbreche ich. »Du hattest auch Affären.«

»Die hatten aber nichts zu bedeuten«, sagt sie und hat dann den Anstand zu lachen.

Manche auffallenden Männer mögen eher gewöhnliche Frauen, auch da sind wir uns einig. Gerade die, von denen man annehmen würde, sie hätten ein glamouröses Klasseweib am Arm, finden bisweilen Gefallen an Partnerinnen, die ganz trutschig daherkommen, graue Mäuschen, die allerdings, wenn's drauf ankommt, zu Tyranninnen werden, von den Männern verlangen, ihnen den Reißverschluß hinten hochzuziehen und die Handtasche zu holen, wenn sie das genausogut selbst machen könnten; die die hohe Warte der Moral für sich gepachtet haben, Männern politische Inkorrektheiten vorwerfen, ihnen die Hand aufs Glas legen und sagen: »Du hast mehr als genug gehabt.« Wir befinden, daß solche Frauen einem Mann Sicherheit geben, wie einst das strenge Kindermädchen – nur einen Schritt entfernt von der Domina mit Stöckelschuhen und Peitsche, aber gesellschaftlich akzeptabel.

Wir kommen auf Martyn und Hattie zurück und befinden, daß ihre Partnerschaft wohl ganz stabil ist und Agnieszka wahrscheinlich das Juwel, für das die beiden sie halten, und wir bloß zwei mißtrauische alte Weiber sind. Eins ist uns allerdings beiden aufgefallen: Seit Martyn befördert worden ist und Hattie wieder arbeiten geht, führen sie keine langen, gereizten Auseinandersetzungen über Politik und Moral mehr, sondern unterhalten sich hauptsächlich über Essen, Kinderwagen und Wattestäbchen. Vielleicht werden Prinzipien mit zunehmendem Wohlstand ja zu unnützem Ballast: Vielleicht brauchen Ideen ein Milieu aus Armut, um gedeihen zu können. Komfort und Mangel an Überzeugung gehen Hand in Hand.

Wir zitieren Yeats, wie unsere Mutter Wanda das getan hätte. Die grausige Bestie, die gen Bethlehem schleicht, um geboren zu werden. Wir erschauern.

»*Den besten mangelt alle Überzeugung*«, sagt Serena.

»*Die schlimmsten aber sind voll ungestümer Leidenschaft*«, sage ich.

Wir wünschten beide, Hattie und Martyn würden heiraten. Nicht daß wir ihnen ein so großartiges Beispiel gegeben hätten mit unseren etlichen Fehlversuchen. Vermutlich sehen sie uns an und denken: Wozu der Streß?

»Unsere Generation war doch deshalb so aufs Heiraten aus«, sagt Serena, »weil es damit für den anderen schwieriger wurde, sich einfach zu verdrücken. Das Risiko konnten wir nicht auf uns nehmen.«

»Aber heutzutage ist jeder so austauschbar«, sage ich, »daß es kaum eine Rolle spielt, ob einer geht. Verlierst du einen Partner, dann suchst du dir halt einen anderen.«

Sie verwahrt sich gegen solche pauschalen Behauptungen: Wahrscheinlich litten die Menschen heute ebensosehr wie eh und je. Ich widerspreche. Wenn sie sich unbehaglich fühlen, gehen sie zum Therapeuten und lassen sich das Gefühl wegmachen.

»Du und ich jedenfalls«, sage ich, »werden uns mit dem zufriedengeben müssen, was wir haben. Jeder nimmt ein Päckchen. Cranmer für dich, Sebastian für mich. Es ist wie bei diesem Kindergeburtstagsspiel: wenn die Musik aussetzte, haben wir es ausgepackt.«

»Für dich vielleicht«, sagt Serena nach einer langen Pause.

Schokoladenumhüllte Pflaumen

Wieder einmal reicht Agnieszka eine Schachtel Schokopflaumen herum. Sie sind heute morgen mit der Post gekommen, ziemlich zerdrückt und zusammengeschmolzen in ihrer königsblau-goldenen Pappschachtel, aber man kriegt sie noch auseinander. Kitty bekommt nichts davon zum Probieren. Agnieszka erklärt, daß Pflaumen Kleinkindern zu schwer im Magen liegen.

Nachdem Agnieszka ihre Schokopflaumen angeboten hat, geht sie sich die Hände waschen und macht sich dann wieder an ihre Näharbeit. Sie näht einen abgegangenen Knopf an den Bund von Martyns bester Hose. Das findet Hattie ein bißchen zu persönlich. Es hat etwas Intimes, beinahe Schlüpfriges, dieses weiße Band, das die Hosenschlitze teurer Markenanzüge verstärkt: Jeans haben einfach einen Reißverschluß und einen Knopf oben drüber, und damit hat sich's. Aber es ist gut, daß die Näherei erledigt wird. Agnieszka benutzt einen Fingerhut, was Martyn offensichtlich fasziniert. Er hatte bis jetzt nicht einmal gewußt, wozu so ein Ding gut war, geschweige denn, wie man es nennt.

»Also ist jetzt alles wieder in Ordnung mit deinem Mann?« fragt Martyn. »Der Nachschub an Pflaumen ist wieder gesichert?«

Agnieszka kichert und sagt, diese Kollegin ihres Mannes, die ihm bei der Arbeit schöne Augen gemacht habe, sei gefeuert worden, also werde sie wie geplant über Weihnachten nach Hause fahren. Martyn bietet ihr seine Hilfe beim Ticketkauf an, aber Agnieszka lehnt ab: Das könne sie über eine Bekannte organisieren, die bei einem Reisebüro in Neasden arbeite.

Kitty liegt schlafend in ihrem Bettchen. Agnieszka achtet auf einen festen Tagesablauf, der durch nichts gestört werden darf. Manche von Hatties Freundinnen nehmen ihre Babys zu Dinnerpartys mit: Das findet Agnieszka richtig schlimm. Sie sollten friedlich in einem vertrauten Bett schlafen. Auch daß manche Kleinkinder unter dem Tisch spielen, während die Erwachsenen essen – Agnieszka würde solche Eltern ins Gefängnis sperren, wenn sie könnte.

Alle drei sitzen vor dem Fernseher, der ohne Ton läuft, und warten auf den Beginn einer halbwegs erträglichen Sendung, für die sie den Ton dann wieder einschalten. Sie fühlen sich wie eine Familie.

»Ich hatte gedacht, Aurek würde zu Hause arbeiten«, sagt Hattie. »So wie die meisten von unseren Drehbuchautoren. In einer Dachkammer sitzen und sich Filme ausdenken, die ihn eines Tages berühmt machen werden? Und entweder du gehst nach Polen zurück und wirst Hebamme, oder er kommt her, und du gibst Kurse in Bauchtanz. Ist das nicht der Plan?«

»So viele Pläne«, sagt Agnieszka. »So viele Möglichkeiten. Aurek arbeitet tagsüber als Busfahrer. Schreiben tut er abends. Wir arbeiten beide hart. In Polen ist das nichts Ungewöhnliches. Das Mädchen, das ich nicht mochte, war eine der Schaffnerinnen. Eine billige falsche Blondine, die ständig Kaugummi kaute. Sie hat die Fahrgäste bestohlen. Können Sie sich das vorstellen? Eine professionelle kleine Taschendiebin als Schaffnerin?«

»Irgendwie habe ich mir Aurek nicht als Busfahrer vorgestellt«, sagt Hattie verdattert, worauf Martyn mit leichtem Kopfschütteln reagiert: Hatties snobistische Herkunft macht sich bemerkbar.

»In Polen verdienen wir unseren Lebensunterhalt, wie wir nur können«, sagt Agnieszka. »Die Straßenkehrer sind gelernte Buchhalter, die Bahnhofsgepäckträger sind Ärzte. Es gibt viel Ausbildung und wenig Arbeit. Das ist das Erbe der Sowjetunion. Deshalb bin ich hier und kümmere mich um Kitty, statt zu Hause zu sein.«

Hattie fühlt sich ein bißchen betrogen. Sie wurde hinters Licht geführt. Ein Busfahrer! In letzter Zeit war auch keine Rede mehr von der Mutter oder der kranken Schwester. Hattie hat Agnieszkas Postsparbuch kontrolliert. Sie zahlt ein: Sie hebt nicht ab. Es sind ein paar Tausender drauf. Sobald man heimlich anderer Leute Briefe liest, ist man noch zu ganz anderen Dingen fähig: als wäre ein Damm gebrochen. Manchmal schleicht sich Hattie sogar in Hilarys Büro, wenn die gerade nicht da ist, und klickt sich durch ihre E-Mails. Aber Hilary scheint sauber zu sein. Ihre Lieblingswebsites sind, laut Google, die der Tourette-Gesellschaft sowie diverse Dating-Agenturen. Arme Hilary!

»Hier haben es Schriftsteller auch nicht leicht«, bemerkt Martyn.

»Wohl wahr«, stimmt Hattie zu. »Manche Leute geben Jahre ihres Lebens dran, um ein Buch zu schreiben, und finden dann doch keinen Verlag dafür.«

»Dann sind sie Dummköpfe«, sagt Agnieszka forsch. »Aber es gefällt mir, daß Aurek an einem Drehbuch

178

schreibt, weil ihn das davon abhält, abends irgendwelchen Unfug anzustellen. Eines Tages wird er sein Drehbuch beenden, und wir werden heiraten.«

»Ich dachte, ihr wärt schon verheiratet«, sagt Hattie, und jetzt wirkt selbst Martyn überrascht. »Verheiratet sind wir in Gottes Augen und in denen unserer Freunde«, sagt Agnieszka. »Nur darauf kommt es an.«

»Aber du hast uns doch selbst erzählt, du wärst verheiratet«, protestiert Hattie. Es ist eine Sache, Anrufe nach Polen zu einem Ehemann zu spendieren – wenn der allerdings nur der Freund ist, sieht das etwas anders aus.

»Ihr beide lebt, als wärd Ihr verheiratet«, sagt Agnieszka, »aber Ihr seid es nicht, also wißt Ihr, wie das ist. Eine Urkunde ändert doch nichts, außer für das Ausländeramt.«

Und wieder reicht sie die Schokopflaumen herum, obwohl das bedeutet, daß sie ihre Näharbeit hinlegen muß, und bietet an, heiße Schokolade für alle zu machen. Ihre heiße Schokolade ist einfach köstlich. Sie nimmt Kakaopulver, das sie mit etwas Zucker und Wasser kochen läßt, bis sich alles vollständig aufgelöst hat, und gießt erst dann heiße, schäumende Milch darüber. Martyn hat neuerdings richtige Pausbäckchen, und Hattie ist sich vor kurzem in Begleitung von Agnieszka ein paar Röcke kaufen gegangen, in Größe 10, obwohl ihr die Blusen in Größe 6 immer noch zu passen scheinen. Das Stillen hat ihre Figur verändert. Vielleicht hat sie ja doch zu abrupt aufgehört: Sie hat Tabletten nehmen müssen, um den Milchfluß zu stoppen.

Hattie hat Agnieszka ein paar Kleider vermacht, die an ihr selbst nicht mehr so richtig saßen. Agnieszka trägt sie nicht im Haus – sie sagt, sie wolle Kitty nicht durcheinanderbringen –, sondern zieht sie erst an, wenn Kitty schläft und sie zum Unterricht geht, falls sie denn welchen hat. Aber sie verläßt das Haus mit Notizheften und Lehrbüchern und kommt damit auch wieder zurück, also wäre es vielleicht paranoid, etwas anderes zu denken.

Doch während Agnieszka draußen in der Küche ist, platzt Hattie heraus:»Das ist mir nicht ganz geheuer. Vielleicht hat sie hier ja einen Freund und geht abends zu dem statt zum Unterricht?«

»Na und wenn«, sagt Martyn,»dann wäre das auch nicht das Ende der Welt. Ihre Arbeit macht sie doch ganz prima.«

Aber Hattie ist immer noch nicht beruhigt. Sie will, daß Agnieszka sich gefühlsmäßig ganz auf Kitty konzentriert. Kitty zu betreuen kann nicht einfach eine Tätigkeit sein, für die Agnieszka bezahlt wird: Es muß ihre derzeitige Lebensaufgabe sein. Hattie merkt selbst, wie absurd ihre Ansprüche sind. Wenn Agnieszka einen Freund hat, dann ist es zumindest unwahrscheinlich, daß sie Martyn nachsteigt oder daß Martyn in Versuchung gerät, ihr nachzusteigen. Es bestürzt sie, daß sie überhaupt auf so einen Gedanken kommen kann. Das ist primitiv.

Eines Morgens, als sie gerade Kitty anziehen – Agnieszka ein Söckchen, Hattie das andere: Es ist ein Spiel, das Kitty begeistert –, erkundigt sich Hattie ganz beiläufig nach Agnieszkas Reisevorbereitungen für Weihnachten, und Agnieszka erklärt ihr mit trauriger Miene, sie werde nun doch nicht nach Polen fahren. Ihre Mutter und ihre Schwester flögen zu einer Tante nach Sydney, wo sie in Zukunft leben würden, weil das Klima dort besser sei und die medizinische Versorgung sehr gut. Die beiden hätten eine Aufenthaltsgenehmigung aus humanitären Gründen bekommen. Es wäre zwar auch schön gewesen, ihre Freunde und die restliche Familie wiederzusehen, aber dafür werde ihr

180

Freund zu Besuch kommen, auf ein paar Tage. Also brauche sie sich nun doch nur eine Woche freizunehmen. Hattie sagt kühn, der Freund könne hier bei ihnen wohnen, falls sie in Verlegenheit kämen, auch wenn es dann etwas eng würde. Und Kittys Bettchen könne zur Abwechslung mal wieder in ihr und Martyns Schlafzimmer kommen. Doch Agnieszka sagt, es sei kein Problem, sie seien bei ihrer Freundin in Neasden eingeladen, wo es mehr Platz gebe.

Hattie ruft ihre Großmutter an und gibt Entwarnung in punkto Kinderbetreuung, da Agnieszkas Urlaub genau mit der Weihnachtspause bei Dinton & Seltz zusammenfällt, und es wird ausgemacht, daß die ganze Familie das Fest bei Serena feiert. Cranmer wird irgendein abenteuerliches Weihnachtsessen kochen – er hat etwas gegen Truthahn, schiebt aber gern Hasen und Enten und Fasanen miteinander in den Backofen, so daß sich die Aromen vermischen und durchdringen; es gibt bestimmt einen Weihnachtsbaum, der Kitty entzücken wird, und alle werden es sich gutgehen und schmecken lassen und bequemer machen können, als dies in der Pentridge Road oder in Frances' Cottage der Fall wäre.

Ein Kurzbesuch

Serena ruft mich an und erklärt mir, sie habe ein bißchen
Zeit zwischen zwei Abgabeterminen, die sie gern für einen
Besuch bei Sebastian nutzen würde; ob ich mitkommen
wolle? Sie werde die Tickets besorgen. Wir könnten Busi-
ness Class fliegen und im Amstel InterContinental über-
nachten – das sei ein Hotel mit allen Schikanen, sagt Serena,
die Weltläufige.

Ich weise sie darauf hin, daß das Bijlmer mindestens drei
Tage im voraus benachrichtigt werden muß, aber sie sagt,
sie habe da bereits angerufen und die Zuständigen be-
schwatzt. Sie sei eine altbekannte Besucherin, und die hätten ein Auge zugedrückt, wir könnten beide kommen, wir
ständen auf der Liste für Freitag. Ein Wagen, kündigt sie
an, werde uns von Schiphol zum Gefängnis bringen, die
zwei Stunden warten, die wir bräuchten, um rein- und wieder rauszukommen, und uns dann zum InterConti Amsterdam fahren.

Die reine Besuchszeit beträgt eine Stunde – der Rest sind
schauerliche Formalitäten: Da sind Namen auf Listen zu
suchen, Personalien zu überprüfen, Fotos zu machen, dann
geht es durch eine Reihe klirrender Türen zum Irisscanner,
und nun müssen die Besucher ihre Schuhe ausziehen, ihre
Gürtel ablegen und sich sogar in die Mundhöhle gucken
lassen, damit kontrolliert werden kann, ob sie nicht Dro-

182

gen in einem falschen Zahn gebunkert haben, als nächstes müssen sie herauskriegen, wie man die Schließfächer bedient, in denen alle persönlichen Gegenstände zu deponieren sind, und schließlich die Zeit totschlagen, bis der Häftling ausfindig gemacht und in den auf fröhlich gemachten Raum gebracht wird, in dem die Besuche stattfinden.

Für mich geht es im Prinzip auf der ganzen Welt so zu wie im Bijlmer, das heißt anstrengend, mit nur kleinen Auflockerungen zwischendurch, also fügt sich das Leben in das Muster meiner Erwartungen. Serena erhofft sich mehr vom Schicksal, also ist es ihr gefällig. Wenn ich beim Bijlmer-Besucherdienst anrufe, klinge ich weinerlich und fange an zu schluchzen und komme nicht weiter: Es wird befunden werden, daß ich meinen Besuchsantrag zu kurzfristig gestellt habe. Serena ist zu allen Schandtaten bereit; sie platzt einfach rein und bekommt ihren Willen.

Nach dem Besuch, der emotional anstrengend sein wird – ich werde ein bißchen weinen, während Serena sich schnell wieder fangen wird, denn es ist ja mein Mann, nicht ihrer, obwohl sie Sebastian so gern hat, daß sie ihn besucht, wann immer sie es einrichten kann –, werden wir uns ins Amstel mit all seinem verschwenderischen Luxus verziehen. Und ich werde froh sein, daß sie nicht auf mich gehört hat, als ich sagte: »Ach was, ich kann doch mit easyJet an einem Tag hin- und zurückfliegen; wirklich, Serena, das ist einfacher. Wir treffen uns dort direkt.«

Zugegeben, sobald wir im Amstel sind, werden wir wahrscheinlich nicht die Freiheit haben, die Fenster zu öffnen, da zu viele Gäste den Drang verspüren, aus selbigen zu springen; Kellner und Zimmermädchen werden uns beobachten und hinter unserem Rücken über uns tuscheln, und der Chauffeur wird allen erzählen, wo wir gewesen sind, aber man wird uns nicht einsperren, und beim Blick aus den Fenstern werden wir die Grachten von Amsterdam sehen und die Platanen, die sie säumen, und uns der Geschichte und Kultur bewußt sein, die langsam, aber stetig auf eine vorbestimmte Zukunft hinarbeitet.

Wir werden nicht auf Beton und Stacheldraht und deprimierendes Grau hinausblicken müssen – das Deprimierendste an Gefängnissen ist ihre Häßlichkeit – oder nichts anderes hören als das Scheppern von Türen, das Knallen von Stiefeln auf nacktem Boden, die fernen Geräusche von hundert Fernsehern, jeder auf einen anderen Kanal eingestellt, die plötzlichen, hallenden Rufe und gelegentlichen Schreie der Verrückten und fast Verrückten.

Vielmehr werden Vivaldi-Klänge an unser Ohr dringen, wenn der Fernseher uns mit Namen begrüßt – *Willkommen im Amstel InterContinental, Miss Hallsey-Coe* und *Willkommen im Amstel InterContinental, Mrs. Watt.* Es ist fast so, als würde der Apparat uns persönlich kennen und versichern wollen, daß wir hier gut aufgehoben sind.

Nach dem Besuch im Bijlmer bringt ein Page zwei von Sebastians Bildern – Öl auf Leinwand, aber ohne Rahmen – in unsere Suite hoch. Die Gefängnisverwaltung war so großzügig, sie uns zu überlassen. Wir bekamen sie schon beim Eintreten kurz zu sehen und erfuhren, daß wir sie nach unserem Besuch mitnehmen könnten. Zweifellos sind sie inspiziert und auf Drogen untersucht worden. Dieser Handel geht nämlich auch von drinnen nach draußen. Das eine Bild zeigt ein schwarzes Bett vor einem schlichten grauen Hintergrund, das andere einen Stuhl aus rosa Formplastik, wieder vor Grau. Und so etwas von Sebastian, der normalerweise wilde Landschaften produziert, wenn er sich elend fühlt, und kühne Farbblöcke, wenn er fröhlich ist. Die Bilder sind für mich eine Überraschung: Ich glaube, ich mag sie.

»Alles, was ich hier zu sehen bekomme, wirkt grau«, sagt Sebastian, nachdem er bemerkt hat, daß seine Bilder hinauskönnen, er aber nicht. »Das ist alles, was ich malen kann, das und ein paar Gegenstände, die das Grau unterbrechen. Ich glaube, mein visuelles Gedächtnis läßt nach.« Ich erinnere ihn daran, daß auch van Gogh den einen oder anderen Stuhl gemalt hat.
»Aber keinen aus Formplastik«, murrt Sebastian.

Er hat noch ein Jahr vor sich. Er sieht blaß aus, deprimiert und hat einen unsteten Blick. Er sagt, jeder hier sieht irgendwann so aus, weil man seine Augen ständig überall haben muß. Serena meint später, die Bilder erinnerten an niederländische Genremalerei, und wir lachen ein bißchen nervös, weil da etwas dran ist. Sie sind detailliert und sorgfältig ausgearbeitet. Ich werde nicht versuchen, sie in der Galerie zu verkaufen: Wir heben sie für seine nächste Ausstellung auf.

»Sagen Sie mal«, hat mich kürzlich ein mißtrauischer Grenzbeamter am Flughafen Schiphol gefragt, während er meinen Namen in seinen Computer eingab, »warum machen Sie dauernd diese Kurztrips nach Amsterdam?«
»Ich besuche meinen Mann im Gefängnis«, sage ich.
»Na, das ist schön«, sagt er, lächelt freundlich, und ich bin gerührt und fühle mich gleich weniger entwürdigt.

Wäre Hattie an meiner Stelle, müßte sie sagen: »Ich besuche meinen Lebensgefährten im Gefängnis«, und das würde nicht annähernd so gut klingen. Aber natürlich wäre sie nie an meiner Stelle.

185

Verdachtsmomente

Babs ist zu dem Schluß gekommen, daß sie das Baby nicht kriegen kann, wenn sie nicht sicher ist, wer der Vater ist. Sie hat sich zu einem Abbruch entschieden, wovon Alastair nichts weiß. Hattie hat Martyn nichts erzählt, weil Babs sie zu absoluter Verschwiegenheit verpflichtet hat und Martyn vielleicht denken könnte, es sei seine moralische Pflicht, Alastair zu berichten, was da im Gange ist.

Hattie erschrickt, als sie erkennt, was ihr die ganze Zeit durch den Kopf huscht, auch wenn sie es nicht wahrhaben möchte: Ihr selbst ist daran gelegen, daß sich nichts dieser Abtreibung in den Weg stellt. Denn wenn Babs das Baby bekommt, könnte sie versuchen, Agnieszka wieder abzuwerben. Das ist bestimmt ein total paranoider Gedanke. Agnieszka ist ein Au-pair, Babs kann sich ein erstklassiges Kindermädchen leisten. Aber wenn sie Babs einen guten, anständigen Rat geben will, dann muß sie wirklich darauf achten, unparteiisch zu sein und ihre eigenen, damit vielleicht kollidierenden Interessen hintanstellen. »Ach, Babs!« sagt sie. »Es ist eine schreckliche Entscheidung, die du vor dir hast. Du mußt dir sicher sein, daß es auch wirklich das ist, was du willst.« Damit hat sie ihre moralische Rechtschaffenheit unter Beweis gestellt.

Hattie war mit Martyn unterwegs, einen Ring kaufen. Jetzt, wo sie wieder arbeiten geht, können sie sich das leisten. Keinen Verlobungsring, keinen Ehering – sie wird wütend, wenn Martyn entsprechende Anspielungen macht –, sondern einfach einen Ring, um die Tatsache zu feiern, daß ihre Hände weiß und glatt sind, nicht mehr rot von der Hausarbeit und ausgetrocknet vom Spülmittel. Der Ring ist ganz schlicht, kostet um die £ 100 und paßt auf den Mittelfinger ihrer rechten Hand. Ihre Beförderung ist noch nicht durch: Neil sagt, er müsse erst die Unterlagen zusammensuchen, aber Hattie brauche sich keine Sorgen zu machen, es sei schon alles in die Wege geleitet.

An diesem Abend, als Agnieszka zum Unterricht gegangen ist, fällt Hattie eine fremdartige Briefmarke ins Auge, die auf einem Fetzen Packpapier im Mülleimer klebt. Da liegt die nicht allzu solide Verpackung der halb zerdrückten Schachtel Schokopflaumen. Die Briefmarke ist groß, hübsch und exotisch. Ein Kranz aus Blumen umrahmt ein Gemälde, das ein altes Kloster zeigt. »UKRAINA« steht darauf.

Hattie tut den Fetzen Papier dahin zurück, wo sie ihn gefunden hat. Na gut, denkt sie, Aurek könnte auf Urlaub in die Ukraine gefahren sein. Wo Busfahrer eben so Urlaub machen. Wo liegt eigentlich Kracovec genau? Sie ist sich nicht sicher und schaut im Internet nach. Der Ort gehört zur polnisch-ukrainischen Grenzregion. Aurek könnte durchaus als Busfahrer auf der Strecke zwischen beiden Ländern eingesetzt sein, obwohl da natürlich die nervige Warterei an der Grenze zu bedenken ist. Oder werden Busse vielleicht automatisch durchgelassen? Es ist ja kein Krieg im Gange. In dem Fall hat Aurek, der Pflaumenspender, das Päckchen dann drüben statt hüben zur Post gebracht, das ist alles.

Hattie geht die Schachtel suchen und stellt fest, daß die vermeintlich »polnischen«, in der Ukraine aufgegebenen Pflaumen ohnehin aus der Tschechischen Republik stammen. Angenommen, Agnieszka lügt, wenn sie sagt, sie käme aus Polen? Was würde das ändern? Na gut, wenn sie in der Ukraine geboren ist, muß sie ein Visum haben. Hat Agnieszka ein Visum? Vielleicht nicht. Vielleicht ist Agnieszka eine illegale Einwanderin. Spielt das eine Rolle? Jedenfalls wäre es nicht gut für Martyns politische Karriere, sollte die Sache je an die Öffentlichkeit dringen. Aber vielleicht wird auch gar nichts passieren, und in der Zwischenzeit wachsen Kitty Löckchen bis hinab in den Nacken. Winzige rötliche Ringellöckchen. Sie hat Hatties Haar geerbt.

Hattie befindet, daß es für sie keine Rolle spielt. Agnieszkas Staatsangehörigkeit ist Agnieszkas Angelegenheit. Nein, sie wird Martyn nichts sagen. Was ich nicht weiß, macht mich nicht heiß. Hätte sie die Briefmarke nicht gesehen, dann würde sie sich jetzt nicht von Dingen verrückt machen lassen, auf die sie ohnehin keinen Einfluß hat. Also zurückspulen, zurückspulen, zurückspulen, löschen.

Mittlerweile sieht Agnieszka in Martyns Träumen weniger wie eine abstrakte Version des Dienstmädchens aus und dafür mehr und mehr wie die wirkliche Agnieszka. Aber damit nicht genug. Eines Nachts kommt sie auf das Bett zu, in dem er neben Hattie liegt. Sie hat nichts an. Ihre kleinen Brüste hüpfen. Sie greift nach dem Ring, den Hattie immer abstreift, bevor sie sich schlafen legt, und steckt ihn sich an den Finger. Selbst im Traum kann er erkennen, daß es der dritte Finger der linken Hand ist. Seine Mutter hat einen Ehering getragen, sein Vater nicht. Sein Vater hielt Ringe an Männerhänden für gefährlich, weil sie sich in einer Maschine verfangen könnten. Sein Vater hatte von solchen

Unfällen gewußt und daß die betroffene Firma keine Entschädigung zahlen mußte. Wenn die Beschäftigten Ringe trugen, so hieß es, dann auf eigenes Risiko, und die Gerichte gaben ihnen recht. Martyn merkt, daß er wieder aufgewacht ist. Was ist bloß los mit ihm? Er dreht sich zu Hattie und streichelt ihren Oberschenkel, und sie seufzt auf und öffnet sich im Halbschlaf für ihn. Hattie ist diejenige, die er liebt, und gleich nach Hattie kommt Kitty. Der Rest zählt nicht.

Sie müssen leise sein, weil Agnieszka gleich hinter der Wand schläft, aber daran sind sie schon gewöhnt.

Verliebt

Etwas ganz Außergewöhnliches und Unerwartetes ist geschehen. Ich bin verliebt. Es mag albern und absurd und jungen Leuten sogar abartig erscheinen, aber es ist trotzdem geschehen. All die altbekannten Symptome zeigen sich – das Gefühl, daß man andere, frischere Luft atmet, daß die Bäume, das Laub und die Wolken irgendein kosmisches, übermütiges Spiel spielen, in das man plötzlich selbst einbezogen wird, die Andeutung unendlicher Möglichkeiten, die Erkenntnis, daß man nur in Gesellschaft des geliebten anderen lebendig ist – Vertrauen und Zweifel, Angst und Gewißheit, alles miteinander vermengt und wie in einem Rausch. Es wäre erbärmlich, wenn es nicht erwidert würde. Aber das wird es.

Nicht daß das Wort »Liebe« zwischen uns gefallen wäre: Es geht einem zu leicht über die Lippen und wird zu oft falsch gebraucht. Er hat es nicht gesagt, ich habe es nicht gesagt, wir beide wissen es einfach. Er scheint davon auszugehen, daß ich für den Rest unseres Lebens mit ihm zusammensein will. Er weiß nicht, wie alt ich bin: Er hat mich nicht gefragt, ich habe es ihm nicht gesagt. Auch ich habe keine Ahnung, wie alt er ist. Es erscheint mir nebensächlich. Er hat graue Zotteln wie ein Grizzly, das ist jedenfalls unübersehbar. Und er kommt aus Kanada, dem Bärenland. Er ist anders als die anderen. Zunächst einmal ist er größer. Über einsneunzig, schätze ich. Er hat breite

Schultern. Er tapst wie ein Bär. Er hat etwas Raumfüllendes. Wenn er sich in meiner kleinen Galerie bewegt, fürchte ich, es könnte etwas kaputtgehen. Ich habe ein paar hübsche Glasobjekte auf einem Ausstellungstisch stehen, und die sind zerbrechlich. Sebastian brachte es früher auf gut einsachtzig, aber Alter und Ärger haben ihn mindestens fünf Zentimeter gekostet. Ich bin einsdreiundsechzig und ein ganz anderer Maßstab, also nimmt mich dieser Bär wohl gar nicht so richtig im Detail wahr, was sicher ganz hilfreich ist.

Er heißt Patrick. Er ist irischer Herkunft. Er ist in den fünfziger Jahren nach Kanada ausgewandert und hat dort mit Holz ein Vermögen gemacht, ja vermutlich so viele Bäume besessen und gefällt, wie Susan Sterne sehen konnte, wenn sie in jenen letzten Nächten in Neuseeland durch ihr falsch eingestelltes Teleskop blickte, während Serena für die Schule lernte und ich an mir herumspielte und mich nach diesem einen Mann sehnte, wie mir jetzt deutlich wird.

Er erzählt mir, er lebe in einer Blockhütte, aber ich glaube, er übertreibt das Hüttenmäßige seines Domizils. Außerdem besitzt er offenbar einen Palazzo irgendwo in Italien, in dem traumatisierte Kinder untergebracht sind. Ich glaube, er grämt sich wegen all der Bäume, die er gefällt hat, und versucht jetzt, wo ihn das Geschäft nur noch langweilt und die Regierung sich zu sehr dafür interessiert, etwas wiedergutzumachen, aber es würde ihm nicht im Traum einfallen, das so auszudrücken. Er gehört nicht zu den Leuten, die über ihre Gefühle sprechen oder sie unbedingt geachtet sehen wollen. Es sind seine Gefühle: Er ist derjenige, der mit ihnen klarkommen muß.

Er kam am Dienstag morgen um elf in meine Galerie in Bath und versuchte, sie mir abzukaufen. Nicht nur die Bilder, sondern buchstäblich alles: Gebäude, Einrichtung, unbewegliches Inventar, Kundenkartei und den Rest. Er sagte, er habe genug von Bäumen, von Werken der Natur, und wolle fortan Bilder betrachten, Werke des Menschen, des Künstlers. Und der Künstlerin, fügte er hinzu. Dabei bedachte er mich mit einem Seitenblick, als wolle er prüfen, ob ich feministisch angehaucht sei. Er war agil, sehr agil. Er kannte sich aus in der Welt.

Er mochte Bath: eine prächtige Stadt. Wenn der Kauf zustande käme, würde er die Bilder der hiesigen Maler kostenlos ausstellen. Ich muß an Sally Ann Emberley und ihren Filmproduzenten denken und wie damals alle gelacht hatten. Vielleicht ist die Welt ja erwachsen geworden, und keiner lacht mehr.

Sein Angebot lautete auf £ 550 000 für die Galerie mit allem Drum und Dran. Damit wären Sebastian und ich unsere finanziellen Probleme auf einen Schlag losgewesen. Er nannte eine sehr präzise Summe. Sie entspricht ziemlich genau dem Marktwert: Er hätte nichts verschenkt. Er saß in meiner Galerie und machte solche eindrucksvollen Offerten und zerbrach dabei den Stuhl, auf dem er saß. Der war aber auch extrem zierlich.

Wir fingen an, uns etwas von unserem Leben zu erzählen, von unseren Lieben und unseren Geschicken, und das Gespräch zog sich übers Mittagessen und über den Tee hin und weiter bis in den Abend hinein, als er um sieben auf die Uhr sah und sagte, es sei spät, und er käme am nächsten Morgen wieder. Ich schloß ab, und er half mir mit dem Rollgitter, und er geleitete mich zur Tür des Royal

Crescent Hotel, wo er abgestiegen war, und schickte mich mit dem Taxi nach Hause. In einer perfekten Welt hätte er mich nach Hause gebracht, aber dies ist keine perfekte Welt: Er hat mich nach Hause geschickt.

Ich sagte mir, der Mann sei verrückt, und wer könnte schon mit einem so redseligen Mann leben – und außerdem war ich doch Sebastians Penelope.

Er war da, als ich aufmachte, kurz nach zehn. Er sagte, ich sei zehn Minuten zu spät dran und das sei keine Art, ein Geschäft zu führen, er kaufe es mir besser ab, dann könne ich hereinspaziert kommen, wann immer ich Lust hätte. Ich sagte nein. Er redete weiter bis um elf, vierundzwanzig Stunden, nachdem wir uns zum ersten Mal zu Gesicht bekommen hatten, und sagte dann:»Genug geredet«, und wir saßen einfach still da, und ich werkelte ein bißchen herum und begrüßte ein paar Kunden, von denen keiner etwas kaufte, und er beobachtete mich und lächelte zuweilen, und ich dachte, wer könnte schon mit einem so stummen Mann leben? Wir hielten »miteinander leben« bereits für eine Möglichkeit.

Er war ein einziges Mal verheiratet gewesen: Sie war gestorben. Das war nun auf den Tag genau zwölf Jahre her. Und das empfand er als angemessene Trauerzeit nach einer zweiunddreißig Jahre währenden Ehe. Dieser Mann war wirklich imstande, spontane Entscheidungen zu treffen. »Das ist der Tag!« und so war es. »Der Baum wird dahin fallen!« brüllte er und streckte den Arm aus, und sie rannten davon, sonst wären sie alle tot gewesen. Das ist wohl die Kunst der erfolgreichen Holzfällerei. Das und das Hin- und Herspringen von einem Baumstamm zum anderen, während diese flußabwärts in Richtung Hafen treiben. Er hinkte leicht auf einem Bein und hatte einen steifen Arm, weil er einmal zwischen schwimmende Baumstämme geraten war.

Und dann war er eines schönen Tages in diese kleine Kunstgalerie in Bath spaziert und hatte dort eine Frau mit einer Wolke aus präraffaelitischem weißen Haar, einer guten Figur und flatternden Chiffonschals gesehen und einfach angenommen, sie sei ihm geschickt worden, um das Leben mit ihm zu teilen, weil die Zeit reif dafür war. Warum ich? Ich habe keine Ahnung. Waren wir füreinander *bestimmt*?

Das Wichtigste: Ich sagte ja schon, daß er irischer Herkunft war. Er erzählte mir von seinem Bruder, der vor langer Zeit bei einer Kneipenschlägerei ums Leben gekommen sei. Ein Musikant, ein wahrer Künstler auf der Flöte. Patrick war nach Vancouver gegangen und hatte dort ein Vermögen gemacht. Sein Bruder Curran war nach London gegangen und hatte in U-Bahn-Stationen gespielt, vor allem in Charing Cross, bis zu seinem frühen Tod. Die Welt ist schon seltsam, sagte er.

Ja, sagte ich, die Welt ist seltsam, und bekam solche Angst, daß ich mich weigerte, diesen Patrick wiederzusehen, ob am nächsten oder übernächsten oder überübernächsten Tag. Ich ertrage sie nicht, die Muster, die das Leben zeichnet, so daß nichts jemals ganz vorüber ist. Muß ich Lallie erzählen, daß sie einen Onkel hat? »Ich glaube nicht, daß ich Zeit haben werde, mich mit ihm zu treffen« – mehr würde sie dazu nicht sagen. »Ich habe ein Konzert.« Sie bewegt sich in dieser Welt aus flüssigem Klang, die anscheinend nicht viel mit uns anderen zu tun hat.

Ich nehme alles zurück. Ich bin nicht verliebt. Ich bin mit einem Schlag wieder zur Besinnung gekommen. Ich bin Sebastians Frau, und die werde ich bleiben. Tut mir leid, liebe Leute.

Und dennoch behielt ich seine Visitenkarte, als ich ihn seiner Wege schickte.

Agnieszkas Paß

Weihnachten ist gekommen und vergangen. Es waren drei-
undzwanzig Leute rings um Serenas und Cranmers Tisch;
Knallbonbons, Scherze und Geschenke unter dem Weihnachtsbaum und jedes Bett, jedes Sofa im Haus belegt.
Martyn fühlt sich weniger fehl am Platz, als das früher der
Fall gewesen war. Anfangs hatte er Hatties Familie zu laut
gefunden, eingebildet, überkandidelt, ohne jeden Bezug zur
Wirklichkeit, weil Serenas Geld die ganze Sippe abfederte
und verweichlichte. Doch jetzt hat er das Gefühl, einer von
ihnen zu sein: Er würde gern heiraten und noch mehr Kinder bekommen.

Er hätte gern eine Hochzeit im Familienkreis mit Hattie in
Weiß und mit Tischreden, aber er sieht schon, daß das nicht
zur Debatte steht. Wer immer haben will, hat nie genug,
wie seine Mutter zu sagen pflegte. *»Haben wollen, haben
wollen. Wer immer haben will, hat nie genug.«* Martyns
Mutter stammt aus einer katholischen Familie, Martyns
Vater war Atheist und erschien zu seiner eigenen Hochzeit
unter Protest, weigerte sich, in die Gebete einzustimmen,
niederzuknien oder die Kirchenlieder mitzusingen, obwohl
er der Braut den Ring überstreifte und sich segnen ließ. So
vermeldet es die Arkwrightsche Familienchronik.

Martyn bleibt länger im Büro. Es ist Freitag abend. Die
neueste Nummer der monatlich erscheinenden *Devolution*

wird in wenigen Stunden in Druck gehen. Er muß noch den Artikel eines Kollegen über Europa umschreiben. Die Zeit reicht nicht, Toby Holliday, den Kollegen, zu bitten, dies selbst zu tun. Toby ist einer der Autoren, die im allerletzten Moment liefern und dann ihr Handy abschalten, damit man sie nicht mehr bitten kann, ihren Text zu überarbeiten. Erscheint der Artikel mit unautorisierten Änderungen, wird Toby lautstark herumwüten und erwarten, daß jemand anders zu Hackfleisch gemacht wird. In diesem Fall wird das Martyn sein, aber Martyn hat keine Wahl, er hat die Verantwortung: Harold befindet sich auf einem vierzehntägigen »Bildungsurlaub«. Tobys Artikel ist eine Lobeshymne auf das neue Europa, was gut ins Blatt paßt – *Devolution* ist Pro-Europa in Wort und Geist –, muß aber subtiler aufgezogen werden, oder der Text ist einfach lachhaft. Martyn jagt durch die Zeilen, ändert Wörter wie »total« in Ausdrücke wie »ziemlich«, »grandios« in »erfreulich« und »Triumph« in »positives Ergebnis«.

Martyn ruft daheim an, um zu sagen, daß er später kommen wird, und trifft auf Agnieszkas sanfte, vertraute Stimme mit dem leicht exotischen Akzent. Wann immer er sie hört, muß er an die Muskeln denken, die sich unter ihrer weichen, dünnen Bauchhaut regen, und dieses Bild schnell ausblenden. Nein, Hattie ist noch nicht zurück, und Agnieszka will eigentlich gleich los zum Englischunterricht. Kitty ist gebadet und im Bett; sie schläft schon. Aber natürlich wird sie, Agnieszka, dableiben, bis einer von ihnen daheim ist. Zum Glück hört er in dem Moment Hattie zur Tür hereinkommen, hört ihren wohlbekannten Ruf: »O Gott, komm ich schon wieder zu spät?« und kann sich ruhigen Gewissens wieder an die Arbeit machen. Aus »Europas postchristliche Gesellschaft« wird »Europas multireligiöse Gesellschaft«.

Wenn Harold doch endlich mal den Papierkram in Angriff nehmen würde, damit die Gehaltserhöhung durchkommt – immerhin macht Martyn praktisch Harolds Job –, könnten sie es sich leisten, Agnieszka ziehen zu lassen. Das Problem mit Agnieszka ist, daß sie immer so *präsent* ist. In gewisser Weise mag er, daß sie da ist, aber was er nicht mag, ist dieser angenehme kleine Schock, wenn er ihre Stimme hört. Er ist durcheinander. Manchmal wäre er wirklich gern mit Hattie allein. Und natürlich mit Kitty. Aber wenn sich Hattie statt Agnieszka um Kitty kümmern würde, dann wäre Kitty bald kein zufriedenes, stillvergnügtes, an feste Abläufe gewöhntes Baby mehr, sondern würde sich in eins dieser Nervenbündel aus Forderungen und Vorwürfen verwandeln, die seine Freunde in die Welt setzen, und es gäbe ohnehin keinen häuslichen Frieden, und Hattie würde wieder streitsüchtig und gemein werden. Also wird Agnieszka bleiben müssen.

Und nun ist Agnieszka zu ihrem Kurs gegangen, angetan mit einem Kleid von Hattie, dem aus roter Seide, das Hattie seit neuestem um die Hüften spannt, aber an Agnieszka richtig gut aussieht. Martyn wird frühestens in einer Stunde heimkommen. Kitty schläft tief und fest. Sie mag den neuen Kinderwagen, der sich mit einem durchsichtigen Plastikregenschutz richtig wind- und wetterdicht machen läßt; um so besser. Agnieszka findet, daß man vom Regen keine Notiz nehmen darf, daß Babys frische Luft brauchen und Temperaturänderungen ihnen nichts schaden. Der Winter setzt ein, und Hattie verspürt das Bedürfnis, sich unter ein Federbett zu kuscheln und die Zentralheizung hochzudrehen, aber Agnieszka hält es für gesünder, eine zusätzliche Schicht Kleidung anzuziehen und dem Körper zu erlauben, sich dem Wetter anzupassen, statt zu versuchen, das Wetter dem Baby anzupassen.

Im Haus ist alles friedlich und still und sehr ordentlich. Selbst die Topfpflanzen scheinen darauf abgerichtet zu sein, gleichmäßig zu wachsen: soundso viele Triebe in die Richtung, soundso viele in die. Hattie geht in Agnieszkas Zimmer. Kitty liegt auf dem Rücken in ihrem Bettchen, schlafend, frisch gebadet, rosa und sauber, die Ärmchen vertrauensvoll über den Kopf gestreckt. Hattie beschließt, nach Agnieszkas Paß zu suchen. Sie will es *wissen* – was genau, ist ihr selbst nicht ganz klar, aber sie will es *wissen*.

Er ist nicht in der Nachttischschublade, nicht in der Kommode, nicht in dem Plastikordner mit der Aufschrift »Dokumente« – der vor allem Mitgliedsausweise von Bauchtanzclubs, Kundenkarten von Kaufhäusern und ordentlich gefaltete Anmeldeformulare für Englischsprachkurse enthält –, nein, er findet sich unter der Matratze. Nun, da wird man ihn sicher nicht so leicht verlieren, besonders wenn man diejenige ist, die regelmäßig die Matratze wendet.

Es ist ein dunkelrotes Büchlein, in einem etwas größeren Format als das handliche europäische Gegenstück, ausgesprochen schmuck und prächtig, mit einem goldenen Andreaskreuz auf dem Deckel und Wörtern in kyrillischer Schrift. Hattie öffnet ihn und sieht ein Foto von Agnieszka, still und ernst. Alles weitere bleibt ein Rätsel, weil Hattie kyrillische Schrift nicht lesen kann. Sie weiß nur, daß das mit Sicherheit kein polnischer Paß ist, sondern der eines Landes weiter östlich, außerhalb der EU. Es wird also wohl die Ukraine sein, worauf ja die Briefmarke auf dem Päckchen mit den Schokopflaumen gedeutet hat. Nirgendwo im ganzen Dokument findet sich etwas, das nach einem britischen Einreisestempel, einem Visum oder einer Aufenthaltsgenehmigung aussieht.

Hattie befindet, daß das keine Rolle spielt. Hattie ist auf seiten der Enteigneten, der Asylsuchenden, der Opfer dieser Welt. So ist sie erzogen worden. Sie wird Agnieszka bis zum Äußersten verteidigen, jedenfalls vor der Einwanderungsbehörde. Sie weiß, daß Martyn dasselbe täte, obwohl sie ihm nichts von dem Paß erzählen wird, genausowenig wie von der ukrainischen Briefmarke. Er würde sich nur aufregen. Und es ist einfach unfair, daß die Frage, ob man nun diesseits oder jenseits einer bestimmten Grenze geboren ist, darüber entscheiden soll, wo man arbeitet oder lebt. Sie schiebt den Paß wieder unter Agnieszkas Matratze und macht sich eine Tasse richtig starken, richtig schwarzen Kaffee. Agnieszka hält nicht viel von Kaffee, wegen des Koffeins, aber Hattie findet, daß sie sich etwas Besonderes verdient hat. Es ist wirklich angenehm, das Haus mal ganz für sich zu haben.

Dann klingelt das Telefon, und der Frieden ist dahin. Babs ist dran, völlig hysterisch. Was soll sie machen? Abtreiben oder nicht abtreiben? das ist hier die Frage. Babs ist neununddreißig. Wenn sie dieses Kind nicht kriegt, wird sie vielleicht nie mehr schwanger werden.

»Diesmal ist es ja ziemlich flott gegangen«, sagt Hattie.

»Aber das war eine verbotene Affäre«, erwidert Babs und erklärt Hattie, es sei viel leichter, ungewollt schwanger zu werden als vorsätzlich. Das habe etwas mit den Auswirkungen von Aufregung und seelischem Streß auf den Eisprung zu tun. Deshalb würden Vergewaltigungsopfer häufiger schwanger, als dies im nationalen Durchschnitt bei Frauen mit Kinderwunsch der Fall sei.

»Das sind mir jetzt ein bißchen zu viele Informationen auf einmal«, sagt Hattie.

Babs beschwert sich, daß Hattie einfach nicht über Dinge nachdenke, über die sie nicht nachdenken wolle, und daß die Wahrscheinlichkeit eines Eisprungs eher gering sei, wenn sie mit Alastair Verkehr habe. Sie mag ihn wirklich gern, er würde einen tollen Vater abgeben – aber er ist kein Mann, der Eier springen läßt, und wird garantiert wollen, daß sie mit dem Baby daheim bleibt, und dabei sind ordentliche Haushaltshilfen doch so schwer zu finden. Dann fragt Babs, wie Hattie mit Agnieszka zurechtkommt, und Hattie sagt, bestens. Babs sagt:»Natürlich kann ich mir das auch nur eingebildet habe, ihr Gefüßel mit Alastair unterm Tisch, zu der Zeit war ich ja in so einer Verfassung. Ist dir auch schon mal aufgefallen, wie leicht man andere Leute verdächtigt, genau das zu tun, was man selber tut?«

»Was, unterm Tisch mit dem Liebhaber zu füßeln?«

»Es wird wohl ein-, zweimal vorgekommen sein«, gibt Babs zu.»Während Tavish den Film geschnitten hat. Alastair hat ihn eingeladen, und da wäre es doch verdächtig gewesen, wenn ich nicht mitgespielt hätte. Deswegen hat sich Alastair ja so aufgeregt. An seinem eigenen Eßtisch, so in der Art. Aber er beruhigt sich ja dann auch wieder. Und ich bin dem armen Kerl was schuldig.«

»Ja, wahrscheinlich«, sagt Hattie. Sie ahnt, in welche Richtung sich Babs' Gedanken bewegen. Wenn sie das Baby bekommt, wird sie versuchen, Agnieszka mit Bestechung zu sich zu holen. Babs hat jede Menge Geld und ein herrliches Haus. Hattie hofft, daß Agnieszka in diesem Fall loyal wäre, aber man kann ja nie wissen. Also sagt sie einfach, Babs habe doch noch Zeit, darüber nachzudenken, und Babs sagt, nein, nach drei Monaten trete die Seele ein, und dann sei es zu spät, danach sei es Mord.

»Wie bitte?« fragt Hattie überrascht.

»Die Doktrin der Beseelung«, erklärt Babs.»Ich bin katholisch erzogen, und da tritt die Seele nach drei Monaten ein. Präsident Bush behauptet, das würde schon bei der Empfängnis passieren, deshalb läßt er ja auch keine Stammzellenforschung zu, aber ich glaube es nicht. Alastair findet, daß Bush recht hat, und wir haben schreckliche Streitereien deswegen. Was also auch immer getan werden muß, muß im Geheimen getan werden. Man braucht doch heutzutage kein schriftliches Einverständnis der Eltern mehr, oder?«

»Ich weiß nicht«, sagt Hattie. »Aber wenn Alastair meint, es ist seins, und einen DNA-Test verlangt und vor Gericht geht, um dich an einem Abbruch zu hindern, dann kommt er damit vielleicht sogar durch.«

»Mach bloß das Faß nicht auf«, sagt Babs, und Hattie stimmt ihr zu, daß sie den Aspekt besser nicht vertiefen sollten. Babs legt auf.

Hattie geht und betrachtet die schlafende Kitty. Sie denkt an Wanda und Lallie und Frances und Serena, und es kommt ihr richtig schlimm vor, einen Zweig vom Baum des Lebens abzuschneiden, Agnieszka hin oder her. Sie ruft Babs zurück.

»Babs«, sagt Hattie mutig, »ich finde, du solltest das Baby einfach kriegen.«

Leider vermag Babs nicht das Ausmaß von Selbstaufopferung zu erkennen, das Hattie für diesen Ratschlag aufbringt.

»Du hast gut reden«, sagt sie. »Du hast das ganze Geburtamtam hinter dir, du hast Agnieszka, und du hast dir nie groß Gedanken um Klamotten gemacht oder wie sie an dir aussehen. Ich kann jetzt nicht reden. Alastair ist gerade nach Hause gekommen.«

Hattie hört, wie Babs ihren Mann willkommen heißt, liebevoll, ja geradezu überschwenglich.

202

Tiere

Eines Tages, Hattie und Martyn waren bei der Arbeit, hörte Agnieszka etwas an der Haustür kratzen und miauen und fand ein Kätzchen auf der Schwelle. Jetzt hat die vierköpfige Familie – Hattie, Martyn, Kitty und Agnieszka – ein weiteres Mitglied: Sylvie. Hattie ruft Serena an und jubelt drauflos.

»Unsere Familie wächst also weiter«, sagt sie. »Jetzt ist Kitty nicht mehr die Jüngste. Und ich habe mir immer eine Katze gewünscht. Sylvie ist so niedlich und lustig, sie versteckt sich, sie kommt angerast, sie vollführt Luftsprünge wie ein Lämmchen, und ich schwör dir, sie macht Späßchen.«

Serena erlaubt sich die Bemerkung, daß streunende Kätzchen früher etwas ganz Alltägliches waren, aber mit den Tierstationen, die kostenlose Sterilisation anbieten, in London recht selten geworden sind. Sie hoffe doch, sagt sie, daß Hattie und Martyn bei den Zeitungshändlern Zettel ausgehängt haben, daß ihnen ein Kätzchen zugelaufen ist, und Hattie erwidert, das hätten sie nicht getan. Agnieszka hat es so lieb. Agnieszka hat früher in Krakovec genau so eine Katze gehabt und fühlt sich dadurch jetzt ganz zu Hause.

Serena ruft mich an, um über ihr Gespräch mit Hattie zu berichten. »Ich bin wirklich baff, Frances«, beginnt sie. »Früher hätten Martyn und Hattie nicht mal im Traum daran gedacht, nicht wenigstens zu *versuchen*, den rechtmäßigen Besitzer ausfindig zu machen, und wenn das Tierchen noch so süß wäre. Was ist mit denen bloß los?«

»Das Au-pair bei Laune zu halten«, sage ich, »ist eins ihrer Hauptanliegen geworden. Da geht jeder moralische Grundsatz flöten.«

Ich frage Serena, was sie über das Tier weiß, und als sie sagt, Hatties Beschreibung nach habe es langes seidiges Haar, eine platte Nase, ein zerknautschtes Gesicht und große, runde, orangefarbene Augen, sage ich:»Das klingt nach Perserkatze, und die sind teuer. Außerdem gehen sie aufs Katzenklo statt in den Garten, haaren fürchterlich, sind nicht besonders schlau und könnten bei Kitty sogar Asthma auslösen. So gesehen ist es wirklich ein Jammer, daß sie Kitty Kitty genannt haben. Haben sie denn nicht bedacht, daß sie sich eines Tages vielleicht gern eine Katze zulegen würden?«

»Es ist schon schlimm genug, wenn die Magd für die Herrin gehalten wird«, bemerke ich, »und jetzt auch noch die Verwechslung von Kind und Haustier.« Wer zum ersten Mal das Haus betritt, wird annehmen, daß Sylvie das Kind und Kitty das Tier ist. Ich rede mich in Schwung.

Kitty wird nicht mehr zu Vogelgesang erwachen, sage ich, sondern zu Katzenmusik in den feuchten Hinterhöfen der Pentridge Road. Ich bin wirklich ziemlich sauer. Ich bin ein Hundetyp. Außerdem weiß ich eine Menge über Katzen. Mr. Hammerzehs Mutter hat Perserkatzen gezüchtet. Jeder Besuch bei ihr war eine Zumutung wegen des Geruchs und der Haare und weil man meinte, zwischen Außerirdischen gelandet zu sein, wenn mehr als drei von diesen Wesen gleichzeitig im Raum waren. Meistens waren es mehr, in den verschiedensten Stadien von Trächtigkeit und Fellwechsel. Das einzige Mal, daß Mr. Hammerzeh mir wirklich ans Herz rührte, war, als er traurig über seine Mutter sagte:»Sie hat ihre Katzen mehr geliebt als mich«, denn da durchströmte mich dieses heiße Mitgefühl, das Ehefrauen empfinden, wenn sie ihren Männern all das Schlechte, das ihnen jemals wiederfahren ist, mit Gutem vergelten wollen, was fast auf Liebe hinausläuft. Aber leider hielt es nicht lange genug an. Es war eben keine wahre Liebe. Ich sorgte vielmehr dafür, daß ihm noch mehr Schlechtes oder halbwegs Schlechtes widerfuhr. Als ich ihn verließ, bekam er Depressionen, und niemand wollte seine Manuskripte.

Es ist Samstag morgen. Ich rufe Hattie an und sage:»Ihr habt also eine Katze«, und sie hört aus meinem Ton heraus, daß ich nicht gerade entzückt bin.»Fang jetzt nicht an zu schimpfen, Uroma«, sagt sie.»Es ist bloß ein Kätzchen. Und es ist so süß und eine solche Freude, und Kitty ist ganz vernarrt in das Tier. Ja, ich kenne das ganze Bla-Bla-Bla über Singvögel und Augenkrankheiten, aber sie ist ein kerngesundes Baby, und hier in der Gegend gibt es sowieso keine Vögel.«

Ich denke an Sebastian im Bijlmer, wo keine Vögel singen, und staune darüber, daß sich Menschen ihre eigenen Gefängnisse schaffen, wo das gar nicht nötig wäre.

»Agnieszka sagt, es ist etwa drei Monate alt«, erzählt Hattie,»also genau im richtigen Alter, wenn man sich so ein Tier zulegen will. Wir waren mit Sylvie beim Tierarzt, sie hat alle nötigen Spritzen bekommen, und Agnieszka kämmt sie jeden Tag.« Ich hoffe, sie versucht, uns beide zu beschwichtigen, merke dann aber, daß die Mühe nur mir gilt.
    »Und beim Tierarzt hing kein Zettel, daß ein Perserkätzchen entlaufen ist?« frage ich.

»Nein«, sagt Hattie kategorisch.

»Solange Agnieszka bleibt, werdet ihr schon halbwegs klarkommen. Aber was passiert, wenn sie Urlaub macht oder nach Hause zurückgeht oder mit ihrer Bauchtanzschule oder ihrer Hebammenausbildung anfängt?«

»Ich glaube, Agnieszka fühlt sich sehr wohl bei uns. Sie sagt, wir seien die Art von Familie, die sie nie gehabt hat.«

»Hat sie denn nicht angeblich irgendwo einen Ehemann hocken und eine Mutter und eine kranke Schwester?«

»Ich weiß wirklich nicht, was du gegen die arme Agnieszka hast«, sagt Hattie. »Ja, es hat Kommunikationsprobleme gegeben, als sie zu uns kam – der Ehemann ist kein Ehemann, sondern der feste Freund und so weiter, und er ist nicht nur Drehbuchschreiber, sondern arbeitet auch als Busfahrer, und er will hierher nach England übersiedeln, sobald er sein Drehbuch verkauft hat, also dürfte Agnieszka uns noch lange Zeit erhalten bleiben. Du weißt ja, was es heißt, ein Drehbuch zu verkaufen. Kitty wird groß sein, bevor es dazu kommt.«

»Leichter in England als in Polen, würde ich meinen.«

»Und die Mutter und die Schwester, die sind nach Australien ausgewandert«, erklärt Hattie. »Die Erde dreht sich nun mal weiter«, fügt sie hinzu, was (vielleicht) eine Andeutung sein soll, daß ich zu alt bin, um noch auf dem laufenden zu sein.

»Hast du diesen Freund eigentlich kennengelernt, als er über Weihnachten hergekommen ist?«

»Nein«, entgegnet Hattie, »weil er seinen Flug verpaßt hat – es gab Bombenalarm in Heathrow, und alle Flüge wurden gestrichen. Als er dann endlich erschien, waren wir schon bei Serena. Und er flog heim, bevor wir zurückkamen.«

»Ende der Busfahrer-Ferien. Aber diese Freundin in Neasden mit ihren Karotten scheint ja real zu sein«, sage ich.

»Die pflanzt keine Karotten mehr an, es gibt schließlich so was wie Fruchtfolge. Der Boden braucht eine Pause, und sie ist prinzipiell gegen Kunstdünger.«
»Die Möhrenfliege kann ziemlich lästig werden«, bemerke ich, »besonders wenn man nicht gern zu Insektiziden greift.«

Ich weiß auch nicht, warum ich so sauer auf sie bin, aber so ist es nun mal.
Jedenfalls sagt sie, jetzt müsse sie aber Schluß machen, Agnieszka sei schon dabei, das Mittagessen aufzutragen. So nah daran, richtig Streit mit ihr zu kriegen, bin ich wohl nie zuvor gewesen, aber ich könnte beim besten Willen nicht sagen, worum es eben eigentlich ging.

Ich rufe Serena an. Sie schlägt mir ein gemeinsames Mittagessen bei ihr vor. Ich sage, das ginge nicht, weil ich in der Galerie sei, also fünfundvierzig Autominuten entfernt. Sie fragt mich, wie viele Kunden ich heute gehabt hätte, und ich sage, bloß zwei, und die wollten »sich nur mal umschauen« – ruhige Zeiten –, aber jemand sei schwer interessiert an einem William Bates-Druck für £750 und werde sich wohl morgen entscheiden. Serena sagt, ich solle das Schild »*Über Mittag geschlossen*« ins Schaufenster hängen und zu ihr kommen, was ich denn auch tue. Ich habe ja hauptsächlich Stammkunden, und die können mich notfalls per Handy erreichen.

Serena kommt besser mit Tieren klar als ich. In der Zeit, als sie mit George in Wiltshire lebte, betätigten sich die beiden als Kleinbauern. Sie hielten Soay-Schafe – sieben Stück, kleine, hübsche, rehähnliche Geschöpfe, deren ursprüngliche Heimat das schottische Hochland war. Sie hatten eine komplizierte Familienstruktur – Leithammel, Zweitham-

mel, Lieblingsfrau, Zweit-, Dritt- und Viertfrau, Großmutter. Die Herde lebte auf einem Feld gleich neben dem
Farmhaus mit ihrem eigenen kleinen Primrose Hill aus
grasüberwachsenen Bruchsteinen alter Wirtschaftsgebäu-
de plus Erde, nämlich dem Aushub für den unterirdischen
Faulbehälter. Der Leithammel stand stolz auf dem Gipfel,
die anderen gruppierten sich unterhalb. Er hatte imposan-
te, kräftige, gedrehte Hörner; die des Zweithammels waren
schmächtiger und kleiner, passend zu seinem geringeren
Status; die Hauptfrau warf sich in Positur, Nummer zwei,
drei und vier schmollten; Großmutter durfte mittrotten.

Dann legten Serena und George sich auch noch Gänse,
Hühner und Enten zu und irgendwann sogar zwei Schweine, die sie mästeten und schließlich – höchst ungern – ver-
zehrten. Sie hatten drei Hunde, zwei Katzen und zeitweilig
auch tropische Fische. Wenn sie ausnahmsweise miteinander verreisen mußten, baten sie mich zu kommen, das Haus
zu hüten und »die Tiere zu versorgen«, was die Kinder mit-
einschloß, die noch daheim wohnten. Und das tat ich auch,
aber nie mit großer Begeisterung.

Kaum daß sie aus London weg und aufs Land gezogen waren, bekam Serena noch ein Kind mit George, einen Nach-
zügler: Es war, als wartete das Haus nur darauf, gefüllt zu
werden. Das neue Baby festigte die Beziehung – aber Fe-
stigung war nicht unbedingt das, was George wollte. Ihm
waren Freiheit und Flexibilität lieber. Mittlerweile war er
fünfundfünfzig und hatte genug von Kindern. Sie war sechs-
undvierzig. Sie fragte ihren Arzt, ob es nicht riskant sei, so
spät noch ein Kind zu bekommen, und er sagte, seine Mutter sei bei seiner Geburt achtundvierzig gewesen; das Alter
spiele keine große Rolle. Und damit hatte sich's.

Anfang der siebziger Jahre hatte George nur noch rausge-
wollt aus der Großstadt, wie so viele andere von Ängsten
geplagte Londoner – die nukleare Bedrohung nahm zu.
Die OPEC hatte sich zusammengerauft, der Preis für den
Liter Benzin schoß weit über die 10-Pence-Marke hinaus,
es hatte eine Drei-Tage-Woche gegeben – während derer
die Produktivität paradoxerweise stieg – und einen Streik
der Feuerwehr – währenddessen die Anzahl der gemelde-
ten Brände um ein Drittel sank –, und es ging das Gerücht,
es würden Lebensmittelkarten gedruckt.

Und wie Serena zu Georges Erzürnung bemerkt hatte, gab
es in Harrods' Kurzwarenabteilung Strumpfhosen nur
noch in zwei Farbtönen zu kaufen. Allein die Erwähnung
von Harrods erweckte Georges Zorn, so wie sie heute Martyns Zorn erweckt. Denselben Zorn auf das Übel des Ka-
pitalismus, auf die Sünde des Luxus. Was dahinter stand,
war das Verlangen, in einer Front mit den Verdammten
dieser Erde gesehen zu werden, nicht mit den Reichen und
Mächtigen. Eine Harrods-Tüte wurde als Sünde gegen die
Menschlichkeit angesehen, und Serena, die das sehr wohl
wußte, hatte sich trotzdem eine Harrods-Kundenkarte besorgt. Hattie dagegen würde trotz ihrem Kreditrahmen
nicht im Traum daran denken, sich so ein Ding zuzulegen,
aber Hattie hat eben auch ein ausgeprägteres politisches
Bewußtsein als Serena.

George war aufs Land geflohen, nach Grovewood, einem
Gehöft, das immer noch aussah, wie ein Kind einen Bauern-
hof malen würde, mit alten Scheunen und Schornsteinen,
berankt mit Kletterpflanzen und Rosen, ein ideales Heim
inmitten offener Felder. Serena war ihm gefolgt. Für sie
spielte es keine große Rolle, ob der Schreibtisch, an dem
sie arbeitete, nun in der Stadt stand oder auf dem Land –

Hauptsache, er wurde ihr nicht unterm Federhalter wegge-
rissen und an jemand Fremdes verkauft. Und daß es dazu
kam, war jetzt weniger wahrscheinlich. George wollte den
Antiquitätenhandel aufgeben, naturnah leben, sein eigenes
Land bestellen, Tiere halten, wieder anfangen zu malen –
und wo George hinging, da ging auch Serena hin, ohne Wi-
derworte. Sie schrieb, und die Schecks trafen mit schöner
Regelmäßigkeit ein.

Er hatte nur einfach nicht damit gerechnet, noch ein Kind
zu bekommen, genausowenig wie sie. Für George bedeutete es das Ende eines friedlichen Tagtraums vom ländlich-
en Leben. Nun ging es wieder los mit Fläschchen und Stillen und Baby-Eideidei und einer weiteren Runde Au-pairs
und Haushaltshilfen. Maureen Parks etwa, die Näherin,
die anfangs die alten Laken ausbesserte und schließlich
Serena die Kleider schneiderte, mit einem Talent, das ihr
auch im Atelier eines Pariser *couturier* zu Ehren gereicht
hätte. Dann die pummeligen, vollbusigen Bauerntöchter
Mary, Judith, Anne und Jean – Mädchen vom Lande mit
den Lastern des Landlebens, inklusive päderastischer
Freunde, Kleptomanie und Narkolepsie –, nein, wer meint,
auf dem Land sei weniger los als in der Stadt, der täuscht
sich. Jedenfalls nach meiner und Serenas Erfahrung. Wir
leben heute beide in einer Kleinstadt, nicht auf dem offenen
Land. Auf diese Weise kommt man zu so etwas wie einem
Medianwert des Daseins, dem Zusammenwirken aus geballter Langeweile und sich überstürzender Ereignisse, den
beiden Extremen, zwischen denen das Leben hin und her
springt.

Die tierischen Bewohner von Grovewood waren nicht etwa
planvoll zusammengekauft worden, sondern einfach irgendwann erschienen, wie Sylvie. Tiere werden oft obdach-

los – Besitzer erkranken, sterben, landen im Gefängnis, gehen pleite, machten sich aus dem Staub –, und das bedeutet normalerweise den Schlag auf den Kopf, den im Fluß versenkten Sack, es sei denn, daß weichherzige Leute wie Serena und George zur Stelle sind. Eines Tages starb die alte Dame, der die Soay-Schafe gehörten; ein Farmer aus der Gegend trieb die Tiere zusammen – keine leichte Aufgabe: Soays rennen gern und rennen schnell –, lud sie auf dem Feld von Grovewood ab und wies die neuen Besitzer kurz in die Geheimnisse der Schafhaltung ein: Die Tiere brauchten täglich Schaffutter und Salzlecken.

Die florierende Hühnerzucht hatte mit der Rettung zweier armer Hennen aus einem Legebatteriebetrieb begonnen – ihr Verkauf an mitleidige Passanten bedeutete eine profitable Alternative zum Schlachten. Anfangs lebten sie im Schuppen, scheuten das Licht und litten an Agoraphobie, doch irgendwann wagten sie sich hinaus, wurden kühn, dreist und übellaunig, als wären sie Feministinnen, die jahrelange Unterdrückung wettzumachen versuchten. Bald darauf schaffte George einen Hahn an, um der Natur zu ihrem Recht zu verhelfen, und prompt verwandelten sie sich in munter gackernde, munter brütende Geschöpfe, die alsbald eine neue Generation von Küken hervorbrachten. Also mußte ein anständiger Hühnerstall errichtet werden. Dann schien es nur vernünftig, Anbauten für die Gänse zu errichten, die einfach zugewandert waren, und die Enten, die eines Tages im Teich landeten und blieben.

Die arme kleine Sylvie, ich sollte ihr nicht allzu böse sein. Ich hätte ja nichts gegen einen Welpen, aber Hugo würde das nicht mögen. Serena hat überhaupt keine Tiere mehr, seit sie mit Cranmer zusammen ist. Auf Katzen reagiert er allergisch; Hunde empfindet er als Klotz am Bein. Er hat ja ganz recht. Serena dagegen predigt, daß solche Fesseln auch ihr Gutes haben. Sind die Kinder erst einmal aus dem Haus, braucht der Tag eine neue Struktur, und die wird von Tieren geboten. Es beginnt zu dämmern, und das Federvieh muß mit Bestechungen oder gutem Zureden in den Hühnerstall gelockt werden, damit der Fuchs es sich nicht holt. Das Futter muß nach draußen gebracht werden, bei Regen, Hagel oder Schneesturm. Was wir in den achtziger Jahren säckeweise aus dem Großhandel anschleppten, was wir morgens und abends in die Tröge kippten, war allerdings verpestet. Wir hielten es für harmloses Getreidemehl, doch wie sich herausstellte, war es mit gemahlenen Tierleichen versetzt.

Eine neue Verordnung trat in Kraft. Zur Vorbeugung gegen Räude und Parasiten mußten Schafe einmal pro Jahr gedippt werden, das heißt vollständig – inklusive dem Kopf – in eine dunkle, metallisch schimmernde bläulichgrüne Desinfektionsflüssigkeit getaucht werden, die in großen Kanistern vom Landwirtschaftsministerium bereitgestellt wurde. Da Serena und George ihre halbwilden Viecher nicht einfach in einen Laster treiben und zum offiziellen Schafbad bringen konnten, dippten wir sie selbst. Das heißt, George hob eine Grube aus, goß sie mit Beton aus, schüttete das Gemisch hinein, holte Freunde und Familie zusammen, damit sie ein Schaf nach dem anderen einfingen – vier Leute plus ein Hund für jedes Schaf – und zu George brachten, der es dann in die Grube warf und ihm den Kopf mit einer Stange hinunterdrückte. Es gab eine Menge Gespritze und Geschrei und Gejubel, und die Schafe tauchten zitternd und bebend wieder auf.

Wir reisten aus zwanzig Meilen Entfernung an, Sebastian und ich, um beim Einfangen zu helfen. George trug dicke

Gummihandschuhe, nahm aber nicht groß Notiz von dem Totenkopf-Symbol, das in Rot und Schwarz auf allen vier Seiten der Kanister prangte. Er sagte immer, er könnte seinen Arsch darauf verwetten, daß bei den Bürokraten die Linke nicht wüßte, was die Rechte tat, doch wie recht er damit hatte, ahnten wir in jenen heiteren Tagen nicht einmal. Die silbrigblaue Brühe bestand aus Organophosphaten in einer hochkonzentrierten Lösung: Das Bassin war offen zugänglich für Vögel und Bienen, Füchse und Feldmäuse, bis George dazu kam, es abzulassen und auszuspritzen, so daß das Zeug schließlich im Grundwasser landete.

Serena behauptet gelegentlich, es sei der Kontakt mit diesem Pestizid gewesen, der George um den Verstand gebracht, sein Herz angegriffen, ihn paranoid und damit seine eigene Frau zum Objekt von Haß statt von Liebe gemacht und seine moralische Substanz zerfressen hatte, so daß er sie schließlich für eine Geliebte verstieß. Ich bin mir da nicht so sicher. Er war schon ziemlich schwierig, bevor er Bekanntschaft mit den Organophosphaten machte, obwohl, gut getan haben sie ihm wahrscheinlich nicht.

Ich träume manchmal von dem öligen Tümpel im Feld von Grovewood, seidig, giftig und still, umgeben von grünem Farn, Wiesenkerbel und Nesseln. Auch Hattie träumt von ihm, aber zumindest habe ich sie dort nie hingelassen. In der Hinsicht war ich ausreichend verantwortungsbewußt.

Die Taufe

Coleens Baby Dominic wird getauft. Hattie ruft an und berichtet mir von der Feier. »Es war so schön«, sagt sie. »Der Priester hielt eine Kerze, und das Baby schaute ins Licht: Sein Gesichtchen hat gestrahlt. Ich hatte schon ganz vergessen, wie winzig Neugeborene sind: winzige Fitzelchen Leben. Kitty ist schon richtig schwer und stämmig.«

»Martyn ist mit dir zu einer Taufe gegangen?« frage ich überrascht.

»Ja«, sagt sie, als hätte ein solcher Schritt nichts zu bedeuten. »Agnieszka meinte, Colleens Baby wäre noch zu klein, und das Wasser vom Taufbecken würde eiskalt sein, aber diesmal hat sie sich geirrt. Das Baby hat kein bißchen geweint.«

»Vielleicht hat jemand in der Sakristei einen Kessel voll heißgemacht und dazugeschüttet«, sage ich und frage mich sogleich, warum Agnieszka auch mitgekommen ist. Aber vielleicht mußte sie ja Kittys Kinderwagen schieben.

»Das hieße ja etwas Heiliges verpanschen«, ruft Hattie schockiert. Atheisten sind schnell schockiert, wenn es um die Religion von anderen geht.

»Wenn's doch gut gemeint war«, sage ich. »Hat Agnieszka die Taufe gefallen?«

»Ich glaube schon. Kitty auf jeden Fall. Sie hat die Kerze angestarrt, als wäre die für sie gedacht. Aber schließlich saß sie ja auch bei Agnieszka auf dem Schoß. Bei mir strampelt und hampelt sie nur.«

»Wahrscheinlich riechst du immer noch nach Mutter-milch«, sage ich, »und da will sie dran.«

»Hör auf damit, Großmama«, sagt sie.

Ich bin gut bei ihr angeschrieben. Von der Uroma zur Groß-mama befördert! Sie ist glücklicher, seit sie wieder arbei-ten geht. Sie hat nicht mehr das Bedürfnis, gemein zu sein. Ob sie Sebastian, wenn er rauskommt, wohl Urgroßvater nennen wird, um ihm eine Freude zu machen – als Demon-stration, daß er nach zwanzig Jahren endgültig in die Fami-lie aufgenommen ist –, oder jedenfalls Urgroßpapa? Ich hoffe nur, daß kein Uropa draus wird.

Dieser Patrick, der so plötzlich in mein Leben getreten und ebenso plötzlich wieder daraus verschwunden ist, macht mir immer noch zu schaffen. Mag sein, daß ich meiner En-keltochter nicht die nötige Aufmerksamkeit geschenkt ha-be. Bei dem, was sie als nächstes erzählte, hätten in meinem Kopf gleich mehrere Warnglocken läuten müssen. Daß Hattie auch nur irgend etwas davon mitbekommen hätte, ist allerdings unwahrscheinlich.

»Agnieszka hat etwas Eigenartiges und Wunderbares ge-tan«, erzählt Hattie. »Bevor wir uns auf den Weg machten, zog sie einen kleinen Farnwedel aus der Blumenvase, wusch das Stielende sorgfältig und steckte ihn dann Kitty ans Kleidchen. Das ist ein alter polnischer Brauch. Er symbo-lisiert die Wiedergeburt.«

»Aber es war doch nicht Kitty, die getauft wurde«, sage ich, »sondern das Baby deiner Freundin.«

»Ich fand es bezaubernd und Martyn übrigens auch.« Martyn fand es bezaubernd: er, der jede Art Aberglauben verabscheut?

Aber später weist Serena mich darauf hin, daß tiefer Abscheu urplötzlich in ebenso tiefe Liebe umschlagen kann. Es handelt sich also nicht zwingend um ungebührlichen Einfluß seitens Agnieszkas. Höchstwahrscheinlich haben wir es mit einer milden Form der Enantiodromie zu tun, wie C. G. Jung diesen Prozeß genannt hat: Saulus auf der Straße nach Damaskus, als ein Licht vom Himmel herabkommt und aus dem Christenverfolger plötzlich der Christ wird. Wir fragen uns, ob sich Martyn, der strikte Rationalist, in Martyn, den New-Age-Guru, verwandeln wird, und lachen und befinden, daß das unwahrscheinlich ist – aber man wird ihn im Auge behalten müssen.

Hattie plaudert weiter über die Taufe und Pater Flanahan, der verheiratet sei. Ich sage, ich hätte nicht gewußt, daß Priester verheiratet sein können, und sie sagt, doch, wenn sie zum Beispiel Pfarrer der Anglikanischen Kirche seien, aber aus prinzipiellen Gründen – etwa wegen der Frage der Frauenordination – zum römisch-katholischen Glauben konvertierten, dann dürften sie – falls verheiratet – ihre Frauen behalten. Sie, Martyn und Agnieszka und Pater Flanahan hätten sich darüber vor der Kirche unterhalten, nach der Taufe. Martyn habe gesagt, er fände das alles ein klein wenig scheinheilig, aber das habe Pater Flanahan nichts ausgemacht.

»Er schien gern mal darüber reden zu wollen«, sagt Hattie. »Er wollte gar nicht mehr aufhören zu reden, und dann sagte Agnieszka, sie ginge gern Sonntag morgens zur Messe, wenn uns das recht wäre. Und wir sagten, ja, natürlich. Was hätten wir auch sonst sagen sollen? Man kann sich nicht zwischen Menschen und ihre Religion stellen, selbst wenn man nicht mal gewußt hat, daß sie eine haben, wo sie ja in einem kommunistischen Land aufgewachsen sind, oder?«

»Nein«, stimme ich ihr zu. »Auch wenn die Bügelwäsche liegenbleibt.«

»Und dann ist etwas ganz Komisches passiert«, fährt Hattie fort. »Pater Flanahan fragte Agnieszka, wann sie und Martyn das Baby taufen lassen wollten. Er war einfach davon ausgegangen, daß sie die Mutter sei, weil sie Kitty auf dem Arm hielt.«

»Aber du hast das doch sicher richtiggestellt?« frage ich, und Hattie sagt nein, es sei ja nicht nur komisch, sondern durchaus auch peinlich gewesen. »Ich glaube, Martyn hat es ein bißchen aus der Fassung gebracht. Er sagte zu Pater Flanahan, je mehr verheiratete Priester es bei den Katholiken gebe, desto besser, weil dann hoffentlich die Bischöfe weniger würden, die kleine Jungs mißbrauchten, und ich mußte ihm Beine machen, daß wir schnell fortkamen.«

Männern Beine machen

Wenn Serena Cranmer unterm Tisch gegen das Schienbein tritt, um ihn davon abzuhalten, etwas Falsches zu sagen, weil sie befürchtet, er werde gleich einen Fauxpas begehen, oder weil es ein bißchen spät geworden ist oder er seine eher reizlose Tischnachbarin beharrlich ignoriert, fragt er Serena einfach laut, warum sie ihm gegen das Schienbein tritt. Deshalb hat sie es aufgegeben, ihn zu treten, und wenn es tatsächlich zu einem Fauxpas kommt, fällt der meistens weniger schlimm aus, als sie befürchtet hat.

Cranmer ist knapp zwanzig Jahre jünger als Serena, und die gesellschaftliche Konvention unserer Generation, bei Tisch nie über Religion oder Politik zu diskutieren, gilt als veraltet und verstaubt. An ihre Stelle ist eine neue Methode getreten, Fettnäpfchen zu umgehen und Skandale zu vermeiden: Wenn Leute einer bestimmten religiösen oder politischen Überzeugung sich mit anderen Gleichgesinnten treffen und Andersdenkende draußen bleiben, dann finden vorgefaßte Meinungen garantiert Anklang und machen den Diskurs zu einem wahren Vergnügen. Die Gäste können bei Polenta oder Wildsuppe über alles diskutieren, ohne sich vor Unstimmigkeiten fürchten zu müssen.

Man muß natürlich genauer darauf achten, wen man mit wem zusammen einlädt: Von Gastgeber und Gastgeberin darf erwartet werden, daß sie notfalls die Zähne zusammenbeißen und die Ansichten anderer Leute über sich ergehen lassen, aber von ihren Gästen können sie das nicht verlangen. Schön und gut, daß Babs und Hattie im Büro ganz dicke miteinander sind, und Hattie ist Alastair schon ein paarmal in seinem Hause begegnet, und Babs hat Martyn getroffen, wenn er im Büro vorbeischaute, aber ein Dinner *ensemble* steht außer Frage. Alastair ist ein Rechter, und Martyn ist ein Linker, und nie werden die zwei zueinanderfinden. Sie haben ja auch nicht die leiseste Absicht, ihre respektiven Sichtweisen zu ändern.

Cranmer steht politisch auch stramm rechts, und ich glaube, Serena treibt in dieselbe Richtung. Sie sagt, die Vernunft gebe ihm recht, wenn das Gefühl auch dagegen spreche. Ich halte es weiterhin mit den Künstlern, die sowieso nie mitbekommen, was los ist, aber von Natur aus links sind, an Freiheit, Gleichheit, Brüderlichkeit glauben und den ärmsten Ländern der Welt die Schulden erlassen wollen. Die, selbst wenn sie wie Sebastian zusammen mit Mördern, Vergewaltigern und Gaunern eingesperrt sind, deren Ausdrucksformen sich auf Flüche, Schreie und Drohungen beschränken – »*Was glotzt du?*« –, immer noch glauben, daß der Mensch von Natur aus gut ist.

Im großen und ganzen, behauptet Serena, wünschen sich Frauen, daß es in Gesellschaft und Familie keinen Ärger gibt, daß jeder mit jedem auskommt und alle sich liebhaben, denn dann wird bestimmt alles gut. Und diese Einstellung ist ansteckend: In der neuen, weiblicheren Welt entwickeln Männer ähnliche Bedürfnisse. Auf der Wirtschaftsuni stehen elegante Win-Win-Strategien im Mittelpunkt: Nullsummenspiele gelten als überholt. Harold vergißt irgendwie immer wieder, den Papierkram für Martyns Gehaltserhöhung zu erledigen, äußert sich aber lobend und öffentlich über seine Fähigkeiten. Hatties Beförderung ist noch nicht durch, obwohl niemand ein unfreundliches Wort sagt und sie angesichts ihrer erweiterten Verantwortlichkeiten de facto längst befördert ist. Babs steckt in einem emotionalen Schlamassel, hofft aber immer noch, niemandem weh zu tun. Nur Hilary schafft es, ein, zwei häßliche Seitenhiebe anzubringen, aber Hilary gehört eben zur alten Welt.

Serena klagt darüber, daß aufstrebende Schriftsteller heutzutage enthusiastische Ablehnungen erhalten: eine halbe Seite Schwärmereien über das eingesandte Manuskript und erst dann das: »Aber leider nicht für uns geeignet.« Laßt uns alle gut miteinander auskommen und uns in andere hineinversetzen und nur ja niemandem weh tun, sonst endet es wie bei den Twin Towers. Martyn läßt eine sarkastische Bemerkung über Bischöfe los, und Hattie muß ihm Beine machen, damit die Sache nicht eskaliert. Auch sie möchte keinen Ärger.

In meinen Jugendjahren kam ich gar nicht auf die Idee, Männern Beine zu machen. Sie blieben, ich ging, genau wie Serena. Wir zogen von Haus zu Haus, von Bett zu Bett, entweder weil wir rausgeworfen wurden oder weil wir es nicht aushalten konnten, dazubleiben. Eine Bleibe für mehr als ein Wochenende gab es selten, denn irgendwann kam immer die Ehefrau oder feste Freundin nach Hause; oder wir mußten dringend eine Arbeit erledigen oder Kinder abholen. Maler, denen ich Modell saß, wollten oft, daß ich blieb, bis das Porträt fertig war, aber danach machten sie sich flink ans nächste Sujet. Und ich packte meine Sachen und ging, raus aus dem Bett und über die splittrigen Dielen irgendeines mit Ölfarben vollgeklecksten Atelierfußbodens, den halb zerfetzte Kelimläufer zierten; und während sich der Mann immer noch im oft nicht besonders sauberen

Lotterbett räkelte, war sein Kopf schon erfüllt von Visionen einer anderen Schönheit.

»Anfangs habe ich eine Art Strichliste geführt, mit wie vielen Männern ich schon geschlafen hatte«, erzählte mir Serena einmal, »bis ich das irgendwie beschämend fand und anfing, ihre Namen zu vergessen. Damals glaubte ich, man würde einen Mann erst dann richtig kennen, wenn man mit ihm im Bett gewesen war, aber bald wurde mir klar, daß man ihn sowieso nie richtig kennen würde, so daß man diesen Aspekt also nicht ins Kalkül ziehen durfte. Nicht daß je viel Kalkül mit im Spiel gewesen wäre: Lust und Liebe waren Anreiz genug. Alkohol löste die Hemmungen – von Berechnung konnte keine Rede sein.«

Wir stellen übereinstimmend fest, daß Wanda, obgleich sexuell so genügsam – sie ist schätzungsweise gute fünfzig Jahre ohne einen Mann ausgekommen: von ihrem vierundvierzigsten bis zu ihrem vierundneunzigsten Lebensjahr –, uns irgendwie die Idee vermittelt hat, daß es herzlos und schäbig sei, einem Mann Sex zu verweigern, wenn er Lust hatte und irgendwie unwürdig, emotionale Ansprüche an ihn zu stellen. Wir sollten die Männer nicht manipulieren. Wir sollten uns auf das einlassen, was sie wollten, da sie es wahrscheinlich am besten wüßten und wir sowieso wichtigere Dinge zu bedenken hätten.

Wanda verbrachte Jahre damit, in winzigkleiner Handschrift ein Buch über das Wesen der ästhetischen Erfahrung und ihr Verhältnis zur Religion zu verfassen. Mittlerweile ist das Manuskript bei einer meiner Nichten gelandet, das Papier vergilbt und die Kanten eingerissen, liegt es mit einer altmodischen Kordel zu einem Bündel verschnürt in einer Schachtel unter ihrem Bett. Vielleicht wird eines Tages jemand den Mut haben, es herauszuholen und sich an die Lektüre zu machen. Wer weiß, worauf man darin stoßen würde. Auf die gesammelte Weisheit der Welt? Überraschen würde es mich nicht.

Wir reden übers Autofahren. Serena ist eine nervöse Fahrerin, schon seit ihrer Scheidung von George. Als sie ihren Glauben an das Schicksal verlor, das die beiden zusammengeführt hatte, verlor sie auch den Glauben daran, daß sie nie einen Verkehrsunfall haben würde. Sie begann, Kurven zu schneiden, und wußte nicht mehr, wann sie überholen konnte. Als Beifahrerin ist sie sogar noch nervöser geworden. Der Fahrstil ihres ersten Gatten hat sich zum Trauma ihrer alten Tage gewandelt – er erschreckte gern andere Fahrer damit, daß er sie in seinem hochfrisierten kleinen Ford Popular in der Kurve überholte, und lehrte sie, nicht zu dicht aufzufahren, indem er unversehens auf die Bremse stieg.

Serena erzählt, daß George einmal mit 190 Sachen über die Autobahn raste und Cranmer ihm folgte. Sie saß neben Cranmer im Wagen. Damals glaubte sie, George versuche, Cranmer als Rivalen auszustechen. Jetzt glaubt sie, George habe nur versucht, von ihr wegzukommen, nicht mit ihr in Verbindung gebracht zu werden, der Quelle seiner Schuldgefühle, der bekannten Schriftstellerin und der mit ihr verbundenen Publicity. George hatte mittlerweile eine solche Abneigung dagegen, sich mit ihr in der Öffentlichkeit zu zeigen, daß 190 Sachen ein Klacks für ihn waren. Sie quält sich, wie immer, wenn sie von George spricht, obwohl wir diese Unterhaltung fünfzehn Jahre nach besagtem Autobahn-Erlebnis führen.

Ich steuere ein etwas weniger belastetes Thema an: Wir reden ein bißchen darüber, daß Männer, wenn man sie bittet, nicht so schnell zu fahren, nur noch schneller fahren, besonders wenn man mit ihnen verheiratet ist. Man erinnert sie an ihre Mütter und deren »*bitte nicht, mein Schatz!*« Ich fahre meinen Wagen mit selbstsicherer Gelassenheit, außer in London, wo ich immer wieder einen Blick in den Rückspiegel werfe, wie jemand vom Land, und entsetzt und verwirrt von dem bin, was ich hinter mir sehe. Wie soll ich mich in diesem wogenden Verkehrsgewühl orientieren, wenn keine zwei Kühlerhauben in dieselbe Richtung zeigen? Außerhalb von London läuft es prima: Man sitzt hinterm Steuer und fährt, oder man sitzt auf dem Beifahrersitz und hofft, daß der Fahrer einen nicht bitten wird, ihn zu lotsen.

Wir sind uns einig, daß Männer gesellschaftlichen Verpflichtungen nervös entgegenbrausen, aber auf der Heimfahrt durchaus langsamer tun. Es ist, als würden sie in die Schlacht ziehen, während die Frauen lieber gelassen und ohne einen Schweißtropfen auf der Treppe erscheinen, wie bei einem Siegesball, während ihr Puls in normalem Rhythmus schlägt.

Wir sind uns ebenfalls einig, daß Hatties und Martyns Entschluß, sich um Mutter Erde willen kein Auto zuzulegen, von beider anständigem Wesen zeugt, aber nicht unbedingt von gesundem Menschenverstand. Sie haben sich ausgerechnet, daß es billiger ist, Taxi zu fahren als ein Auto zu besitzen, doch die Hemmschwelle, ein Taxi zu nehmen, ist sehr hoch, und bis vor kurzem war Martyns Einstellung, Taxis seien nur in rasender Fahrt zum Krankenhaus oder in gemächlicherem Tempo zu einem Begräbnis gestattet, durchaus ansteckend. Manchmal jammert Serena, wenn sie bloß noch all das Geld hätte, das sie an Taxifahrer bezahlt hat – denn seit ihre Psychoanalytikerin ihr zu verstehen gegeben hatte, sie habe das Recht, Taxi zu fahren, hat sie, diesen Freibrief in Händen, exzessiven Gebrauch von ihrem Recht gemacht. Sie wäre heute garantiert richtig wohlhabend.

Wir reden über Agnieszka bei der Taufe und daß der Priester sie irrtümlich für Kittys Mutter gehalten hat, und Serena sagt:»Dieses Au-pair führt irgend etwas im Schilde, ich weiß nur nicht was.«

»Wenn die Magd für die Herrin gehalten wird«, erkläre ich,»ist es Zeit für die Herrin, der Magd zu sagen, daß sie gehen muß.«

Serena antwortet:»Und wenn sie nicht geht?«

Der Chef kommt zum Dinner

Na schön, nicht zum Dinner, weil das zu sehr nach Kerzenbeleuchtung klingt, zu formell und nach Islington-Szene, sondern »zum Abendbrot«. Harold lebt mit Debora zusammen, die ein ebenso vernünftiger Mensch ist wie ihr Partner. Sie arbeitet als Vertragsanwältin für die Wohlfahrtsreform-Initiative – kein besonders aufregender Job, aber anspruchsvoll und und mit einer gewissen Verantwortung. Die beiden wohnen tatsächlich in Islington, allerdings nicht, wie sie betonen, aus eigenem Antrieb, sondern weil der Zufall es so wollte. Debora spielt mit dem Gedanken, ein Kind zu bekommen, und würde sich gern mal das von Hattie ansehen, bevor sie den Schritt wagt. Sie hatte bislang nur sehr wenig Kontakt mit Babys, obwohl Harold zwei Söhne aus einer früheren Ehe hat, aber die sind schon groß und wollen nichts mit ihrem Vater zu tun haben, weil sie es ihm immer noch übelnehmen, daß er sie verlassen hat, als sie sechzehn beziehungsweise siebzehn waren.

Diese Entfremdung von seinen Kindern bereitet Harold einen gewissen, aber nun auch nicht allzu großen Kummer. Er betrachtet sich und sein Leben aus einem inneren Abstand, als hätte es gar nicht so viel mit ihm zu tun. Wenn Debora ein Baby haben will, dann wird er die Entscheidung mittragen und sich bemühen, alles richtig zu machen, ja, er plant sogar eine Kolumne, in der er den Verlauf von erneuter Vaterschaft in fortgeschrittenem Alter dokumentieren wird. So etwas paßt zwar nicht ganz zum Profil von *Devolution*, aber wer weiß, wie das in ein, zwei Jährchen aussieht?

Es ist lange her, daß Martyn und Hattie Gäste empfangen haben, aber jetzt zögert Martyn nicht, als Harold sagt: »Debora würde gern mal bei euch vorbeischauen und mit Hattie über Babys reden.«
»Kommt doch einfach zum Abendbrot«, schlägt er vor.
»Morgen würde gut passen.«

Auch Hattie hält das für eine gute Idee, obwohl sie die Arbeit zur Zeit richtig schlaucht: Nicht daß sie nicht viel erledigt bekommen würde, aber alles dauert immer so lang. Unnütze E-Mails vermehren sich exponentiell, niemand ruft wie abgesprochen zurück. Sie und Hilary müssen zwar nicht mehr aufeinanderhocken, sondern haben jetzt beide ihr eigenes Büro, aber das bedeutet, daß sie ihre Kollegin auch nicht mehr im Auge behalten kann. Sobald, wie im Fall des Autors mit dem Tourette-Syndrom, die Trennung zwischen Inlands- und Auslandsrechten unscharf geworden ist, könnte Hilary beginnen, Hattie ihre Autoren abzuwerben. Aber es ist offensichtlich eine gute Idee, Martyns Chef zum Dinner einzuladen, und sie kann sicher sein, daß Kitty bezaubernd aussehen und während des Essens durchschlafen wird, und Agnieszka kann die Kocherei übernehmen.

Hattie fragt sich kurz, wen sie dazuladen könnte – Babs und Alastair scheiden schon aus politischen Gründen aus, und Neil und seine Frau möchte sie lieber nicht zu Gast haben, solange sie und Martyn nicht besser verdienen und schöner wohnen. Daß sie Serenas Großnichte ist, könnte ihnen ein paar Sprossen auf der gesellschaftlichen Leiter hochhelfen, aber Hattie ist nicht so naiv zu glauben, daß damit sämtliche anderen Faktoren kompensiert würden. Wahrscheinlich bringt es mehr, mit Martyns Vater einen Märtyrer des Elektrikerstreiks als verstorbenen Schwiegervater zu haben denn Serena als Großtante. Sie könnte ihre Mutter Lallie erwähnen, eine unter Musikliebhabern wohlbekannte Flötistin mit internationaler Reputation, aber Literatur und Musik überschneiden sich nicht unbedingt, genausowenig wie Literatur und Politik. Außerdem versucht sie ja, möglichst wenig an ihre Mutter zu denken. Weil damit zu viele komplizierte Gefühle freigesetzt werden. Lallie ist ein zu seltsames und zu unnahbares Wesen, um echte familiäre Empfindungen auszulösen; Hattie fühlt sich mir viel näher.

Dazu kommt, daß Hattie stolz ist. Sie würde lieber aufgrund ihrer eigenen Verdienste akzeptiert werden: das heißt, nicht als jemand mit beeindruckenden Verwandten, sondern als dynamische und kompetente Führungskraft einer literarischen Agentur, die ein Kind hat, aber auch einen Mann, der sie unterstützt, sowie eine zuverlässige Kinderbetreuung und die eines Tages imstande sein wird, die Gastgeberrolle für Neil und seine Frau auszufüllen, aber noch nicht jetzt. Und wenn sie nicht alles täuscht, weilt Neil ohnehin wieder einmal auf den Bahamas.

Sie könnte mich fragen, aber wer lädt schon seine Großmutter zu einer Party ein? Ich würde garantiert über Sebastian reden, und sie hält meine Ansichten zu Drogen für fast schon peinlich naiv: Ich würde wahrscheinlich für die unkontrollierte Freigabe sämtlicher Drogen – einschließlich Zigaretten – plädieren, damit sich der Markt selbst regulieren könne. Nach allem, was sie über Debora gehört hat, dürfte die Marihuana für korrekt halten, Tabak aber für Teufelszeug. Also wird Hattie auf Nummer Sicher gehen; es werden nur sie und Martyn sowie Harold und Debora dasein und natürlich Agnieszka.

Hattie ist schon gespannt darauf, Debora persönlich kennenzulernen und Kitty vorzuführen, und freut sich, daß Martyn die beiden eingeladen hat, selbst wenn das ohne vorherige Absprache geschehen ist und arg kurzfristig. Sie hat ein Treffen mit Hilary um halb sechs – Hilary setzt firmeninterne Besprechungen mit Kolleginnen generell zu späterer Stunde an, wahrscheinlich nur, um die zu überführen, die sich gern früh nach Hause zu ihren Kindern verdrücken –, aber Hattie wird sich erlauben, es abzusagen, und zeitig heimgehen.

Eigentlich sollte es *moules marinières* geben, gefolgt von einem leichten Couscous, und danach einfach Käse, Krakker und Obst. Hattie hat das Menü am Morgen mit Agnieszka besprochen. Sie wollte die Miesmuscheln machen, und Agnieszka sollte ihr spezielles Hühnchen-Couscous mit mariniertem Gemüse machen, das sie alle so gern mögen. Agnieszka guckt ein bißchen zweifelnd und schlägt Hattie vor, anstelle der *moules marinières* – die gern zu säuerlich ausfielen und nicht gerade originell seien und eine lange Vorbereitungszeit bräuchten, und man ja so genau aufpassen müsse, alle Muscheln mit schon offenen Schalen auszusortieren – *coquilles au gratin* zu machen: Jakobsmuscheln mit etwas Paniermehl, Käse und Knoblauch, nur ein paar Minuten auf der Grillstufe im Ofen –, so daß Hattie sich ganz um ihre Gäste kümmern könne. Hattie findet das eine richtig gute Idee.

Am Tag der Dinnerparty (oder vielmehr des Abendbrots – »nur um über Babys zu reden«) macht Agnieszka die Einkäufe und besorgt frische Jakobsmuscheln beim Fischstand auf dem Markt. Die Muscheln sind wirklich wunderschön anzusehen, aber Agnieszka hat sie nicht gleich öffnen und säubern lassen, wie sie der Fischhändler immer so hübsch in ihren Schalen ausliegen hat, mit diesem seltsamen orangeroten Anhängsel – genauer gesagt dem Sexualorgan dieser Muscheln –, gleich neben dem weißen Fleisch, nein, Agnieszka hat sie noch lebendig gekauft, in der Schale, damit sie auch »garantiert frisch« sind.

Hattie kommt um halb sieben von der Arbeit. Hilary hat es doch noch geschafft, sie aufzuhalten: Es ging um einen neuen Roman, den eine »ihrer« Autorinnen, Marina Faircroft, in Wirklichkeit Joan Barnes, eigenartigerweise selbst in mehrere nicht-englischsprachige Länder verkauft hatte, also stand jetzt die Frage im Raum, ob es »ihre« oder Hatties Autorin sei. Hattie hatte nun gar nichts dagegen, daß Marina Hilarys Autorin war, aber Hilary wollte ausführlich darüber reden und rief sogar Marina zu Hause an, und dann mußten alle darauf warten, daß Marina, die gerade losgelaufen war, um ihr Töchterchen bei den Pfadfinderinnen abzuholen, zurückrief und bestätigte, daß sie mit der Regelung einverstanden war.

Jetzt wird Hattie klar, daß sie die noch lebenden Muscheln öffnen, das Fleisch von der Schale trennen, es säubern und zubereiten und sich dabei mit dem Gedanken herumschlagen muß, zu welchem Zeitpunkt der Prozedur wohl das Leben aus ihren kleinen Körpern entweicht.

Agnieszka ist noch dabei, Kitty ins Bett zu bringen. Sie ruft Hattie herein, damit sie eine Gutenachtgeschichte vorliest, die Agnieszka ausgesucht hat und die Kitty ziemlich verwirrt, weil es darin viele Wörter, aber kaum Bilder gibt und Kitty nach Bildern sucht, die nun mal nicht da sind.

In der Zwischenzeit bereitet Agnieszka ein Couscous mit der Brühe zu, die sie früher am Tag gemacht hat und zu der sie jetzt das Hühnerfleisch und das Gemüse gibt. Hattie werden die Jakobsmuscheln überlassen. Wie sie sich gegen all ihre Versuche stemmen, sie zu öffnen: Hattie zwängt ein Messer zwischen die Schalenränder, und die gehen ein Stück weit auf, schließen sich aber sofort wieder und klemmen die Messerklinge ein. Sie versucht, das Messer freizubekommen, indem sie die Klinge dreht, die daraufhin abbricht, und Hattie kann von Glück sagen, daß ihr kein Metallsplitter ins Auge geflogen ist. Nun hängt da ein ekliger schwarzer Beutel, der anscheinend die Innereien enthält. Das riesige Sexualorgan – oder was es sonst sein mag – haftet sowohl an der oberen als auch an der unteren Schale. Wie es trennen? Hattie muß das Internet zu Rate ziehen, wo zum Glück ein netter Zeitgenosse eine illustrierte Anleitung hinterlassen hat, wie man das am besten macht.

Hattie hat eben erst drei Jakobsmuscheln gesäubert, während weitere zweiundzwanzig auf sie warten, und noch nicht einmal die Zutaten fürs Gratin – geriebenen Käse, Zwiebeln und Knoblauch in Würfeln, Paniermehl – vorbereitet, als sie hört, wie Harold und Debora lachend und in angeregtem Gespräch mit Martyn zur Haustür hereinkommen. Sie gehen direkt ins Wohnzimmer durch, wo Agnieszka, die sich bereits umgezogen hat und jetzt Hatties rotes Kleid samt passendem Lippenstift trägt, den Tisch gedeckt und die Kerzen angezündet hat, gerade die Blumen in der Vase arrangiert.

Agnieszka ist es, die Debora die mittlerweile schlafende Kitty vorführt. Debora scheint beeindruckt zu sein, darauf lassen die leisen Ausrufe schließen, die durch die offene Tür von Agnieszkas Zimmer dringen, was Hattie wirklich freut, aber gleichzeitig hat sie schon einen roten Kopf vor lauter Frust und Überforderung. Sie trägt immer noch die Kluft aus Jeans und T-Shirt, in die sie jetzt automatisch schlüpft, sobald sie aus dem Büro heimkommt. Sie hatte sich Harold und Debora von ihrer besten Seite zeigen wollen, nicht von ihrer schlechtesten. Es ist wieder wie in den Prä-Agnieszka-Zeiten, als nie etwas fertig und nichts ordentlich gemacht war. Sie hat ihre Periode bekommen, was eine Erleichterung ist, weil sie jetzt versteht, warum es im Büro so anstrengend war, aber auch eine Last, weil ihr der Unterleib weh tut.

»Und Sie müssen Agnieszka sein«, sagt Debora zu Hattie, als sie an der Küche vorbeikommt. Debora spricht sehr höflich, wie man das gegenüber Dienstboten tut, wenn man sich darüber im klaren ist, daß sie nicht unbedingt in der Lage sind, den Charakter ihrer Tätigkeit zu ändern, und wie alle verwundbaren Geschöpfe gut behandelt werden müssen. »Ihr Ruf ist Ihnen schon vorausgeeilt. Es heißt, Sie seien eine begnadete Köchin.«

»Nett von Ihnen«, sagt Hattie, »aber ich bin nicht Agnieszka. Ich bin Hattie, Martyns Lebensgefährtin und Kittys Mutter. Ich freue mich sehr, Sie kennenzulernen.« Und streckt eine rote, aufgeschrammte, zerkratzte und nach Fisch riechende Hand aus.

Debora ist höchst verlegen und erklärt sich sogleich bereit, mit den Muscheln zu helfen: ein Angebot, das Hattie dankbar annimmt. Aber Debora besteht darauf, Gummihandschuhe anzuziehen, und stellt sich beim Öffnen und Säubern sogar noch ungeschickter an als Hattie: Die Schalen schnappen zu und klemmen die Zipfel der Gummifinger ein, und Debora läßt einen leisen Schrei los, als ihr aufgeht, daß diese Geschöpfe immer noch lebendig sind.

Der erste Gang fällt ersatzlos aus, und die Tafelrunde beginnt direkt mit dem Couscous, das köstlich schmeckt, so daß alle zufrieden sind, und diskutiert dabei über die Ausweitung des Anti-Fuchsjagd-Gesetzentwurfs aufs Angeln, darüber, daß der Tatbestand der Tierquälerei ja auch auf Hummer, Jakobs-, Miesmuscheln, Austern und so weiter Anwendung findet und bis zu welchem Punkt die menschliche Verantwortung für das Wohlergehen primitiverer Lebensformen reicht. Alle sind sich einig, daß das Hühnchen, das sie gerade verzehren, als Hühnchen aus ökologischer Zucht ein gutes Leben, ein erfülltes Leben hinter sich hat, wenn auch ein vorzeitig zu Ende gegangenes. Es wird viel gelacht. Aber es dauert eine Weile, bis Hattie mit guter Miene einstimmen kann: Sie würde das Muschelfiasko gern Agnieszka anlasten, sieht aber nicht recht wie, da Agnieszka eigentlich nur die Grundregeln des Haushalts befolgt hat, die nun mal lauten, möglichst frische und nicht aufwendig verpackte und industriell vorgefertigte Nahrungsmittel zu kaufen.

Das Gespräch verlegt sich auf Deboras Dilemma: ein Baby oder kein Baby? Anscheinend entspringt ihr Wunsch, Mutter zu sein, der Empfindung, daß sie es dem Kosmos schuldig ist, ihre und Harolds Gene zu verbreiten: Sie zusammen würden sicherlich ein Baby hervorbringen, das die WGO oder Oxfam leiten könnte. Mit Deboras logistischen Fertigkeiten und Harolds Mitgefühl – selbst Harold blickt jetzt ein bißchen verlegen drein – würden sie zweifellos ein Baby produzieren, das sowohl gescheit als auch schön wäre: ein echtes Designerbaby, so wie die Natur es vorgesehen habe, statt in einem Labor zusammengebastelt zu werden.

»Es läuft aber nicht immer nach Wunsch«, wendet Hattie ein. »Was rauskommt, kommt raus.«

»Wenn es Gottes Wille ist«, sagt Agnieszka, »müssen wir es akzeptieren.« Das ist so ziemlich alles, was sie den ganzen Abend über gesagt hat. Das Kerzenlicht schmeichelt ihrem Teint, und sie spricht leise und lieblich.

Die Unterhaltung stockt einen Moment und fließt dann weiter.

»Wenn sie minderbegabt wäre«, sagt Debora, »würden wir sie trotzdem liebhaben, nicht wahr, Harold? Wir würden uns nicht vor unserer Verantwortung drücken.«

Harold sagt, das Baby werde mit fünfzigprozentiger Wahrscheinlichkeit ein Junge, worauf Debora eine ziemlich ungehaltene Miene macht.

»Ach, das glaube ich nicht«, sagt sie. »Wenn, dann möchte ich auf jeden Fall ein Mädchen.«

Aber als sie gefragt wird, warum, sagt sie nur, sie sei der Typ Mensch, der Töchter hat. Außerdem habe Harold schon zwei Söhne.

»Das Problem ist bloß«, sagt Martyn, »daß dieses ideale Baby noch gar nicht existiert – oder nur in Ihrem Kopf, und wenn es da noch viel länger bleibt, werden Sie überhaupt keines kriegen. Sie wissen doch, daß die weibliche Fruchtbarkeit ab fünfunddreißig sinkt.«

»Immer frei von der Leber weg, unser Martyn«, sagt Harold mit etwas erzwungener Jovialität. »Das ist es doch, was wir alle so an dir bewundern.« Debora ist sechsunddreißig.

Um die Gesprächspause zu überbrücken, sagt Hattie, sie hoffe, Kitty habe zumindest das Talent ihrer Mutter geerbt, und erwähnt auf die Frage, wer ihre Mutter sei, Lallie.

233

Debora schaut verständnislos drein, aber Harold beißt an. Harolds Eltern waren eifrige Konzertgänger und interessiert am musikalischen Kulturleben. Hattie freut sich und würde gern mehr erzählen, doch jetzt möchte Martyn über die Abenteuer seines Vaters in der Kommunistischen Partei sprechen und Debora über sich selbst. Debora gewinnt, weil sie die Gattin des Chefs ist. Debora sagt, daß sie – unter Berücksichtigung aller Aspekte – vielleicht doch nicht wirklich bereit für ein Baby sei, und Harold, der vielleicht an seine Kolumne denkt, sieht irgendwie enttäuscht aus, aber zugleich auch erleichtert.

Hattie, die so manches Glas Wein getrunken hat – Agnieszka trinkt nicht –, hebt zu einer leidenschaftlichen Verteidigung der Mutterschaft an, die sich im übrigen durchaus mit einer Karriere vertrage, solange eine Frau ihr Leben nur richtig organisiere, aber ihre Stimme verliert sich, als sie Martyn und Agnieszka verdutzt zu ihr herschauen sieht. Das rote Seidenkleid, mittlerweile entschieden zu klein für Hattie, spannt sich über Agnieszkas zartem Busen, einem Magneten für Männeraugen, der sogar Deboras und Hatties Blicke anzieht.

Hattie kommt der Gedanke, daß Agnieszka sich vielleicht den Busen hat vergrößern lassen, aber das ist natürlich Unsinn – wo hätte sie auch die Zeit dafür hergenommen? Dann wird Hattie klar, daß es einfach ein Push-up-BH ist und wahrscheinlich einer von ihr selbst, denn sie sieht einen der auffälligen roten Träger aufblitzen, als Agnieszka das Geschirr abräumt. Ein Geschenk von Serena und sagenhaft teuer. Serena sagte, er sei genau das, was sie selbst gern besäße, wenn sie die Figur und das Alter dafür hätte. Also habe sie ihn für Hattie gekauft.

Aber es ist angenehm, einfach dazusitzen und jemand anderen den Tisch abräumen und den Käse hereintragen zu lassen. Martyn macht den Kaffee.

Als Agnieszka und Martyn beide das Zimmer verlassen haben, um ihren häuslichen Pflichten nachzugehen, sagt Harold zu Hattie: »Mutig von Ihnen, sie im Haus zu behalten. Ein Mädchen, das Träume inspiriert.«

»Das verstehe ich nicht«, sagt Hattie. Sie glaubt, daß sie Harold nicht besonders mag. Er lächelt, als wäre er freundlich, und seufzt häufig, als wäre er sensibel, aber er ist sexistisch und boshaft.

»Agnieszka erscheint Martyn in seinen Träumen«, erklärt Debora.

Hattie glaubt, daß sie auch Debora nicht besonders mag. Hattie hofft, daß sie große Schwierigkeiten haben wird, schwanger zu werden. Dann schämt sie sich für diesen Gedanken.

»Woher wollen Sie das eigentlich wissen?« fragt sie.

»Weil Martyn es Harold erzählt hat und Harold mir«, sagt Debora. »Büroalltag und Bettgeflüster. Sie wissen ja, wie das ist. Wenn ich mir je ein Au-pair nehmen sollte, dann nur ein richtiges Mauerblümchen.«

»Die Unansehnlichen sind die Schlimmsten«, sagt Harold. »Glaubt ja nie, ihr Frauen, ihr könntet euch in Sicherheit wiegen. Aber machen Sie sich mal keine Sorgen wegen Martyn, Hattie. Wer träumt, sündigt nicht.«

Hattie fragt sich, warum die beiden es darauf anlegen, sie aus der Fassung zu bringen, und befindet dann, daß sie eifersüchtig sind, weil sie im Gegensatz zu ihnen glücklich ist.

»Wie bei Selbstmord?« fragt Debora. »Wer damit droht, tut's nicht?«

»Statistisch gesehen liegst du da falsch, Debora«, sagt Harold. »Wer damit droht, tut's häufig auch.«

Martyn und Agnieszka tragen den Käse herein und dazu ein Chutney aus grünen Tomaten, das Agnieszka von ihren Freunden in Neasden mitgebracht hat. Martyn fährt mit den Händen über Hatties Schultern, während er hinter ihrem Stuhl vorbeikommt, und Hattie fühlt sich getröstet. Es ist kein leichter Abend gewesen.

Als sie in dieser Nacht ins Bett gehen, sagt Hattie: »Du hättest dir die Bemerkung über Unfruchtbarkeit und Alter verkneifen sollen.«

»Und warum? Es ist die Wahrheit«, antwortet Martyn.

»Ich glaube, du hast damit einen Nerv getroffen«, erklärt Hattie.

Martyn zieht den Pyjama an, den Agnieszka ihm herausgelegt hat.

»Es war schon ziemlich seltsam, keine Vorspeise zu haben«, bemerkt er. »Das hat nicht gerade den besten Eindruck gemacht. Ich hoffe, sie fanden es nicht sehr daneben.«

»Das war Agnieszkas Schuld. Sie hat lebende Jakobsmuscheln gekauft, keine, die schon gesäubert waren. Ich glaube, sie wußte genau, was sie tat. Sie liebt es, mich zu blamieren.«

Worauf Martyn sagt: »Hör mal, Hattie, laß es nicht an Agnieszka aus, wenn du etwas in den Sand setzt.«

Katastrophen am Herd

»Das klingt mir aber nicht gut«, sagt Serena. »Nicht nur, daß Martyn seine Loyalitäten durcheinandergeraten könnten, sondern daß Hattie dir das weitererzählt hat.«

»Es liegt den Frauen nun mal im Wesen, sich bei anderen Frauen über das schlechte Benehmen von Männern auszulassen: *Er hat das gemacht, dann hat er das gesagt, ich halte das einfach nicht länger aus.* Sie erwarten gar nicht, ernst genommen zu werden.«

Serena stimmt mir zu, daß es sicherlich weniger riskant ist, einer Frau vorzujammern, was einem angetan worden ist, als einem Mann. Sie erzählt mir, vor einiger Zeit sei sie einem Freund gegenüber über Cranmer hergezogen, und als sie sich Monate später wiedertrafen, habe dieser Freund gesagt: »Gottlob seid ihr zwei noch zusammen – ich dachte, ihr würdet euch trennen«, während sie sich nicht einmal mehr daran erinnern konnte, worum es in dem Streit gegangen war, nur daß sie damals eine Riesenwut gehabt hatte. Welche Frau kann sich schon je an so etwas erinnern? Es sei denn natürlich, bemerkt Serena, es ginge um einen Akt der Untreue, denn da scheine das weibliche Erinnerungsvermögen besser zu sein als das männliche. Sie spricht natürlich von sich selbst.

Mehr als zehn Jahre sind vergangen, seit George gestorben ist, und sie erinnert sich an diese Streitereien, diese Kränkungen, diese Tränen, als wär's gestern gewesen. Wir nähern uns jetzt dem Jahrestag seines Todes. Serena versucht, die Erinnerungen und Bilder aus ihrem Kopf zu verbannen, sagt sie, doch die kehren immer wieder zurück. Heute nimmt sie sich die letzte Etappe dieser Ehe vor, ruft sich ins Gedächtnis, was George sagte, als er sie zu einer esoterischen Therapeutin mitschleppte – bei der er, wie sie erst dann erfuhr, in Behandlung war –: »Sie wird dir bald das eine oder andere über dich und dein Verhalten erzählen.« Und daß sie verblüfft dachte: Aber ich liebe ihn doch – warum sollte er mich hassen? Was habe ich denn anderes getan, als ich selbst zu sein? Sie wußte, daß George an Depressionen litt: Sie traten zyklisch auf und lösten sich, ohne Einfluß von außen, auch bald wieder auf. Die Depression zeigte sich in einer Feindseligkeit ihr, Serena, gegenüber, aber auch das ging vorbei. So war es immer gewesen: Sie mußte nur durchhalten und darauf warten, daß wieder gute Zeiten anbrachen.

Dr. Wendy Style, die esoterische Therapeutin, die bereits Georges und Serenas Geburtshoroskope erstellt hatte und zu dem Ergebnis gekommen war, daß sie überhaupt nicht zusammenpaßten und beide bestens ohne einander leben könnten. George hatte dem zugestimmt. Serena, schon im Sprechzimmer völlig verdattert, kämpfte noch die ganze Heimfahrt über mit den Tränen, doch George war ungerührt. Sie konnte nicht ohne ihn leben, aber er schien zu denken, er könne sehr wohl ohne sie leben. Erst später ging ihr auf, daß er diesen Weg gewählt hatte, um ihr zu sagen, daß die Ehe vorbei sei. Es ihr direkt zu sagen hatte er sich nicht getraut. Die schlechten Nachrichten per Fax, SMS, E-Mail überbringen – oder per Therapeut, das ist die postmoderne Methode. Fetzen der Vergangenheit, zusammengesucht, verdreht und beim anderen abgeladen.

Aber haben wir ein bißchen Mitgefühl mit George. Er hatte einen leichteren Herzinfarkt erlitten, von seinen Ärzten zu hören bekommen, er müsse grundlegende Veränderungen in seinem Leben vornehmen, sich zu einer Therapeutin schicken lassen, die ihm erklärte, für ihn sei es lebensnotwendig, »die Bindungen zu lösen, die fesseln«, und tat nun zum einzigen Mal in seinem Leben, was man ihm sagte. Wenn diese Therapeutin befand, seine Frau müsse gehen, damit er gesund leben, frei atmen, seine Gedanken in höhere Bahnen lenken und seine Bestimmung als großer Künstler und spiritueller Führer finden könne, dann glaubte er ihr.

Seine Bilder wurden, welche persönlichen Probleme er auch haben mochte, unbestreitbar immer besser. Sie waren farbensatt: Er malte Blumen, Fische, Landschaften, als wären sie sein, als hätte er sie als erster entdeckt, ja fast, als wäre er ihr Schöpfer. Sie waren von erstaunlicher Intensität.

Heute stehen sie im Lager, gewinnen an Wert, warten auf Käufer. Manche Bilder verlieren ihre Kraft durch den Tod des Malers, andere scheinen daran zu reifen, wie die von George. Bis zu seinem Bruch mit Serena präsentierte ich sie in meiner Galerie, wo sie sich schnell und gut verkauften. Aus Loyalität Serena gegenüber habe ich sie alle abgehängt. Seit meine Schwester mit Cranmer zusammen ist, will sie keines mehr im Haus haben, aber sie zahlt die Lagergebühren, und wie es aussieht, sollen George (posthum) und Sebastian (im Gefängnis) eine von ihren Kindern organisierte gemeinsame Ausstellung in London bekommen.

Damals hielt Serena Therapeuten für gute, weise Menschen, die einem die Regeln für ein geglücktes Leben beibringen können. Sie dachte, Dr. Style werde schon wissen, was sie tat, und als diese riet, Serena solle ausziehen, um George

»Raum« zu geben, folgte Serena ihrem Rat und zog fort von Grovewood in ein Häuschen eine Viertelmeile weiter. Mit anderen Worten, sie tat genau das, was keine Frau unter derartigen Umständen tun sollte – das eheliche Heim zu verlassen. Dennoch schlich sie sich zuweilen des Nachts zurück ins Haus und in Georges Bett, wo er sie offenbar gern empfing.

Doch dann wurde ihr zugetragen, daß eine Frau mit einem Strohhut die Angewohnheit hatte, mit einem Skizzenblock in dem Stück Garten zu sitzen, das sie und George entlang einer Hausseite angelegt hatten, auf einem Hocker am Fischteich mit dem antiken Brunnen, der nie funktionierte – aber er stammte ja auch aus Georges Beständen. Es war der Teich, wie Serena mir gern erzählte, wo sie jedes Jahr Kaulquappen auf ihrem Weg zur Froschwerdung half: raus aus dem Wasser auf die Steine, um den ersten Atemzug zu tun.

Wer mochte diese junge Frau sein? Freunde erzählten es ihr. Sie hieß Sandra. Sie hatte schon seit Jahren einen Platz in Georges Leben: Serena konnte das kaum glauben. Sie reichte die Scheidung ein in der Hoffnung, George wieder zur Vernunft zu bringen, im Geiste von »Da kannst du mal sehen, wozu du mich getrieben hast«. Aber damit spielte sie ihm nur in die Hände. Er reagierte, indem er seinerseits die Scheidung einreichte. Was denn sonst? Schließlich wartete jemand auf ihn, und er (und Sandra, nicht zu vergessen) wollte das Haus und anständig Unterhalt von Serena. Formell gesehen hatte Serena ihn verlassen, einen kranken Mann. Sie hatte sich idiotisch verhalten. Aber daran erinnere ich sie nicht. Besser, ihr beizustehen, damit der Schmerz, der erneut aufgeflammt ist, schneller vergeht. Sie hat jetzt Cranmer an ihrer Seite. Sebastian ist weit weg.

240

Aber der Schmerz geht nicht vorbei. Wieder kommt sie auf die Szene zu sprechen, von der sie mir schon so viele Male erzählt hat: Wie sie ihr Leid ins Telefon gekreischt hat, eines Sonntags zur Mittagessenszeit, nachdem George sie aus ihrem Haus ausgesperrt und er und Sandra »Freunde« eingeladen hatten, die nur zu gern kamen, und er mit Sandra dasaß, an Serenas Eßtisch, mit Serenas Kindern und den Freunden, die sie verraten hatten. Wie George einfach fünf Minuten wartete und dann sagte: »Ich habe das Telefon auf Lautsprecher umgestellt. Jeder in diesem Raum kann dich und dein verrücktes Geschrei hören.« Sie knallte den Hörer auf, erzählt sie mir, setzte sich auf die Bettkante und starrte vier Stunden lang ins Leere, unfähig, sich zu rühren. Sie waren dreißig Jahre lang verheiratet gewesen. Ihr Tisch, ihre Töpfe und Pfannen, ihr Geschirr, ihre Freunde, ihre Kinder. Ihr Mann.

Ich mache ihr Tee und Toast mit Marmite, und sie beruhigt sich langsam wieder. Es freut mich, daß sie zu mir gekommen ist – meistens bin ich diejenige, die zu ihr und Cranmer fährt. Aber in Cranmers Anwesenheit kann sie sich nicht stundenlang über George auslassen, was sie tut, wenn wir allein sind. Es würde ihn kränken. Er glaubt, George wäre Vergangenheit, ergo ungefährlich, und wenn Serena mehr Ähnlichkeit mit mir hätte, dann wäre er das auch.

Es ist Sonntag: Die Galerie ist geschlossen. Wir sind in meinem kleinen Cottage mit den Sprossenfenstern, den Chintzsesseln und der steilen, schmalen Treppe, in dem man sich nicht so ausladend bewegen kann, wie sie das gern tut, wenn man nicht riskieren will, daß etwas zu Bruch geht. Sebastian und ich sind daran gewöhnt, wie alle Leute, die beengt leben, während Serenas Haus große, hohe Räume hat. Zur Blütezeit der viktorianischen Epoche wollten die

Menschen Größe, wollten hoch hinaus, nicht nur in der Architektur. Meine Vorgänger in diesem Haus waren einfache Bauern, die sich aneinander kauerten zum Schutz vor Kälte und Dunkelheit, vor Mißgeschick und Pestilenz.

Wäre Patrick an jenem Abend in mein Haus mitgekommen, hätte ich gleich gesehen, daß es für ihn viel zu klein gewesen wäre, so, wie er an die Wälder Alaskas und die *palazzi* Italiens gewöhnt war. Der einzige nicht vollgestellte Raum ist das Atelier, wo Sebastian gearbeitet hat, ein Anbau nach hinten raus, ziemlich hoch und weit. Aber ins Atelier hätte ich Patrick nicht hineinbitten können, weil sich dort manchmal der Geist von Sebastian materialisiert.

Serena wird in etwa drei Stunden abgeholt werden, sagt sie. Sie möchte noch einen Toast mit Marmite, und ich serviere ihn ihr. Sie erzählt mir, ihr Chauffeur habe mit seiner Frau zum Einkaufen nach Bath fahren wollen, und um ihm einen Gefallen zu tun, habe sie ihm gesagt, sie wolle ohnehin ihre Schwester besuchen, obwohl ich glaube, der wahre Grund ist der, daß sie über George reden wollte, ohne daß Cranmer dabei ist.

Heute kommt Serena regelmäßig darauf zurück, daß George erst mit zunehmendem Alter immer verrückter wurde. Meiner Erfahrung nach trifft das auf viele Männer zu. Das Leben erfüllt nicht, was sie sich erwartet haben: Sie werden älter – und mit den Jahren nimmt die Enttäuschung zu. Mit Fünfzig erkennen sie, daß andere an ihnen vorbeigezogen sind, mehr Geld verdienen, mehr Ansehen erworben haben. Ihr Geschlechtstrieb schwindet und die Selbstachtung, die damit einhergeht. Sie werden zu Prozeßhanseln und drohen anderen Autofahrern mit geballter Faust.

Das ist nun kein rein männlicher Zug. Da Frauen sich zunehmend wie Männer verhalten, die körperlichen Unterschiede zwischen der weiblichen und der männlichen Physiologie leugnen, Testosteron schlucken, um sich besser durchsetzen zu können, ihren menstruellen Zyklus manipulieren, ihre Stimmungen mit (vom Arzt verschriebenen oder anderen) chemischen Substanzen regulieren und sich in den Konkurrenzkampf um eine Karriere stürzen, wird es ihnen nicht anders ergehen. Sie werden Prozesse wegen sexueller Diskriminierung führen, Rüpel hinterm Steuer werden. Das macht mehr Spaß und lohnt sich mehr, als schüchtern und höflich zu sein.

So wie Hattie sie beschreibt, ist Debora auf genau diesem Weg. Leben wie ein Mann, leiden wie ein Mann. Mit fünfzig wird ihr Job sie langweilen, wird sie weder Geschäftsführerin geworden sein noch einen Roman geschrieben haben, an den sich jemand erinnert, wird, wenn sie Glück hat, Nichten und Neffen haben, denen sie Geschenke kaufen kann, und wenn sie Pech hat, nicht mal das. Ihr Weihnachtsessen wird sie in einem Hotel einnehmen, mit alternden Freunden und gekünstelter Fröhlichkeit.

Ein Mann in vergleichbarer Position hat üblicherweise zumindestens Frau und Kinder in einem hübschen Heim sitzen, auf deren Gesellschaft und Fürsorge er im Alter zurückgreifen kann.

Ich habe Wanda einmal gefragt, warum das ihrer Meinung nach so sei, und sie sagte, Frauen verbrächten dermaßen viel Zeit damit, sich die Haare zu kämmen, zu überlegen, welches Kleid sie kaufen sollten, und Pillen gegen Menstruationsbeschwerden einzunehmen, daß sie keine Zeit mehr hätten, sich um ihr emotionales Leben zu kümmern.

Ob's ihnen nun passe oder nicht, würden sie von der Höhle in ihrer Leibesmitte, wie mein Vater, ein Arzt, die Gebärmutter einmal bezeichnet hatte, beherrscht, und das verursache Probleme, die Männern unbekannt seien. Und wenn sie sie sich wegmachen ließen, notgedrungen oder aus eigenem Antrieb, dann würden sie oft vorzeitig alt.

Serena will heute keine düsteren Reden hören, es sei denn, sie beziehen sich auf sie und George. Sie sagt, meine Einstellung zu Frauen sei unausgewogen: Die seien schließlich auch Menschen und nicht nur Östrogenspeicher. Und daß es sogar noch schlimmer sei, im Altenheim Frauen zu sehen, die Kinder hätten, aber nie Besuch bekämen und sich damit zusätzlich gedemütigt fühlten, als Kinderlose mit einer anständigen Rente. Bei denen seien die Sessel bequemer, und der Teppich würde weniger müffeln. Sie sagt, die Summe des menschlichen Glücks bleibe sich letztlich gleich: Manche Frauen zögen die Bilanz lieber am Ende, andere schon in der Jugend. Manche empfänden Fruchtbarkeit als Segen, andere als Fluch.

Ich erzähle ihr nichts von Patrick und seinem kurzen, dramatischen Auftritt in meinem Leben. Das werde ich zur rechten Zeit tun, doch das Geschehene ist noch zu frisch, als daß ich es schon hätte verarbeiten können. Und wahrscheinlich würde sie nur forsch antworten: »Na schön, aber wenn Sebastian rauskommt, ist der Teufel los, und wer kann so was in unserem Alter brauchen?«

Und wenn ich sagen würde: »Aber er ist Currans Bruder«, dann würde sie wahrscheinlich genauso reagieren, wie ich das getan habe. Es kann einem schon Angst machen, wenn man erkennt, daß die Ringe aus alten Bekanntschaften und Ereignissen, mit denen man längst abgeschlossen zu haben glaubt, sich immer noch drehen und herumwirbeln, sich einander annähern und berühren und wieder auseinanderspringen wie Atome in einem überhitzten Molekül.

Ich würde sagen: »Aber wir reden hier von Hatties Großonkel«, und sie würde sagen, Hattie habe derzeit wohl genug um die Ohren und sicher keinen Bedarf an einem neuen Großonkel, insbesondere wenn dieser Großonkel sich in einen weiteren Stiefgroßvater verwandeln sollte. Kittys Urgroßonkel. Kittys Uropi. Absurd.

Wir sprechen über Katastrophen und Blamagen am Herd. Wir stellen fest, daß es immer schwieriger wird, ein Essen auf den Tisch zu bringen, das anderen zusagt. Nicht daß es je so leicht gewesen wäre. Als Serena in den Fünfzigern einem Ehemann davonlief, sagte einer seiner Freunde – er hatte einen Laden in Bounds Green, an dieses Detail erinnert sie sich heute noch –, als er von ihrem Verschwinden erfuhr: »Was soll's, sie war eh eine saumäßige Köchin.« Seither ist sie nie wieder an Bounds Green vorbeigekommen, ohne daran denken zu müssen und sich zu schämen.

Sie erinnert sich an das Essen, das sie vor fünfzig Jahren für diesen Ehemann und den Freund gekocht hatte. Sie erinnert sich daran, wie sie sich abmühte, eine Pilzsuppe mit echter Hühnerbouillon zu machen und anschließend eine Rinderschmorpfanne, und wie sie darauf gehofft hatte, Beifall zu ernten. Sie wäre besser gefahren, sage ich, so wie die Zeiten nun mal waren, wenn sie eine Dose Suppe aufgemacht, Croutons hineingeworfen und ein Hühnchen in den Backofen geschoben hätte. Beides Dinge, die damals als Festessen angesehen wurden. Sie hofft nur, daß jener Freund der Banause war und nicht sie die schlechte Köchin.

»Da bin ich mir sicher«, sage ich.

Ich erinnerte mich an den Kalbsbraten mit Zitrone, den ich einst in der winzigen Küche in der Rothwell Street für George und Serena und meine neueste Bekanntschaft zubereitet habe. Vor lauter Nervosität hatte ich den Braten viel zu früh aus dem Ofen geholt, so daß er von noch ungegarten Fettschichten durchzogen war. Serena und George aßen tapfer ihr Fleisch, aber mein Verehrer ließ seins am Tellerrand liegen, und als er am nächsten Tag anrief, um mir zu sagen, wie gut das Essen gewesen sei, wie es ihn freue, meine interessante Familie kennengelernt zu haben und ob er mich nächstes Wochenende ins Theater ausführen dürfe, sagte ich, das ginge leider nicht, ich würde für ein halbes Jahr verreisen.

Heutzutage serviere ich gern in der Schale gebackene Kartoffeln mit Hühnchen und Salat, wenn jemand zum Essen kommt. Sind die Gäste in irgendeiner Weise etwas Besonderes, backe ich die Kartoffeln im Ofen, ansonsten geht's nach Geschwindigkeit, nicht nach Qualität, und dauert sieben Minuten in der Mikrowelle.

Hattie ist jung und hat genug Ehrgeiz und Energie; wenn also jemand andeutet, *moules marinières* seien langweilig und Jakobsmuscheln besser, glaubt sie das. Wer nicht wagt, der nicht gewinnt. Es hat nicht sollen sein …

Hattie ruft am Nachmittag wieder an, kurz nachdem der Wagen Serena abholen kam. Ich frage sie, wie es Agnieszka geht, und sie sagt, Martyn habe sie und Kitty in die Kirche begleitet, damit sie die Blumen für Pater Flanahan arrangieren könne. Agnieszka scheint ihre Freundin mit der Gemüsezucht in Neasden aufgegeben zu haben und sich jetzt für die Angelegenheiten der örtlichen Gemeinde zu interessieren. Hattie findet das ganz richtig.

»Agnieszka ist in einem fremden Land und wird sich manchmal ganz schön einsam fühlen. Da ist es gut, daß sie sich integrieren will.«

Sie scheint Agnieszkas Anteil an dem Jakobsmuschel-Fiasko entweder vergessen oder vergeben zu haben. Ich frage sie, ob Agnieszka zur Kirche ihre eigenen oder Hatties Sachen trägt, und Hattie sagt:»Sei nicht so fies. Übrigens hat sie tatsächlich meine Jeans an, weil ich in die nicht mehr reinpasse. Aber ihr eigenes T-Shirt.«

Ich kann sie knabbern hören. Ich frage sie, was sie da ißt, und sie sagt: einen Karotten-Haselnuß-Keks, von Agnieszka gebacken.

Agnieszka und das Internet

»Babs«, sagt Hattie zu ihrer Freundin und Kollegin am nächsten Morgen bei Dinton & Seltz. »Ich muß dir etwas erzählen. Gestern abend, als Agnieszka zu ihrem Bauchtanzkurs gegangen war, wollte ich was aus ihrem Zimmer holen und hab bei der Gelegenheit ihren Laptop aufgemacht. Er ging von selber an, und es war lauter Pornozeug drauf. Echt Hardcore: Mädchen mit Riesentitten, die alles mögliche miteinander anstellten, und drei Männer mit einem Mädchen, so Sachen eben, alles in grellen Farben, und es war, als wollten sie aus dem Bildschirm raus ins Zimmer hüpfen. Und dabei schlief Kitty im selben Raum.«

»Ich glaube nicht, daß Kitty verstehen könnte, was das bedeutet«, sagt Babs, »selbst wenn sie aufwachen würde. Aber sobald dein Rechner mal von solchem Zeug befallen ist, wirst du das kaum wieder los. Es erscheint einfach auf dem Bildschirm.«

»Also meinst du nicht, daß ich Agnieszka darauf ansprechen sollte?«

»Lieber nicht«, sagt Babs. »Sie würde sich nur genieren oder dir das total übelnehmen und ihre Sachen packen, so wie sie das bei Alice gemacht hat.«

Babs poliert sich die Nägel. Sie leidet kein bißchen an morgendlicher Übelkeit. Sie trägt ein elegantes kleines Bäuchlein zwischen der Kurzjacke und der Hose, von dem ein schmaler, sexy Streifen nackter, fester Haut aufscheint, wenn sie die Arme hochreckt, die von straffem Gewebe und gutem Muskeltonus zeugen. Nein, damit schlägt sich Babs nicht herum, mit diesen Schwellungen überall, die Hattie so geplagt haben, als sie mit Kitty schwanger war. Hat Babs ihre Seele dem Teufel verkauft? Babs hat jetzt in Übereinkunft mit Tavish beschlossen, daß die Vaterschaft des ungeborenen Kindes zu keiner Zeit thematisiert werden darf: Es wird Alastair zugeschrieben werden, der es bereits jetzt bei guten Schulen vormerken läßt. Hattie bezweifelt, daß sie die einzige ist, der Babs ihre Geheimnisse anvertraut hat. Sie hat Martyn schon alles erzählt. Aber irgendwie wird Babs auch damit durchkommen. Das Glück wird ihr hold sein, weil sie genau das erwartet.

»Aber wird er denn nicht beim Ultraschall merken, daß da etwas nicht stimmen kann?« fragt Hattie. Babs versichert ihr, daß Alastair keinerlei Interesse an medizinischen Angelegenheiten hat und sie schon von Glück wird sagen können, wenn er sie überhaupt zur Geburt ins Krankenhaus bringt. Vielleicht muß sie sich ja ein Taxi bestellen. Hattie sagt, sie hätte das mal lieber tun sollen, als bei ihr die Wehen einsetzten. Martyn stritt sich nämlich mit den Sanitätern über den schnellsten Weg zum Krankenhaus. Die Sanitäter hatten das Krankenhaus vorgewarnt, daß ein erregter werdender Vater unterwegs sei, und eine Viertelstunde, nachdem Hattie im Kreißsaal angekommen war, pöbelte Martyn immer noch herum. Eine freundliche Krankenschwester versicherte Hattie, solche Ausbrüche kämen häufiger vor. Wut sei ein hervorragendes Mittel gegen Angst. Kitty kam mit den Füßen voran auf die Welt, und Martyn fand, auch das sei irgendwie Schuld des Krankenhauses, und äußerte dies lauthals. Trotzdem haben's alle überlebt.

»Männer!« sagen Babs und Hattie unisono.

Dann sprechen sie über eine neue Autorin, die ein großartiges und bestimmt gut verkäufliches Buch geschrieben,
aber Glubschaugen wie ein Fisch und ein Doppelkinn wie
eine Bulldogge hat, und überlegen, wem sie am besten das
Manuskript zur Prüfung schicken sollen – einem rein weiblichen Verlagsteam oder einem, das von Männern domi-
niert wird? Sie kommen zu dem Schluß, daß sie bei den
Männern besser aufgehoben sein dürfte.

Hilary klingelt in Babs' Büro durch und sagt, sie habe ein
Gespräch für Hattie angenommen, weil das Telefon ewig
geläutet habe und sie ja nicht an ihrem Arbeitsplatz gewesen
sei – Hatties Au-pair habe versucht, Hattie zu erreichen. Sie
habe dem Au-pair nahegelegt, den Vater anzurufen, wenn
es sich um einen Notfall handle: Im gegenwärtigen Klima
sei der Vater doch ein genauso wichtiger Elternteil wie die
Mutter. Sie persönlich finde es ja ein bißchen viel, daß Fir-
men nicht nur Mutterschafts-, sondern auch Vaterschafts-
urlaub gewährten: Damit würden diejenigen diskriminiert,
die sich entschieden, kinderlos zu bleiben. All diese neuen
Regierungsinitiativen liefen nur auf Extraurlaub für einige
wenige hinaus, für die der Steuerzahler aufkommen müsse.
Aber Hilary redete ins Leere.

Hattie hatte sich mit ihrem Handy nach draußen begeben,
wo der Empfang gut war, um zu Hause anzurufen. Martyn
kam ans Telefon. Mit Kitty sei alles in Ordnung, sie spiele
fröhlich in ihrem Laufstall, es gehe vielmehr um Agnieszka.
Sie habe Besuch vom Ausländeramt bekommen und völlig
die Nerven verloren. Nein, Hattie müsse nicht heimkommen. Es käme natürlich ungelegen, aber *Devolution* könne
auch mal einen halben Vormittag ohne ihn auskommen:
Sie hätten doch vor Kittys Geburt vereinbart, die Eltern-
pflichten fair aufzuteilen, und dies gehöre dazu. Er sei halb

250

durch mit einem Artikel über Religion, Moral und Politik, in dem es nicht eine einzige witzige Zeile gebe, und eigentlich ganz froh, eine Pause einzulegen.

Hattie sagte, sie werde auf jeden Fall heimkommen: Sie habe sich so um Kitty geängstigt, daß sie sich ganz krank fühle. Sie geht wieder nach drinnen, um ihre Sachen zu holen und die Schuhe zu wechseln, und trifft Neil, der besonders sonnengebräunt und ausgeglichen aussieht, in ihrem Büro an – zusammen mit Hilary, die irgendwelche Unterlagen auf ihrem, Hatties, Schreibtisch durchblättert.

Hilary sagt: »Häuslicher Notfall, nehme ich an. Aber wir brauchen dringend die deutschen Verträge. In dem Ordner sind sie nicht. Sie wissen schon, die für Frau Fischgesicht. Neil ist nicht so ganz einverstanden damit, ihnen die Rechte zu geben, aber offenbar führen Sie bereits Verhandlungen.«

Neil bemerkt, es wäre vielleicht klüger, die Klientin nicht hinter ihrem Rücken Fischgesicht zu nennen, weil einem so etwas eines Tages in ihrer Anwesenheit herausrutschen könnte. Hilary erwidert von oben herab: »Ich bin nicht so dumm wie Sie meinen, Neil.«

Neil kam als Hilarys Angestellter in dieses Büro, jetzt leitet er die Agentur. Nach Hatties Ansicht läßt sich Neil von Hilary einschüchtern, und Hilary verachtet jeden, der seit jener Zeit zu Dinton & Seltz gestoßen ist, als sie der Schützling des alten Mr. Seltz war und mit ihm auf jenem großen glänzenden Schreibtisch Geschlechtsverkehr hatte oder auch nicht.

Neil sagt, an Hilary gewandt, die Verträge mit Deutschland könnten auch ruhig bis morgen warten. »Gehen Sie mal lieber gleich nach Hause, Hattie. Ich seh's Ihnen an, daß Sie auf Notfall umgeschaltet haben, ich weiß, wie das ist«, und Hattie flieht.

Es ist kein so glückliches Zusammentreffen, aber auch keine Katastrophe. Neil hat für sie Partei ergriffen. Aber vielleicht war das ja wie mit den enthusiastischen Ablehnungen, in denen heutzutage alle so gut sind: »Wir mögen Ihren Stil, Ihr Aussehen, Ihr Auftreten, Ihre freundliche Art und Ihren Sinn für Zusammenarbeit. Wir verstehen voll und ganz Ihr Bedürfnis, nicht nur Angestellte, sondern auch Mutter zu sein, *aber* –« schnell den Brief oder das Fax oder die E-Mail überflogen, um das *aber* zu finden – »leider nicht für uns geeignet.«

Mütterliche Panikanfälle

Sind wir schon als ängstliche Wesen geboren, Serena und ich, oder haben wir die tausend Ängste bei Wanda gelernt? Wenn Wanda sich einem Problem gegenübersah, grübelte sie darüber vor dem Morgengrauen, löste es bis um sieben, holte uns um acht aus dem Bett und verkündete ihren Aktionsplan. Wir müßten umziehen, um den Nachbarn zu entkommen; Susan würde von der Schule abgehen, weil die sie unglücklich machte; Serena dürfte ihre Freundinnen nicht mehr sehen, weil sie sich zu einer Lesbe entwickele; ich würde aufs Klosterinternat geschickt werden, weil ich mich mit Jungs an der Straßenecke traf; wir müßten nach England ziehen, weil wir einen neuseeländischen Akzent annahmen. Niemand vermochte es, meine Mutter von ihren Einfällen abzubringen, die allesamt verheerend waren.

Ihr vermutlich verheerendster entstand, nachdem sie eine ganze Nacht lang wach gelegen und sich den Kopf zermartert hatte, weil mein Vater mit einer anderen Frau zusammen war: Da beschloß sie, selbst eine Affäre anzufangen, um ihn so wieder zur Vernunft zu bringen. Die »Affäre« währte eine Nacht und brachte ihr nicht einmal ein flüchtiges Vergnügen. Mein Vater erfuhr davon und ließ sich scheiden. So lief es damals. Dabei liebte sie ihn.

Als Serena von David schwanger wurde, verlangte Wanda nicht weniger, als daß sie ihren Namen per Absichtserklä-

rung änderte und ihren Job aufgab, um der gesellschaftlichen Schande zu entgehen; ich mußte Mr. Hammerzeh
heiraten, denn wie wollte ich sonst für Lallie und James sorgen? – und so weiter und so fort.

Würde Wanda heute noch leben, dann würde sie sich
fürchterlich darüber aufregen, daß Hattie ein langhaariges
Kätzchen aufgenommen hat: Was ist mit Asthma? Und
wenn schon ein Haustier, sollte man sich dann nicht lieber
zwei zulegen, damit sie einander Gesellschaft leisten können? Wandas frühmorgendliche Lösung würde in diesem
Fall lauten, gleich noch einen Welpen anzuschaffen, weil
Hunde und Katzen gut miteinander auskommen, wenn sie
gemeinsam aufgezogen werden, und Kitty wohl eher den
Hund tätscheln als die Katze streicheln würde, womit das
Asthmarisiko verringert würde.

Wandas Ängste drehten sich immer um andere, nie um sie
selbst. Serena und ich sind ihr in der Hinsicht ähnlich, obwohl wir, so hoffe ich, auf weniger hirnrissige Lösungen
verfallen. Herzstiche sind für uns einfach Herzstiche. Vielleicht gehen wir damit zum Arzt, aber wenn das zuviel Auf-
wand ist oder wir andere Dinge um die Ohren haben, dann
eben nicht. Wir warten darauf, daß die Schmerzen vorbeigehen, und das tun sie auch gewöhnlich. Doch bei unseren
Kindern, unseren Ehemännern, unserer Familie – da ist das
etwas anderes. Das Kind mit Nasenbluten: *ein Hirntumor?*
Bauchschmerzen: *schnell in die Notaufnahme, es ist eine
Blinddarmentzündung, kurz vor dem Durchbruch!* Verspä-
tung von der Schule: *überfallen und ausgeraubt!* Verspä-
tung von einer Party: *dito.* Der Junge hat sich ein Motorrad
gekauft: *mit gebrochenen Knochen wird er am Straßen-
rand verbluten. Vorsicht,* habe ich Serena einmal sagen hören, *Vorsicht mit dem Sektkorken: Wußtest du, daß vier*

254

Menschen pro Jahr durch fliegende Sektkorken ein Auge verlieren? O ja, wir sind schon ganz schön ängstlich.

Wenn ich an die Zeit zurückdenke, als ich tagelang, nächtelang von zu Hause verschwand, ja sogar leugnete, daß es mein Zuhause war, meiner Mutter an allem die Schuld gab, mich in Gesellschaft von drogensüchtigen Künstlern herumtrieb, von einem Straßenmusikanten schwanger wurde – dann tut sie mir jetzt noch leid, meine arme Mutter. Wie hat sie das bloß überlebt? Wie hat sie es bloß geschafft, vierundneunzig zu werden, bei all den Ängsten, die sie auszustehen hatte? Wie sollen wir das bloß schaffen?

Hatties Generation hat andere Sorgen: Bringt man sein Kind mit einem Knochenbruch ins Krankenhaus, steht gleich der Verdacht im Raum, ein Elternteil könnte dafür verantwortlich sein. Bringt die Tagesmutter es hin, dann gilt es als noch wahrscheinlicher, daß Gewalt im Spiel war. Schuldig bis zur erwiesenen Unschuld. Da gehen Sie zur Schule, um Ihr Kind abzuholen, und müssen erfahren, daß es nicht da ist, daß es in staatliche Obhut genommen worden ist, und Sie sind nicht einmal telefonisch vorgewarnt worden. Die Kleine hat ein blaues Auge. Sie hat der Lehrerin erzählt, Sie hätten mit einem Buch nach ihr geworfen. Es stimmt, aus Spaß, sie hat es bloß dummerweise nicht gefangen. Seit Hattie es versäumt hat, den Stillkurs zu absolvieren, behalten die zuständigen Stellen sie im Auge. Wenn Agnieszka Kitty zu den Vorsorgeuntersuchungen bringt, nehmen die sich das Kind besonders gründlich vor: Sie wird gewogen und gemessen, man gibt ihr Puppen zum Spielen, um zu sehen, ob irgend etwas auf Mißbrauch hindeutet. Sie ist ein rundum gesundes, glückliches Kind, aber neben ihren Untersuchungsergebnissen steht ein Fragezeichen.

Serena und ich reagieren beide verstört auf Anrufe bei Morgengrauen. Die schrillen Töne dringen gewaltsam in den Schlaf, die Hand greift nach dem Hörer auf dem Nachttisch: *Was ist jetzt schon wieder passiert?* Wenn man Glück hat, ist es nur ein früher Anruf vom Flughafen – der verlorene Sohn im Auslandsjahr ist unerwartet nach Hause zurückgekehrt. *Komm mich abholen.* Gott sei Dank, Gott sei Dank! Aber meistens ist es eine plötzliche Krankheit, eine rasende Fahrt zum Krankenhaus, ein Todesfall – Nachrichten, die bis zum Morgengrauen warten können, aber keinen Moment länger. Oder es ist die Polizei. Ein Unfall. Nein, nicht tödlich, aber es war Alkohol im Spiel.

Oder aber es ist der Anwalt aus Rotterdam, der in gestelztem Englisch erklärt:»Es ist meine Pflicht gemäß niederländischem Recht, Sie zu informieren, daß sich Ihr Gatte in polizeilichem Gewahrsam in Rotterdam befindet. Er wird fünf Tage lang in Isolierhaft verbringen. Während dieser Zeit ist es Ihnen nicht gestattet, Kontakt mit ihm aufzunehmen. Nein, ich bin nicht befugt, Ihnen weitere Auskünfte zu geben. Wenn der Untersuchungsrichter seine Vernehmung abgeschlossen hat, wird sich die zuständige Behörde mit Ihnen in Verbindung setzen.« Und das war's. Er hat aufgelegt. Rotterdam? Ich dachte, Sebastian wäre in Paris bei der Getty-Ausstellung. Er wollte sich die Daumiers anschauen. Ich denke, es wäre ein Traum, aber es ist keiner. Seine Bettseite ist kalt und leer. Jahre des Wartens liegen vor mir, bis sie wieder warm und belegt sein wird.

Schlechte Nachrichten kommen bei Morgengrauen, bevor die Vögel zu zwitschern beginnen, gute Nachrichten kommen später mit der Post: hier ein Scheck, da ein Brief von einer Freundin. Natürlich auch Rechnungen, aber die kennt man schon auswendig, und so viele werden per Einzugsermächtigung erledigt, daß man kaum noch weiß, wem man eigentlich noch was schuldet. E-Mails bedeuten gewöhnlich gute Nachrichten, außer es geht ums eigene Liebesleben, und auf dem Bildschirm erscheint das Wörtchen »Ende« wie ehedem auf der Leinwand: *Es ist an der Zeit, daß wir uns mehr Raum lassen.* Oder SMS. Die Botschaft *Es ist aus* erscheint mit einem fetzigen Klingelton auf dem Handy des Mädchens, das jetzt in meiner Galerie putzt. Wir werden alle irgendwann abgelöst. Sie ist noch Schülerin. Sie wird's überstehen, aber wie sie geweint hat; ich war heilfroh, daß ich nicht ihre Mutter bin.

Mit zunehmendem Alter des Kindes nehmen auch die Ängste zu, sie werden nicht weniger. Angst dient als Talisman gegen Unheil. Mütter von Söhnen wissen allerdings zu berichten, daß diese Ängste, sobald der Sohn verheiratet ist, auf die Ehefrau abgeladen werden können. Soll die sich doch sorgen, wenn's um Glücksspiele geht, um Drogen, um Alkohol, um Unzucht, die zu Aids führt. Es ist wie der Fluch des Teufels – wenn man jemanden findet, an den man ihn weitergeben kann, dann ist man gerettet. Das funktioniert allerdings nur bei richtigen Ehen, nicht bei Lebensgemeinschaften. Ich mache mir nicht weniger Sorgen um Hattie, bloß weil sie mit Martyn zusammen ist. Wären die beiden verheiratet, hätte er in meinen Augen die Verantwortung für sie. Ich könnte mich entspannen. Aber nein. Eine Zeremonie war vonnöten, und es gab keine.

Natürlich gerät Hattie in Panik, wenn sie einen Anruf von Agnieszka bekommt. Martyn hat ihr gesagt, es sei alles in Ordnung, aber sie muß es ganz genau wissen, und sie muß es *jetzt* wissen, muß mit eigenen Augen sehen, daß Kitty in Sicherheit und wohlauf ist.

Kirchhofdrama

Als Hattie, außer Atem, zur Tür hereinkommt, ist das Haus leer; nur ein Zettel liegt auf dem Tisch. Doch bevor sie den lesen kann, springt Sylvie auf den Tisch, und Hattie sagt automatisch:»Nicht auf den Tisch, Sylvie, das ist nicht erlaubt«, worauf sich Sylvie um Hatties Hand herum zu einem wilden Knäuel zusammenrollt, das kratzt, bis Blut kommt. Hattie schüttelt die Hand, schnell und hart, und Sylvie fliegt zu Boden – so ein leichtes kleines Ding trotz der Massen von Haar und obwohl sie mit jedem Tag wächst! –, wo sie ihr Gleichgewicht wiederfindet, einen Buckel macht und faucht, als stünde sie einem Feind gegenüber. Höchst beunruhigend, findet Hattie.

Die Katze springt auf die Anrichte, hockt dort schmollend und irgendwie zusammengeknautscht, so daß man vor lauter Fell kaum noch ihre runden orangefarbenen Augen sehen kann – aus irgendwelchen Gründen ist sie heute nicht gekämmt worden –, und starrt, während Hattie die Nachricht liest. Sie stammt von Martyn. Er habe sein Handy im Büro liegenlassen und werde jetzt mit Kitty und Agnieszka zur Kirche gehen. Hattie könne nachkommen, wenn sie wolle, aber alles sei in Ordnung. Hattie betupft die tiefsten Kratzer mit Peroxyd, was ziemlich brennt, findet ein Pflaster in Agnieszkas gut bestückter Hausapotheke, zieht sich um und geht los, um ihre Familie zwischen Grabsteinen zu suchen.

Sie findet Martyn auf einer Bank, wo er den *Guardian* in der Vorfrühlingssonne liest, und Kitty, die warm eingemummelt in ihrem Kinderwagen liegt, der vorsorglich eingekeilt ist zwischen zwei viktorianischen Grabsteinen, deren Inschriften aufgrund grauer Vogelkacke und grünlicher Flechten längst unleserlich sind. Kitty starrt auf ein frühes Gänseblümchen. Hattie ist stolz und glücklich, daß sie zu ihnen gehört und umgekehrt, und nur ein bißchen nervös, weil sie eigentlich im Büro sein müßte, um sich für Hilarys nächste Attacken zu rüsten. Sie setzt sich neben Martyn und nimmt seine Hand.

»Sie wollte mit Pater Flanahan sprechen«, sagt Martyn. »Sie ist ganz aufgelöst. Deshalb bin ich mitgekommen. Heute morgen sind zwei widerliche Kerle von der Einwanderungsbehörde erschienen – irgendein mieses Schwein hat denen wohl geschrieben, sie wäre eine illegale Einwanderin. Diese Typen wollten ihren Paß kontrollieren, aber sie konnte ihn nicht finden. Sie wollen wiederkommen. Es wird sich alles klären, da bin ich mir ganz sicher. Wenn's hart auf hart kommt, kann Harold bestimmt etwas über das Innenministerium drehen: Er hat Freunde dort.«

»Versuch jetzt bloß nicht, irgendwelche Beziehungen spielen zu lassen«, sagt Hattie erschrocken. »Das könnte furchtbaren Ärger nach sich ziehen.«

»Wir wollen doch unser Au-pair nicht verlieren«, konstatiert Martyn.

»Nein, auf keinen Fall«, versichert ihm Hattie. »Nur daß sie ihren Paß nicht verloren hat. Er liegt unter ihrer Matratze. Wir werden ihr erklären müssen, daß es in England immer besser ist, offen und ehrlich zu den Behörden zu sein.«

»Du hast unter ihre Matratze geschaut? Du hast Agnieszka nachspioniert?« Er klingt höchst schockiert, als hätte sich Hattie eines Betruges schuldig gemacht.

»Ich habe nicht spioniert«, erklärt Hattie. »Ich habe eine Fürsorgepflicht gegenüber Agnieszka. Ich muß wissen, was da vor sich geht.«

»Was soll denn da vor sich gehen«, fragt Martyn, »abgesehen von irgendwelchem mäßigen Klatsch? Gibt es vielleicht noch etwas, das ich wissen sollte?« Seine Laune ist nicht gut, obwohl er so unbekümmert und attraktiv aussieht auf der Kirchhofsbank. Er hat seinen Arbeitsplatz verlassen müssen, um bei einem häuslichen Notfall zu intervenieren. Das gefällt keinem Chef, sosehr er verbal auch sein Verständnis äußern mag. Hattie ist im Begriff zu sagen, daß er ins Büro zurückkehren kann, daß sie alles weitere übernehmen wird, aber dann denkt sie, nein, warum eigentlich? Martyn ist genauso ein Elternteil wie sie.

»Agnieszka ist gar keine Polin«, sagt Hattie. »Sie kommt aus der Ukraine. Direkt hinter der Grenze. Es ist ein besonders schlimmes Beispiel für die Geburtsort-Lotterie. Ich denke mir, daß sie auf der polnischen Seite der Grenze zur Schule gegangen ist, aber juristisch gesehen bleibt sie trotzdem Ukrainerin.«

Martyn überdenkt diese Neuigkeit ein Weilchen. Hattie beugt sich geistesabwesend vor, pflückt das Gänseblümchen und gibt es Kitty, die beginnt, es zu essen.

»Seit wann weißt du das, ohne mir etwas davon zu sagen?« fragt Martyn. Er klingt schroff, ja geradezu feindselig. Ganz untypisch für ihn. »Wir hätten rechtzeitig etwas unternehmen können, dann wäre es gar nicht soweit gekommen. Wenn diese Arschlöcher vom Ausländeramt einen erst mal beim Wickel haben, dann sind die wie Terrier; die lassen nicht mehr los.«

Er reißt das Gänseblümchen zwischen Kittys Lippen heraus. Ihr kleiner Mund verzieht sich, aber sie weint nicht.

Sie ist ein liebes, tapferes Mädchen. Martyn wirft Hattie nicht vor, eine schlechte Mutter zu sein, doch sie weiß, daß er das denkt, und sie weiß auch, daß er wahrscheinlich recht hat. Welche Mutter läßt schon ein Baby auf einem Kirchhof Gänseblümchen essen?

»Martyn«, sagt Hattie ruhig, »Agnieszka ist nur das Aupair. Wir haben ohne sie gelebt, bevor sie zu uns kam, und wir können auch ohne sie leben, wenn sie geht.«

»Das bezweifle ich«, antwortet er. Und dann erklärt er, ihm werde kalt, der Wind sei scharf, sie sollten in die Kirche gehen und dort auf Agnieszka warten.

»Das würde Kitty nicht gefallen«, sagt Hattie. »Kirchen sind so düster und bedrückend.«

»Agnieszka geht ein-, zweimal die Woche zur Morgenmesse«, erklärt Martyn. »Sie nimmt Kitty mit. Und Kitty gefällt's. Sag bloß, du wußtest das nicht?«

»Nein«, bekennt Hattie.

»Du scheinst keinen großen Anteil am Schicksal deines Kindes zu nehmen«, sagt Martyn und lacht, aber sein Lachen hat einen komischen Unterton.

»Weihrauch ist krebserregend«, bemerkt Hattie, »und ich will nicht, daß Kitty vollgestopft wird mit diesem ganzen Muttergottes-Zeug – Jungfrau Maria, Madonna, Hure und was weiß ich. Sie wächst in einem neuen Zeitalter auf – Gott sei Dank!«

»Besser, in irgendeinem Glaubenssystem aufzuwachsen als in gar keinem«, erwidert Martyn. »Den Weg zum Unglauben zu beschreiten macht keine Mühe, andersherum ist es schon schwerer.«

»Ach, pack das in einen von deinen Artikeln«, sagt Hattie. Kitty schaut von einem Elternteil zum anderen, spürt die Uneinigkeit, und wieder verzieht sich ihr Mund. Sie schiebt etwas zwischen ihren Lippen hinaus: ein einzelnes

261

Blütenblatt von dem Gänseblümchen. Sie holt es mit der Zunge zurück nach innen. Keiner ihrer Eltern reagiert. Das überrascht sie.

»Ich finde, im Moment ist die Religion nicht unsere vordringlichste Sorge«, sagt Martyn, der nicht umsonst bei der ein oder anderen Fortbildung für Management war und seine neu erworbenen diplomatischen Fertigkeiten jetzt gut gebrauchen kann.

»Tut mir leid«, sagt sie. »Sylvie hat mich gekratzt, und das hat mich irritiert.«

Agnieszka kommt mit Pater Flanahan aus der Kirche. Sie trägt wieder Hatties rotes Kleid und ein Jäckchen aus Kunstfell, das an Hattie nicht mehr gut aussieht. Wenn sie in Agnieszkas Kleiderschrank nachsehen würde, dann würde sie darin wahrscheinlich jede Menge von ihren Sachen finden, aber das ist okay. Entweder passen sie ihr nicht mehr, oder sie sind fürs Büro nicht geeignet. Außerdem sagt Martyn, daß er es mag, wenn Hattie ein bißchen mehr auf den Rippen hat und nicht wie ein Hungerhaken daherkommt. Ihr Sexleben hat neuen Schwung bekommen; sie schlafen vier- oder fünfmal die Woche miteinander, in einer Stille, die Hattie merkwürdig aufregend findet.

Pater Flanahan winkt ihnen von der Kirchentür zu und geht wieder hinein. Kitty streckt ihre Ärmchen nach Agnieszka aus, um hochgehoben zu werden. Die nimmt ihren Platz in der Reihe auf der Bank ein, neben Martyn, mit Kitty auf den Knien. Die Sonne ist wieder herausgekommen, und alles scheint heiter und beständig.

»Es tut mir schrecklich leid«, sagt Agnieszka. »Ihr seid so gut zu mir gewesen, und ich habe euch angelogen, und jetzt wird man mich heimschicken, und meine Mutter ist hier in Neasden mit meiner Schwester, und da gibt es keinen Platz für mich. Die Taschendiebin von der Busgesellschaft hat mir meinen Freund gestohlen und schickt mir jetzt schmutzige Sachen auf meinen Computer.«

»Ach, Agnieszka«, sagt Hattie, »warum hast du uns das alles nicht schon früher erzählt? Du mußt ja fix und fertig gewesen sein. Und du weißt doch, daß wir immer für dich da sind.«

»Es war eure Ausländerpolizei, die mir gesagt hat, daß er mit ihr zusammenlebt. Die finden alles raus. Ich hatte es nicht gewußt, ich bin außer mir. Denen ist egal, was andere Menschen fühlen, wie sie leben.«

»Bei solchen Jobs kommen Dreckskerle wie die eben richtig zum Zuge«, sagt Martyn. »Aber vor der Presse haben sie Angst, das weiß ich.«

»Ich dachte, deine Mutter und deine Schwester wären in Australien«, sagt Hattie.

»Sie sind statt dessen in dieses Land gekommen«, sagt Agnieszka. »Australien ist so weit weg, und sie wollen in meiner Nähe sein. Jetzt hat meine Mutter ein kleines Haus, und meine Schwester bekommt eine Krebstherapie.«

»Krebs!« sagt Hattie. »Ach, deine arme Mutter – das ist ja furchtbar!«

»Was soll ich machen? Ich mußte meine Englischkurse abbrechen, um an den Abenden bei ihnen zu sein. Sie ist so blaß und dünn. Es ist ganz ungefährlich. Es ist nicht ansteckend. Es tut mir so leid, daß ich euch angelogen habe.«

»Mach dir mal deswegen keine Gedanken«, sagt Hattie. Tränen rinnen über Agnieszkas Wangen. Kitty versucht, sie wegzuküssen, schafft das auch, mag den Geschmack und sucht mit ihrer winzigen rosa Zunge nach mehr.

»Salz ist schlecht für sie«, sagt Agnieszka und dreht den Kopf weg. Und da lacht Hattie los, überwältigt von spontaner Zuneigung zu dem Mädchen. Martyn blickt verwirrt drein. Er kommt nicht gut klar mit weiblichen Tränen.

»Deine Familie ist auch illegal hier?« fragt er.

Agnieszka nickt.

»Nur zwei Kilometer«, sagt sie. »Nur zwei Kilometer weiter nach Westen, und alles wäre anders für uns. Die werden mich abschieben, das weiß ich ganz sicher.«

»Die Sache«, stellt Martyn fest, »sieht nicht besonders gut aus.«

Pater Flanahan kommt aus der Kirche, einen Vogel in den hohlen Händen. Er nimmt die Hände auseinander, und der Vogel fliegt davon.

»Passiert andauernd«, ruft er ihnen zu. »Die kommen rein, und dann finden sie nicht mehr raus. Als Gott sie erschuf, hat Er ihnen keinen Verstand mitgegeben.«

Er geht wieder hinein. Niemand rührt sich.

Hattie bricht das Schweigen: »Jetzt hast du deine Antwort darauf, warum wir nie geheiratet haben. Das Schicksal hatte etwas anderes mit uns vor. Wir sind beide Bürger der Europäischen Union, zum Glück: Wir können den Schutz, den wir dadurch genießen, auf eine andere Person ausweiten. Und da lesbische Ehen noch nicht rechtens sind, wirst du, Martyn, derjenige welcher sein. Du mußt Agnieszka heiraten. Sie wird Mrs. Arkwright. Agnes Arkwright, wenn dir das lieber ist. Ich denke doch, daß sie dir da Zugeständnisse machen wird.«

Kitty schließt die Augen und schläft ein. Agnieszka sagt nichts, aber ihre Wangen sind wieder trocken.

»Ich kann das einfach nicht glauben!« ruft Martyn aus.

»Nur dem Namen nach«, beruhigt ihn Hattie. »Ich schla-

ge dir doch nur eine Formalität vor, Herrgott noch mal!«
Martyn wirkt wie gelähmt. Er sieht Hattie an und gleich
wieder weg.

»Zwischen uns ändert sich doch nichts«, fährt Hattie
fort. »Deine Lebensgefährtin bin ja weiterhin ich. Es ist
bloß ein Stück Papier, eine Urkunde, um eine Situation
herbeizuführen, die allen nützt. Nach ein paar Jahren laßt
ihr euch scheiden, und alles ist wieder beim alten.«

»Es ist nicht so einfach zu heiraten«, bemerkt Agnieszka.
»Die Gesetze haben sich geändert.«

»Die ändern sich so schnell, daß kein Mensch mehr hin-
terherkommt«, sagt Martyn.

»Pater Flanahan würde uns trauen«, versichert Agnieszka. »Ich bin eins seiner Gemeindemitglieder. Ich arrangie-
re für ihn die Blumen. Und Sie kennt er auch, Mr. Martyn:
Sie haben mit ihm über Bischöfe gesprochen, daran erinnert er sich gut.«

Kitty schläft zufrieden in ihrem Kinderwagen. Sie machen
sich auf den Heimweg.

»In der Ukraine sind kirchliche Hochzeiten nicht so üblich«, erzählt Agnieszka, »aber ich habe mir immer eine
gewünscht.« Sie sagt, daß sie sich ein weißes Kleid nähen
will und auch eins für Kitty und daß sie einen wunderschönen Hut für Hattie kaufen werden. »Einen Hut für Hattie!« sagt sie lachend. Sie wirkt so glücklich.

»Jetzt sag du doch etwas, Martyn«, drängt ihn Hattie.

»Ich nehme an, es würde funktionieren«, antwortet Martyn schließlich. »Der Priester würde nur das Aufgebot ver-
lesen, drei Wochen hintereinander, sonst nichts. Sie wohnt
in seiner Gemeinde und ich auch. Er hat schon mitbekommen, daß ich Kittys Vater bin. Er wird keinen Staub auf-
wirbeln wollen. Erst heiraten, dann mit den Behörden streiten?«

»Drei Wochen sind eine lange Zeit«, sagt Agnieszka.

»Nicht für den Amtsschimmel«, sagt Martyn. »Es wird schon gutgehen.«

Ein Taxi nähert sich, und Martyn winkt es heran: Er will nicht zu lange im Büro fehlen. Hattie geht es genauso, aber sie nimmt den Bus. Agnieszka schiebt Kitty im Kinderwagen nach Hause zurück.

Verrückte Pläne

Wie es aussieht, hat Hattie viel von Wanda geerbt. Stellt man sie vor ein Dilemma, kommt sie mit einer verheerenden Lösung daher. Sie braucht nicht mal einen frühmorgendlichen Angstanfall, um die falsche Antwort zu finden. Sie kriegt das am hellichten Tage hin, sogar in Gesellschaft.

Sie erzählt mir nicht, was sich auf dem Kirchhof zugetragen hat, bis es zu spät ist. Sie ruft an, um mir zu berichten, daß Agnieszka der Paß abhanden gekommen ist und sie jetzt Ärger mit dem Ausländeramt hat, Martyn aber wird die Sache über seine Kontakte in der Einwanderungsbehörde in Ordnung bringen, weshalb sie sich einen Vormittag freinehmen mußte. Als sie ins Büro zurückkam, hatte Hilary ihr Marina Faircroft abgeworben, die sie untereinander Fischgesicht nennen; und Hattie war nicht dagewesen, um es zu verhindern. Sie würde sich bei Neil beschweren, will aber nicht als diejenige dastehen, die anscheinend nicht mit dem restlichen Team klarkommt. Mir gegenüber erwähnt sie mit keiner Silbe, daß Martyn das Au-pair heiraten wird, um ihre Abschiebung zu verhindern.

Na schön, ich habe meiner Mutter auch nie die volle Wahrheit erzählt, wenn es sich irgendwie vermeiden ließ, weil ich ihre Problemlösungen fürchtete, warum sollte Hattie mir, ihrer Großmutter, also mehr als Teilwahrheiten erzählen? Ich bin über Siebzig: Was weiß ich schon von der mo-

dernen Welt? Ich bin nichts weiter als die Frau eines Knast-
bruders. Ich hätte mit Patrick, dem Holzmagnaten, durch-
brennen und fortan glücklich und zufrieden leben können,
aber ich hab's nicht getan, was nur zeigt, wie blöd ich eigentlich bin.

Ich habe Sebastians Bilder, das Bett und den Stuhl, ins
Schaufenster der Galerie gehängt. Ich will sie nicht für die
Ausstellung zurückhalten; sie passen einfach nicht zu seinen anderen Arbeiten. Aber sie sind sehr ausdrucksstark.
Den Preis für das Bett habe ich auf £ 1200 festgesetzt und
den für den Stuhl auf £ 1000. Wenn sie nicht gerade van
Goghs sind, verkaufen sich Betten leichter als Stühle. Aber
ich merke schon, daß ich sie eigentlich gar nicht verkaufen
will, denn sonst hätte ich £ 600 beziehungsweise £ 500 dafür veranschlagt und mich glücklich geschätzt, wenn ich so
viel bekommen hätte.

Serena sagt, sie sehe Ärger mit den Behörden auf uns zukommen. Die könnten sich auf den Standpunkt stellen,
daß Sebastian, solange er im Gefängnis malt und die Bilder
verkaufen läßt, mit einem Verbrecher vergleichbar sei, der
ein Buch schreibt, und daß es ihm verboten werden müsse,
aus seinen Taten indirekt Profit zu schlagen. Sein Eigentum
könnte beschlagnahmt werden. Ich bin mir nicht sicher, ob
sie Spaß macht oder nicht. Ich hoffe ja. Bisher hatte ich
schon zwei Anfragen wegen des Stuhls. Es ist bloß ein
Stuhl, aber ein Stuhl, auf den Sebastian sich nicht setzen
würde, wenn er es irgend vermeiden könnte, genausowenig wie er freiwillig in diesem Bett schlafen würde. Vielleicht ist es ja das, was den Bildern ihre besondere Wirkung verleiht.

Martyns Geständnis

»Tut mir leid, daß ich gestern vormittag außer Haus war«, sagt Martyn zu Harold. In seiner Abwesenheit ist eine E-Mail des Inhalts gekommen, daß *Evolution* und *Devolution* zusammengelegt werden sollen, und zwar unter dem Titel *(D)Evolution* beziehungsweise *d/EvOLUTION* – die endgültige Entscheidung stehe noch aus. Es ist das erste Mal, daß Martyn davon hört, aber er weiß, was als nächstes geschehen wird. Das Personal wird um rund fünfzig Prozent reduziert werden, wie das üblicherweise nach einer Fusion der Fall ist. Die da oben vermehren sich und bleiben auf ihren Sesseln, die da unten arbeiten noch härter, soweit sie überhaupt noch Arbeit haben.

Harold ist deprimiert; er wirkt wie geschrumpft in seinem marineblauen Anzug. Selbst sein Bartwuchs scheint gehemmt, als müßten sich die Haare aus seiner Haut herauskämpfen und hätten kaum mehr die Kraft dazu.

»Darwinismus ist ein unbewiesenes Glaubenssystem«, klagt er. »Zumindest ist Devolution eine respektable politische Theorie. Evolution und Devolution passen überhaupt nicht zusammen, außer daß sie sich reimen und es Druckkosten spart. Du bleibst, die mögen dich. Du kannst amüsante Artikel über die Rückkehr des Lyssenkoismus und die Vererbung erworbener Eigenschaften schreiben, was unseren Herren und Meistern gefallen wird, außerdem ein dreifaches Hurra auf den Snackautomaten in jedem Schulflur, aber was soll ich machen? Der *Evolution*-Herausgeber Larry Jugg wird den Job kriegen. Und Debora ist schwanger. Denk bloß an die Schulgebühren und an mein Alter. Frauen nehmen alles, was man so daherredet, immer gleich schrecklich ernst, das ist das Problem. Und wo warst du gestern vormittag, nur mal interessehalber?«

»Ein häuslicher Notfall«, erklärt Martyn. »Unser Mädchen hat Besuch von der Einwanderungsbehörde bekommen und die Nerven verloren.«

»Doch nicht etwa die, von der du träumst und die das Hühnchen-Couscous mit dem marinierten Gemüse gekocht hat?«

»Genau die.«

»Ich weißt nicht, wie du es schaffst, die Hände von ihr zu lassen«, sagt sein Chef. »Dieser Po. Dieser Mund.«

Martyn ist perplex. Bisher hat er Agnieszkas Qualitäten als zu wenig ausgeprägt angesehen, um irgendwem außer ihm aufzufallen. »Die werden sie abschieben wollen«, sagt er. »Trotz Couscous und allem anderen. Wie sich herausstellt, kommt sie aus der Ukraine, nicht aus Polen. Irgendein Dreckskerl hat sie angezeigt!«

»Das geht nicht«, sagt Harold. »Das ist Petzerei. Sie ist ja schließlich nicht unerwünscht, in keinerlei Hinsicht. Wer war das?«

Martyn sagt, er wisse es nicht, und Harold verspricht, es für ihn herauszufinden. Er kennt Leute bei der Einwanderungsbehörde.

Martyn kann sich nicht bremsen. Er sagt, eigentlich sei das jetzt ganz unwichtig. Er werde das Mädchen heiraten und ihr so zur Staatsbürgerschaft verhelfen. Er ist selbst nicht ganz sicher, ob er es tun wird. Ja, er hofft sogar, Harold werde ihm sagen, er solle kein Vollidiot sein, aber das sagt

Harold nicht. Er schüttet sich aus vor Lachen, und während er lacht, scheint er wieder massiger und haariger zu werden.

»Junge, Junge, du wirst es noch weit bringen«, sagt er. »Das hab ich gleich gerochen. Na los, schnapp sie dir. Würde ich auch machen.«

Martyn verspürt einen merkwürdig nagenden Schmerz im Magen. Er ist hungrig und nervös. Was nimmt er da auf sich? Was hat Hattie im Sinn? Ist sie denn so weit davon entfernt, ihn zu lieben, daß sie von ihm erwartet, eine andere zu heiraten, nur damit sie rechtzeitig zur Arbeit kommt? Er ist wütend auf Hattie, und das bringt ihm auf den Gedanken, daß er Agnieszka heiraten wird, nur um es Hattie heimzuzahlen.

»Allerdings«, sagt Harold, »mußt du heutzutage beweisen, daß du die Frau liebst und nicht bloß heiratest, damit sie die Staatsbürgerschaft kriegt. Und da du, soweit ich weiß, mit einer anderen Frau zusammenlebst und ein Kind von ihr hast, könnte das auf dem Standesamt gewisse Probleme geben. Aber meiner Meinung nach bist du gut bedient mit diesem Au-pair. Auf jeden Fall ist sie die bessere Köchin.«

»Wir lassen uns kirchlich trauen«, erklärt Martyn. »Sie ist katholisch.« Die Vorstellung nimmt in seinem Kopf langsam Form an. Er hätte gern eine richtige Hochzeit, mit einer Braut in Weiß und einem Pfarrer, der seinen Segen dazu gibt. Seine Mutter würde das für ihn wollen, und es ist Zeit, daß er auch einmal Partei für seine Mutter ergreift und nicht immer für seinen Vater. Vielleicht würde sie sogar zur Hochzeit kommen. Es gehört mehr zum Leben als nur Arbeit, Politik und Prinzipien. Hattie versteht das nicht, aber sie hat die seelische Größe, ihm diese Feier zu erlauben.

»Debora ist katholisch erzogen«, bemerkt Harold. »Und jetzt, wo das Thema Abtreibung im Raum steht, rächt sich das. Ich will sie weder so noch so unter Druck setzen, aber bitte lad sie nicht zu der Feier ein.«

»Wir werden in aller Stille heiraten«, sagt Martyn. Es wird dazu kommen, das weiß er jetzt. Es wäre schön, wenn Kitty ins Licht einer Kerze schauen und getauft werden würde, und auch dazu könnte es kommen. Die Kinder von Katholiken sind Katholiken. Aber was denkt er denn da? Kitty ist Hatties und nicht Agnieszkas Kind.

Eine E-Mail erscheint auf Harolds Bildschirm. Er hat den Job als Herausgeber von *d/EvILUTION* (hoffentlich ein Tippfehler). Larry Jugg ist draußen, Harold Mappin ist drin.

In der Mittagspause gehen sie in den Pub, um zu feiern. Das Mädchen hinter dem Tresen ist von der traditionellen Sorte, mit großem Busen, großen Zähnen und üppiger Haarpracht. Harold sieht ihr anerkennend hinterher. Wenn Debora schwanger bleibe, sagt er, werde sie zumindest größere Titten kriegen, jedenfalls für eine Weile, obwohl die seiner ersten Frau mit den Jahren sogar geschrumpft seien.

Martyn wünschte, Harold würde nicht so reden. Er hätte lieber einen Chef mit weniger menschlichen Schwächen: Man muß Respekt vor demjenigen haben können, für den man arbeitet. Aber wenn er das Mädchen hinter dem Tresen betrachtet, dann kommt ihm in den Sinn, daß die Wonnen der weiblichen Welt ja nicht auf Hattie und Agnieszka beschränkt sind, sondern daß es Millionen und Abermillionen Frauen da draußen gibt, alle auf der Suche nach der wahren Liebe, und bloß er seine Sichtweite irgendwie eingeschränkt hat. Er bestellt sich noch einen Whisky.

Hattie und die Katzenzucht

»Es hat sich herausgestellt«, erzählt mir Hattie am Telefon, »daß Agnieszkas Mutter und Schwester in Neasden leben.«

»Ich dachte, du hättest gesagt, die wären in Australien.«

»Tja, Agnieszka hat da eine falsche Fährte gelegt«, sagt Hattie. »Geschwindelt. Man kann's ihr nicht verdenken. Unsere Einwanderungsgesetze sind absurd. Die nehmen keine Rücksicht auf familiäre Bindungen oder menschliche Gefühle.«

»Es überrascht mich«, bemerke ich, »daß du dein Kind von einer so routinierten Lügnerin erziehen läßt.«

Erst herrscht Schweigen am anderen Ende der Leitung, dann sagt Hattie, ich klänge sehr nach Wanda.

»Oma! Hör auf. Die Mutter ist wirklich nett: eine einfache, bäuerliche Frau, die schwer arbeitet. Sie hat eine Art Schrebergarten, wo sie Karotten gezogen und die dann verkauft hat, aber das mußte sie aufgeben, weil Agnieszkas Schwester wirklich krank ist. Sie wird bald sterben, Großmama. Sie ist siebzehn und hat Knochenkrebs.«

»Das klingt ja schlimm«, sage ich, und weil das zu sehr nach einer rührseligen Story klingt und ich so langsam allem mißtraue, was mit dieser Agnieszka zu tun hat, frage ich: »Aber warst du denn schon mal da draußen und hast dich davon überzeugt, daß es sie wirklich gibt?«

273

»Ja, es gibt sie wirklich«, antwortet Hattie. »Sie heißt Anita, ist ganz mager, kaum mehr als Haut und Knochen, aber furchtbar lieb. Sie sitzt in einem Rollstuhl am Fenster und kämmt die Katzen. Zu mehr hat sie gar nicht die Kraft. Aber in dieser Familie gibt jede, was sie kann, so daß sie irgendwie schon durchkommen.«

»Sie kämmt die Katzen?«

»Agnieszkas Mutter hat eine Katzenzucht.«

Es klingt so unwahrscheinlich. Ich muß gleich an die Bauchtanz-Geschichte denken. Aber diesen Kurs gab es wirklich, der war keine Einbildung, da ist Hattie sogar selbst hingegangen und mit einem Schal und ein paar Gürteln heimgekommen, die sie vermutlich nie getragen hat, und hat nach ein paar Stunden aufgehört, wie das ja meistens so ist. Agnieszka ging weiter hin oder behauptete das jedenfalls. Und Hattie hat Kratzer an den Händen, die beweisen, daß es das Kätzchen wirklich gibt. Also wird es die Katzenzucht in Neasden wohl auch wirklich geben.

»Die Mutter muß ja arbeiten, Großmama«, sagt Hattie. »Sie kann nicht vom Staat leben, weil ihr Visum abgelaufen ist, also züchtet sie Perserkatzen in ihrem Garten.«

»Das wird die Nachbarn nicht besonders freuen.«

»Sie hat einen ziemlich großen Garten.« Wie sehr Hattie daran liegt, daß alles in Ordnung ist! Ich mache mir Sorgen um sie.

»Also ist Sylvie nicht einfach so vor eurer Tür erschienen?«

»Nein, nein. Eine der Perserkatzen ist nachts mal ausgebüxt, und ihr Wurf war nicht rasserein. Sylvies Kopf ist nicht eckig genug und ihr Schwanz zu lang, also hätte ihre Mutter sie nur für einen Spottpreis verkaufen können. Agnieszka hat das Kätzchen mit zu uns gebracht, weil es sonst vielleicht ertränkt worden wäre. Sie hätte mir die Wahrheit gesagt, nur hatte sie doch behauptet, ihre Mutter wäre in Australien. Und sie wußte, daß ich ja sagen würde.«

Ich mußte an Mr. Hammerzehs Mutter denken. Hatties Beschreibung nach zu urteilen, scheinen sie vom selben Schlag zu sein, freundlich, bäuerlich, von eiserner Entschlossenheit und mit einem Kinn, auf dem lange Haare sprießen, als wollten sie ihre Verbundenheit mit den Katzen demonstrieren. *»Sie hat ihre Katzen mehr geliebt als mich.«*

Die arme Agnieszka. Vielleicht war es ihr ja auch so ergangen. Und ich erinnerte mich an den Geruch jenes Hauses voller Katzen, süß-sauer, wie chinesisches Essen, das zu lange im Warmen steht, vermischt mit Desinfektionsmitteln, Ausdünstungen, die einem die Luft nehmen, aber vielleicht atmete man ja auch Haare ein, oder Milben schwebten einem in den offenen Mund. Kein Wunder, daß Agnieszka da wegwollte.

Ich sage, ich hoffe, Hattie habe Kitty nicht zu lang in dem Haus gelassen, schon wegen des krebskranken Mädchens und der Katzenklos. Hattie sagt, sie seien nur etwa zwanzig Minuten dort gewesen; sie wäre am liebsten gar nicht erst hingegangen, aber Agnieszka habe darauf gedrängt; sie sei so zerknirscht gewesen, habe doch alles gebeichtet und um Verzeihung gebeten, und dieser Besuch bei ihrer Mutter sei für Agnieszka wie ein Zeichen gewesen, daß alles wieder in Ordnung war, wieder beim alten.

Und noch immer sprach Hattie nicht über die mutmaßliche Hochzeit. Ich hatte keine Ahnung. Ich glaube, vielleicht hat auch sie gedacht, es müßte nicht zwangsläufig dazu kommen, nur weil es in die Wege geleitet worden war. Es war ja nicht so, daß sie Martyn mit Agnieszka verheiraten wollte, nein, sie versuchte nur irgendwie, der Institution Ehe, die ihrer Familie über Generationen hinweg so viel Leid beschert hatte, den richtigen Stellenwert zu geben, indem sie sie profanierte. Als bedeutete sie einfach nichts. Als änderte sich dadurch nichts.

Hattie sagt, sie müsse Schluß machen. Martyn und sie wollen essen gehen. Agnieszka hütet das Baby. Kitty kann mittlerweile »ei-ei« und »la-la« sagen. Das ist süß. Alles scheint immer noch reibungslos zu funktionieren, trotz Lügen, Katzenzucht und allem anderen, und Kitty ist nach wie vor pausbäckig, kräftig und fröhlich, was ja die Hauptsache ist, also kann ich, muß ich aufhören, mir Sorgen zu machen. Tue ich. Wie Serena sagt: Eltern sind nur Kleindarsteller im Drama eines jeden Babys.

Hattie wird befördert

»Wo bist du gestern gewesen?« fragt Babs. »Hier war die Hölle los. Die Computer hatten einen Virus. Marina Faircroft kam mit einem Anwalt vorbei, der glatt zum Dahinschmelzen war, und sagte, sie würde Hilary wegen Vertragsbruchs verklagen. Dann hat Neil mit Marina geredet, und sie hat sich wieder beruhigt. Schließlich ist sie zum Friseur gegangen, und der Anwalt hat Elfie zum Mittagessen eingeladen. Das ist die Praktikantin, die beim Fotokopieren immer so ein Chaos anrichtet. Die wird demnächst bei ihm arbeiten, wart's nur ab. Sie ist sehr hübsch und nicht sehr helle. Dein Tourette-Mann kam vorbei, fragte nach dir, setzte sich am Empfang hin und weigerte sich zu gehen, bevor das Cover seines Buches mit Ausrufezeichen und Sternchen vesehen werden würde.«

»Aber das geht nicht«, sagt Hattie. »Das weiß er. Das Buch ist schon in Druck. Und er hatte sein Okay gegeben.«

»Neil kam runter und sagte, vielleicht könnten wir die Ausrufezeichen und Sternchen für sein nächstes Buch verwenden, worauf er glücklich von dannen schritt. Neil mußte ihm irgendein Zugeständnis machen, Hattie. Man kann einen wütenden Tourette-Mann nicht allzulange im Empfang rumsitzen haben. Da herrscht immerhin Publikumsverkehr.«

»Aber er hat doch noch nicht mal Tourette«, sagt Hattie. »Er tut nur so. Das Tourette-Syndrom ist kein Witz. Es ist eine Tragödie für alle, die davon betroffen sind.«

»Wärst du hier gewesen, hättest du das sagen können.«

»Ich hatte eine häusliche Krise. Ein Visumproblem«, erklärt Hattie knapp. Wenn sie Babs erzählen würde, daß Martyn in drei Wochen Agnieszka heiraten wird, dann wüßte es gleich das ganze Büro, schon allein wegen der dünnen Trennwände.

»Was, die göttliche Agnieszka? Ich glaub's einfach nicht.«

Statt mit Martyn essen zu gehen, hat Hattie auf Kitty aufgepaßt, während er und Agnieszka das einstündige Ehevorbereitungsgespräch mit Pater Flanahan absolvierten. Martyn kam zurück, schlug sich vor die Stirn und sagte: »Wie können Leute bloß solches Zeugs glauben?« Pater Flanahan stand offenbar unter dem Eindruck, dem Paar eile es mit der Trauung, damit es nicht länger in Sünde leben müsse, und Martyn hatte ihn keines Besseren belehrt. Zeit war jetzt schließlich das Wesentliche, bevor das Ausländeramt richtig auf Touren kam. Agnieszka wollte eine Hochzeitsmesse mit allem Drum und Dran, was sich ziemlich lange hinziehen kann, aber Martyn sagte nein, die Zwanzig-Minuten-Version täte es auch.

Babs ist inzwischen rundum sichtlich angeschwollen, sogar an den Knöcheln, was Hattie mit Genugtuung vermerkt. Alastair hat eine diplomierte Kinderfrau engagiert, dieselbe, die ihn gehütet hat, als er klein war, womit alles sozusagen in der Familie bleibt, obwohl das Kindermädchen natürlich recht alt ist. Sie wird eine junge, kräftige Helferin zur Verstärkung bekommen. Babs hat jedes Interesse verloren, Agnieszka abzuwerben, oder tut zumindest so.

Tavish, der TV-Produzent und biologische Vater von Babs ungeborenem Kind, erscheint von Zeit zu Zeit im Büro. Hattie ahnt, daß die Abstammung des Babys über kurz

278

oder lang zum Thema allgemeinen Büroklatsches werden wird, aber vielleicht wäre das Babs sogar recht. Babs mag kein allzu ruhiges Leben.

Hattie erzählt Babs nichts weiter, als daß jemand Agnieszka verpfiffen hat, daß ihr Paß nicht in Ordnung ist und das Ausländeramt Ärger macht.

»Na, wer könnte das wohl getan haben?« fragt Babs.

»Ich kann mir einfach nicht vorstellen, daß es jemand ist, den wir kennen«, erklärt Hattie.

»Daß du dich da nur nicht täuschst. Es könnte meine Schwester sein. Alice war ziemlich sauer, nachdem das mit Jude passiert ist.«

»Was genau ist eigentlich mit Jude passiert?« fragt Hattie, obwohl sie nicht sicher ist, daß sie es wirklich wissen will.

Babs berichtet, daß Alice eines Nachts aufwachte und, da Jude nicht neben ihr lag, in Agnieszkas Zimmer ging, wo sie ihn mehr oder weniger im Bett vorfand. Jude erklärte zu seiner Verteidigung, er habe Agnieszka weinen hören, also sei er reingegangen, um nach ihr zu sehen, und von ihr praktisch ins Bett gezogen worden, wie eine Kreditkarte in den Schlitz des Geldautomaten.

»Und Alice hat ihm geglaubt, naiv wie sie ist«, sagt Babs, »worauf Agnieszka beleidigt war und gegangen ist. Also stand Alice plötzlich ohne Hilfe mit den Drillingen da, und Jude bekam eine so schlimme Depression, daß er ins Krankenhaus mußte.«

Ratsch ratsch, denkt Hattie, *Klatsch und Tratsch*. Wie ist Babs zu der Stelle gekommen, die sie hat? Wie schafft sie es, sich auf dieser Stelle zu halten? Allerdings hat Hattie registriert, daß Babs ihre eigenen Entscheidungen niemals anzweifelt. Sie ist auf eine teure Mädchenschule gegangen und hat gern Erfolg, was sie aber nicht zeigt. Man lege Babs ein Blatt mit irgendeinem Text unter die Nase, und sie wird binnen Sekunden den Inhalt erfaßt, binnen einer Minute darauf reagiert haben, und damit ist die Sache für sie abgehakt. Dann hat sie wieder nichts weiter zu tun, als sich die Nägel zu feilen. So ist es ihr recht. Keine Arbeit, keine Arbeit, keine Arbeit und urplötzlich jede Menge Arbeit. Liebesleben: Sex, Männer, Dramen, Verwirrung, aus dem Weg damit, zurück zu den Nägeln.

»Aber eigentlich glaube ich kaum, daß Alice die Zeit oder die Energie hätte, einen Brief ans Ausländeramt zu schreiben«, vermutet Babs, »also war es wahrscheinlich unsere alte Petze Hilary.«

»Warum würde Hilary denn so etwas tun?« fragt Hattie ganz baff. »Sie kennt Agnieszka ja nicht mal.«

»Sie hat von ihr gehört. Und sie will deinen Job zusätzlich zu ihrem; ohne Agnieszka bist du geliefert. Ihr wäre es am liebsten, du würdest in einer Flut aus Vorsorgeterminen, Visaproblemen und Auszeiten wegen häuslicher Notfälle versinken.«

»So gemein ist doch niemand«, protestiert Hattie. »Nicht Leute wie wir.«

»Leute wie wir!« wiederholt Babs spöttisch. »Du klingst genau wie Alastair.«

Sie ruft Neil in seinem Erweiterungsbau an, und Neil geht tatsächlich ans Telefon. Hattie verläßt Babs' Büro.

Am selben Nachmittag ruft Neil Hattie in sein Büro hoch. Es ist, als hätte man eine Audienz bei Prinz Charles. Eine Aura von Macht umgibt ihn, scheint aber auch schwer auf ihm zu lasten. Neil sitzt mit dem Rücken zum Fenster; sein Schatten fällt nach vorn über den Schreibtisch, den niemand ansehen kann, ohne sich zu fragen, ob Hilary und der alte Mr. Seltz darauf einst zugange waren oder nicht. Neil ist der Schatten jener Autorität, die einen nach Lust und Laune voranbringen oder erledigen kann. Hattie müßte eigentlich nervös sein, ist es aber nicht. Sie weiß, daß sie ihren Job gut macht. Sicher, sie mußte zu einer ungünstigen Zeit das Büro verlassen, aber auch Neil hat Kinder. Doch vor allem anderen spürt sie, daß ihre Kraft für zehn reicht, weil ihr Herz rein ist. Es wird nichts schiefgehen. Ein Segen ruht auf ihr. Sie hat Agnieszka zuliebe etwas Kostbares und Gewichtiges aufgegeben. Agnieszka wird Mrs. Agnes Arkwright werden; ihre Mutter, ihre Schwester und die Katzen werden im Land bleiben. Hattie wird Hattie Hallsey-Coe bleiben. Hattie ist ein guter Mensch, und guten Menschen widerfährt Gutes.

Neil sagt, Hilary sei zur Frankfurter Geschäftsstelle von Dinton & Seltz versetzt worden. Dort soll sie das neue Büro leiten: eine großartige Möglichkeit, sich zu beweisen. Was bedeutet, daß Hattie, wenn sie es sich zutraut, bis auf weiteres beide Bereiche betreuen wird, weil die inländischen und ausländischen Rechte zusammengelegt werden sollen. Er jedenfalls traut es ihr zu. Sie wird natürlich eine Assistentin brauchen – vielleicht käme ja Elfie in Betracht, die ein heller Kopf ist, aber unterschätzt wird. Es ist mehr Geld drin und zu gegebener Zeit die Aussicht auf einen Platz in der Führungsetage mit den dazugehörigen Privilegien.

Neils Telefon klingelt. Er legt ein weißes Lederkissen darauf. Er sagt, er werde alles in einer E-Mail festhalten und über weitere Details später mit ihr sprechen. Hatties Audienz ist zu Ende. Doch als sie sich zum Gehen wendet, sagt er: »Meine Güte, diese Hilary ist wirklich eine Hexe. Babs hat mich informiert – Ihr Au-pair zu verpfeifen, wie

kann man nur. Wir Familienmenschen müssen zusammen-
halten.«

Hattie ist rehabilitiert. Sie hatte recht. Guten Menschen widerfährt Gutes. Neil nimmt das Kissen vom Telefon und
knallt es gegen das Fenster, um eine Taube zu verscheuchen,
die gerade aufs Sims kackt. Er kann von Glück sagen, daß
das Glas nicht zu Bruch geht. Die Kosten, eine so große
Scheibe zu ersetzen, wären immens. Aber das Telefon klingelt immer noch, und Neil sieht sich gezwungen, den Hörer abzunehmen.

Und Hattie verläßt diesen Architektentraum aus Licht und
Glanz, der Neils Penthouse ist, um zum älteren Teil des Gebäudes zurückzukehren, die schmale Wendeltreppe hinab
zu ihrem Büro, und spürt dabei den Atemhauch von zahl-
losen früheren Angestellten auf den Wangen, der sie frösteln
läßt, ihre Freude trübt. Die Beförderung des einen bedeutet
die Degradierung eines anderen. Sie hat bekommen, was sie
wollte, aber sie glaubt nicht mehr daran, ein guter Mensch
zu sein.

Als sie in ihrem Büro angelangt, sind die Geister verschwunden. Babs arbeitet in der Tat schnell. Hat Neil Hilary wirklich aufgrund dessen, was Babs ihm erzählt hat, versetzt?
Nun, das konnte nichts schaden, und Hilary wird das neue
Frankfurter Büro hassen, wo es das ganze Jahr über nichts
weiter zu tun gibt, als die Buchmesse vorzubereiten. Hilary hat weder einen Lebensgefährten noch Kinder als Ausrede dafür zu bieten, daß sie nicht dort hinwill.

Zwei Hochzeiten und ein Todesfall

Die Hochzeit war wunderschön. Ich erfahre erst später davon, Wochen später. Agnieszka trug ein cremefarbenes Kleid, in dem sie jung, reizend und herrlich glücklich aussah, und Hattie war Brautjungfer in einem rosa Kleid, ebenfalls von Agnieszka genäht, die so gut mit der Nadel umgehen kann. Nun ist Rosa eigentlich gar nicht Hatties Farbe: Es gibt ihrer Haarpracht eher einen Rotstich als goldenen Glanz.

Die andere Brautjungfer ist Agnieszkas Schwester, deren Krebs nun offenbar in Remission ist und die keinen Rollstuhl mehr braucht. Das Rosa paßt sehr gut zu ihrem blassen, zarten Teint. Martyn trägt einen neuen Anzug und eine Krawatte und wirkt damit, als werde er demnächst viel Geld verdienen und als könne man es ihm auch anvertrauen. Agnieszkas Mutter hält Kitty, die es sich auf deren ausladendem Schoß gemütlich gemacht hat und ganz vertieft darin ist, mit den Haaren am Kinn ihrer derzeitigen Betreuerin zu spielen. Martyns Chef Harold ist auch Martyns Trauzeuge, und seine Lebensgefährtin Debora kann sich, als sie die Kirche betritt, zunächst nicht entscheiden, ob sie auf seiten der Braut oder auf der des Bräutigams Platz nehmen soll, entscheidet sich dann aber für die des Bräutigams, wofür ihr Hattie einen dankbaren Blick zuwirft. Vielleicht ist Debora ja doch nicht so übel.

Serena hört als erste von der Hochzeit. Vermutlich hat Hattie mehr Angst vor mir als vor ihrer Großtante. Ich erfahre davon, als Serena mich anruft und einfach sagt: »Martyn hat vor drei Wochen Agnieszka geheiratet«, worauf ich genauso kalt, sachlich und distanziert werde wie damals, als mich der Anwalt aus Rotterdam anrief. Das hat damit zu tun, daß ich in Neuseeland aufgewachsen bin, wo jeder und jede weiß, wie man im Notfall zu funktionieren hat. Kein Wunder also, daß so viele Neuseeländer – ich will sie nicht beleidigen, indem ich sie Kiwis nenne, obwohl sie die Bezeichnung zu mögen scheinen; Kiwis sind ängstliche, schreckhafte Vögelchen, und ich kann mir nicht vorstellen, wie dieses kühne, wilde Land, dieser stattliche Menschenschlag, zu einem solchen Wappentier kommt – Feldlazarette hochziehen und nichtstaatliche Organisationen leiten und daß neuseeländische Mädchen so großartige Au-pairs abgeben, die bei der Gastfamilie nur eine kleine Pause einlegen, um Kräfte für den gewaltigen Sprung in ihr zukünftiges Leben zu sammeln. Wird das Flüchtlingslager bombardiert, rennt der Neuseeländer nicht weg, sondern bleibt und baut es wieder auf; fällt das Baby auf den Kopf, kriegt das neuseeländische Au-pair keinen hysterischen Anfall, sondern bringt es einfach ins Krankenhaus.

Auch wir Schwestern verfügen über diese Fähigkeit, obwohl nur ich in Neuseeland zur Welt kam, sie aber nicht. Man zeige uns ein Schaf, und wir scheren es, ein Erdbeben, und wir wissen, daß wir uns unter die Treppe setzen müssen, eine Flutwelle, und wir wissen, wann und wohin es zu rennen gilt. Nur wenn wir einem Mann begegnen, läßt uns dieses Talent im Stich: Wir laufen auf die Gefahr zu, nicht von ihr weg. Ich habe Hattie im Stich gelassen, meine schöne Hattie mit dem aufrechten Gang und der eigensinnigen Art; Martyn hat sie verlassen und die Magd gefreit.

»Ich kann nur hoffen, daß sie mit einem Anwalt gesprochen hat«, sage ich kühl und gefaßt.

»Es ist nicht so, wie du denkst«, erklärt Serena. »Sie sind immer noch zusammen.«

»Was, in einem großen Bett?« All das Niederträchtige, das mit Wut einhergeht, bricht aus mir heraus. Es schlägt sich in meiner Stimme nieder.

Ich höre es, und es ist mir recht.

»Kein Wunder, daß sie sich dir nicht anvertraut hat«, sagt Serena. »Sie wußte, wie du reagieren würdest. Natürlich nicht in einem großen Bett. Es ist eine Zweckehe, damit die junge Frau und ihre Familie nicht ins Flugzeug gesetzt und in die Ukraine zurückgeschickt werden. Wenn du nicht gewollt hättest, daß so etwas passiert, dann hättest du ja zu ihnen ziehen und dich um die Kleine kümmern können. Es war doch allen vollkommen klar, daß Hattie nie häuslich werden würde. Dafür ist sie zu helle.«

»Was, meine Galerie aufgeben? Ich muß schließlich meinen Lebensunterhalt verdienen.«

»Seit wann?« Womit sie meint: »*Denk mal daran, daß ich dich all die Jahre unterstützt habe.*«

Jetzt streiten wir beide auch noch. Und alles wegen der dummen Hattie. Ich bin so wütend. Und auch Serena ist aufgebracht, sonst hätte sie nicht angesprochen, was wir nie ansprechen: meine finanzielle Abhängigkeit von ihr.

»Deine Galerie wirft doch nichts ab«, bemerkt sie. »Du warst ja kaum da, bis Sebastian von der Bildfläche verschwand und du nichts anderes zu tun hattest.«

Ich habe den Anstand zuzugeben, daß etwas Wahres an dem ist, was sie sagt, und der Streit ist zu Ende, bevor er richtig angefangen hat.

»Okay, okay«, sage ich, »du hast recht. Aber es gab keinen Platz für mich in ihrem schnuckeligen Häuschen, und für sie wäre es sicher schrecklich gewesen, die Großmutter dazuhaben, die sie beobachtet und sich Sorgen macht. Und dann hätte Sebastian ja auch früher entlassen werden können, womit wir wieder beim Ausgangspunkt gewesen wären. Genausogut hättest *du* vorschlagen können, bei ihnen einzuziehen.«

»Aber ich habe Cranmer«, sagt sie, und wir müssen beide lachen.

Ausreden, Ausreden. Der Lebensgefährte, der Ehemann, die Kinder als Ausrede. »*Ich kann dies nicht tun, weil es meine Pflicht ist, jenes zu tun.*«

Serena und Cranmer haben ziemlich bald nach ihrer Trennung von George zusammengefunden. Sie weiß, wie wichtig es für eine Frau ist, einen Mann an ihrer Seite zu haben. Mal ganz abgesehen von Liebe, Loyalität und Kameradschaft: Ohne den Partner als Ausrede gerät eine Frau schnell in die Fänge solcher Pflichten wie Babysitting, Notfallfahrten zum Krankenhaus, Spendensammeln, Pflege der alten Eltern (Jahrzehnte ihres Lebens), andere vom Bahnhof abzuholen. Mit einem Partner gibt es natürlich eine andere Reihe von Problemen, die alle mit Liebe, Loyalität und Kameradschaft zu tun haben. Doch das ist, wie Serena ganz praktisch beweist, die bessere Alternative. Ich bin mir ziemlich sicher, daß sie damals den Lehrer geheiratet hat, um von Wanda wegzukommen. Genau wie Susan mit Piers durchbrannte und ich mit Charlie. Der Gedanke, am Ende bei unserer Mutter wohnen zu bleiben, versetzte uns alle in Angst und Schrecken.

Nicht daß Wanda etwas Schreckliches an sich gehabt hätte: Im Gegenteil, wir liebten und bewunderten sie, aber sie tat alles gern auf ihre Art und krittelte an allem herum. Wenn ich in einem Zimmer herumwerkelte, kam Wanda garantiert herein und sagte: »Willst du dich nicht hinsetzen und ein bißchen ausruhen?«, doch wenn ich dasaß, hieß es: »Sollte man nicht mal das Fenster aufmachen?« oder zumachen oder putzen oder sonst etwas, also mußte ich aufstehen und das tun. Sie fühlte sich bemüßigt, allem ihren Stempel aufzudrücken, die Welt, die sich vor ihr ausbreitete, so zu verändern, wie sie es für richtig hielt. Serena klagte, sie könne nicht schreiben, wenn Wanda auch nur irgendwo in der Nähe sei.

Die arme Susan, weniger raffiniert als ihre Schwestern, landete schließlich doch wieder unter einem Dach mit Wanda, daher zog sie es natürlich vor, jung zu sterben. Wir, die Überlebenden, berufen uns jetzt, wo wir alt werden, auf Partner, die von uns abhängig sind (Cranmer, Sebastian), um nicht mit unseren Kindern zusammenleben zu müssen.

»Du willst mir erzählen, daß Martyn und das Au-pair eine katholische Hochzeitsmesse gefeiert haben, dann einfach nach Hause gegangen sind und alles so weiterlaufen soll wie vorher?« Meine Wut ist schierer Ungläubigkeit gewichen. Ich vermute, das ist ein Schritt auf dem Weg zum Finale, wenn auch über einen Umweg.
»Ich glaube, Martyn möchte, daß Agnieszka ihren Namen zu Agnes abkürzt. Agnieszka denkt darüber nach.«
»Nennt sie ihn immer noch Mr. Martyn?«
»Soweit ich weiß, schon.«
»Hast du Töne! Aber Hattie bleibt einfach Hattie?«
»Ja. Gottlob. Für die ist nur die Heiratsurkunde wichtig; die Heirat ist gar kein Thema. Agnieszka schickt das Stück Papier an die Einwanderungsbehörde, Martyns Chef hilft

ein bißchen nach, und siehe da! Agnes Arkwright ist eine Bürgerin dieses Landes.«

»Ich kann nicht fassen, daß sie das getan haben. Sie sind doch so moralisch.«

»Sie sind die neue Jugend«, sagt Serena. »Sie haben eine andere Vorstellung von Moral als wir.«

Ich will Genaueres über die Hochzeit wissen. Langsam werde ich ruhiger. Ich erkenne, daß Hattie in ihren Augen etwas Gutes und Anständiges getan hat. Aber es ist immer traurig, eine Hochzeit zu verpassen, und ich finde schon, daß ich als ihre Großmutter und diejenige, die sie aufgezogen hat, zumindest hätte eingeladen werden müssen, und wenn auch nur, um abzusagen.

Ich habe Wanda nichts gesagt, als ich Sebastian heiratete: Wir zogen einfach los, stellten uns mit zwei Trauzeugen vor den Standesbeamten, und das war's. Hattie steckte mitten in ihren Prüfungen, also konnte sie nicht kommen. Ich habe den Termin mehr oder weniger extra so gelegt, um ihr die Peinlichkeit zu ersparen; wer geht schon gern zur Hochzeit seiner Großmutter? Vielleicht tut Hattie mir also nur an, was ich ihr angetan habe?

Wanda kam nicht zu Serenas Hochzeit mit Cranmer; sie schützte ihre Gebrechlichkeit vor. Die Hochzeit fand wenige Wochen nach Georges Beerdigung statt, was vielleicht der wahre Grund war: Sie fand die Eile nicht gerade schicklich. Wanda ging auch nicht zur Beerdigung. Wenn man erst einmal in ihrem Alter sei, dürfe man sich bei familiären Verpflichtungen entschuldigen. Bevor George starb, sagte sie Serena, sie solle aufhören, darüber zu jammern, daß George sie verlassen hatte: Wer wolle sich schon um einen Mann im Alter kümmern? Jetzt sei Serena dieser

Pflicht ledig, und Sandra werde sich damit herumschlagen müssen.

George starb, als er und Serena sich in jenem Übergangs-stadium zwischen vorläufigem und endgültigem Schei-dungsurteil befanden, wo keiner der Beteiligten genau weiß, in welcher juristischen Situation er sich befindet. Es über-rascht mich nicht, daß Hattie so wenig von der Ehe hält. Aber wenn sie bloß mit mir gesprochen hätte, dann hätte ich sie davor warnen können, dem armen Martyn ein solch komplexes Bündel aus praktischen Verpflichtungen und Rechtskosten aufzuladen.

Serena befand, es sei am besten, die Hochzeit mit Cranmer nicht ausfallen zu lassen, sondern die Sache durchzuziehen, damit die Kinder nicht weiter darauf würden warten müs-sen, daß sie erkannte, was für ein Wahnsinn es war, einen Mann zu heiraten, der zwanzig Jahre jünger und obendrein ein Anarcho-Konservativer war. Serenas Kinder waren, ge-nau wie meine, was Cranmer »Rote« nennt, geboren, um auf Demos zu gehen und für die Rechte der Unterdrückten zu kämpfen, natürlich immer von der Sicherheit eines behag-lichen Nestes aus. Serena fand, es sei schlimmer für ihre Kin-der, sich in falscher Hoffnung zu wiegen, als sich der Tatsa-che zu stellen, daß sie dies und nichts anderes wollte: noch einmal zu heiraten, statt von den Überresten des Lebens zu zehren, die George ihr hinterlassen hatte. Aber natürlich war sie zu der Zeit halb verrückt vor Trauer und Bitterkeit, und für je vernünftiger sie sich hielt, desto weniger war sie es. Sie hätte es sich durchaus leisten können, noch ein Weil-chen zu warten – jeder Therapeut hätte ihr dazu geraten.

Einige Kinder kamen zu dieser Hochzeit, einige nicht, und sie konnte es ihnen so oder so nicht verübeln. Andererseits war Serena ja auch nicht auf Georges Beerdigung gegangen, zur Bestürzung ihrer Freunde und Familie. Witwen gehen zu Beerdigungen, aber Exfrauen? Nicht, wenn sie auch nur einen Funken Verstand haben. Und Serena wußte nicht, ob sie nun eine Ehefrau, eine Exehefrau oder eine Witwe war. Aber sie wußte, daß Sandra, in deren Armen ihr Ehemann oder Exehemann gestorben war, der Beerdigung beizuwohnen beabsichtigte.

Ich ging hin: Ich bat sie um die Erlaubnis, und sie sagte, ich könne für sie einspringen und das Trauern in der Öffentlichkeit für sie übernehmen. Ich hatte George sehr gern gemocht. Gegen Ende wurde er tatsächlich seltsam, aber ob das nun an seinen Genen lag oder an den Spritzern öligblauen Organophosphats, das die Nazis als Nervengift entwickelt hatten, werden wir nie wissen.

Sandra kam in orangerotem Kleid und mit gelbem Ascot-Hut zur Beerdigung. Sie stellte ihren Kummer ostentativ zur Schau. Und sie hatte ein ganzes Gefolge von Freundinnen dabei, alle mit Hüten, alle in Tränen, heulend und jammernd. Ich sprach nicht mit ihr; wenige von unserer Seite taten das.

Die esoterische Therapeutin erschien nicht. Wahrscheinlich empfand sie zu viele Schuldgefühle und zuviel Angst. Sie hatte sein Geld gewollt, aber doch nicht seinen *Tod*. Am Tag, nachdem er gestorben war, kam sie in Grovewood vorbei, um jegliche Briefe zu holen, die sie George geschrieben haben mochte, aber seine Kinder weigerten sich, die zu suchen oder ihr gar auszuhändigen.

George muß wirklich einen Teil der Verantwortung für seinen Tod übernehmen: Warum hat er einem derartigen

Monster überhaupt vertraut? Armer George. Ich habe Glück mit Sebastian. Er hat es geschafft, die Siebzig zu überschreiten, ohne gaga oder depressiv zu werden, sich mit Nervengas zu vergiften, sein Wesen zu verändern, verrückten Therapeuten zu vertrauen, hinter kleinen Mädchen herzujagen, wie manche Männer das tun, zu vergessen, sich den Reißverschluß zuzumachen, sein Essen zu verkleckern, mit seinem Gebiß zu klappern, in Pantoffeln herumzuschlurfen, mit den Nachbarn zu streiten, seine Feinde zu verfluchen, die Faust wie König Lear gen Himmel zu schütteln: All die Dinge – da hat Wanda ganz recht –, die Männer im fortgeschrittenen Alter so oft tun.

Leider hat er statt dessen eine Vorliebe für Abkürzungen entwickelt, weshalb er im Bijlmer ist und nicht bei mir.

Und Sandra, die Geliebte, die hat letzten Endes ganz gut für sich gesorgt; wir müssen sie nicht bedauern. Sechs Wochen nach der Beerdigung stand sie als Jammergestalt vor dem Fenster einer verheirateten Freundin, betrachtete die häusliche Szene drinnen und weinte leise. Das Paar machte ihr die Tür auf.

»Sandra, warum weinst du?«
    »Weil George tot ist und ich euch so beneide«, sagte sie. »Ich werde immer draußen sein und nie drinnen.« Also luden die beiden sie zu sich ein und boten ihr an zu bleiben, bis es ihr besser ging. Sechs Wochen später brannte sie mit dem Ehemann durch: Er war zufällig Millionär. Soweit ich weiß, lebt sie seither glücklich und zufrieden.

Serena kommt noch einmal auf diese Hochzeit zurück. Als alle, wie Hattie ihr berichtet hatte, nach dem Gottesdienst auf einen Imbiß mit zu ihnen gingen – Agnieszka hatte

Profiteroles gemacht, kleine Zimtküchlein und ein spezielles Brot mit Kondensmilch –, sei die Braut vorausgelaufen, klapper-di-klapp auf grünen Pumps, um die Haustür aufzuschließen und das Wasser aufzusetzen. (Die Schuhe haben einmal Hattie gehört, aber neuerdings trägt sie gern höhere Absätze.) Und da tat die Katzenzucht-Mutter etwas Seltsames. Sie lief hinter Agnieszka her ins Haus, ging in den Garten, nahm eine Handvoll Erde und verstreute sie auf dem Küchenboden. Mittlerweile waren die anderen hereingekommen. Agnieszka hatte einen Eimer mit heißem Seifenwasser gefüllt, ihre Mutter schwappte es auf den Boden, und Agnieszka nahm einen Besen und kehrte alles wieder hinaus. Die Schwester hatte erstaunlicherweise die Kraft gefunden, laut zu klatschen, und dann ging alles ganz normal weiter.

»Hat Hattie wirklich ›normal‹ gesagt?« frage ich. »Was heißt hier ›normal‹?«

»Klingt nach einem alten Hochzeitsbrauch«, sagt Serena. »Und das klingt nicht gut. Hattie und Martyn werden nicht denken, das sei eine richtige Heirat, aber Agnieszka und ihre Familie offenbar schon.«

Martyn und Agnieszka im Bett

Die Hochzeit liegt drei Wochen zurück. Hilary ist nach Frankfurt gegangen, und Hattie hat jetzt ein hübsches Büro mit Blick über die Dächer. Elfie ist ihre sympathische, wenn auch erratische Assistentin, und Marina – die extrem unter Abgabestreß stand, als sie mit einer Klage drohte – hat ihr Manuskript mittlerweile fertiggestellt und geliefert. Das Buch wird bestimmt ein Erfolg werden. Agnieszka hat ihren Paß gefunden und dem Auswärtigen Amt einen Brief mit einer Heiratsurkunde geschickt, die niemand anzweifelt. Wie es aussieht, wird die Ukraine über kurz oder lang Mitglied der EU werden, und also kümmert sich wohl niemand mehr groß darum, von welcher Seite einer demnächst unwichtigen Grenze so ein Antragsteller stammt. Babs ist auf Mutterschaftsurlaub in Florida, und Debora ist nicht schwanger.

Martyn arbeitet jetzt für *d/EvOLUTION* und hat eine neue Chefin namens Cyrilla Leighton, eine schicke junge Frau von siebenundzwanzig Jahren. Sie unterstützt Martyn, lobt seine Arbeit, ja schmeichelt ihm sogar. Sie kann nicht schreiben, aber zumindest weiß sie das; und wenn hin und wieder einer seiner Artikel unter ihrem Namen erscheint, dann stört ihn das nicht. Evolution ist letzten Endes unterhaltsamer als Devolution. Die Darwinisten und Neo-Darwinisten trinken mehr, benutzen kürzere Wörter und machen mehr Witze als diejenigen, die sich in politische

Theorien vergraben. Sie tendieren vielleicht mehr nach rechts und heben abwehrend die Hände, wenn man ihnen mit der menschlichen Natur kommt, sagen, was soll man schon erwarten, statt ernsthaft zu versuchen, die Dinge mittels geeigneter Methoden zurechtzurücken, aber damit kann Martyn umgehen. Er weiß ja, auf welcher Seite er steht.

Wenn er nach seinem Familienstand befragt wird (und es ist schon erstaunlich, wie viele Frauen sich auf einer Konferenz ganz unverblümt erkundigen: »*Sind Sie mit jemandem zusammen?*«), dann antwortet er: »Ich lebe in einer festen Beziehung. Wir haben ein Kind.« Er verliert natürlich kein Wort über die Ehe und ist ganz froh, daß sich Harold jetzt in höheren Kreisen bewegt statt im Büro und so kaum Gelegenheit hat, mit einer zweideutigen Bemerkung oder im Flüsterton darauf anzuspielen.

Martyns politische Aussichten machen Fortschritte; er hofft, von der Partei für einen unbedeutenden Sitz im Norden aufgestellt zu werden, und hofft zugleich, daß er ihn nicht erringen wird. Besser, diesmal zu verlieren und dann einen sicheren Sitz in einem Wahlkreis nicht allzuweit von zu Hause zu bekommen. Er kann sich nicht vorstellen, daß Hattie bereit wäre, aus London wegzuziehen.

Agnieszka würde ihm folgen, wohin er auch ginge, aber er ist mit Hattie zusammen, nicht mit Agnieszka.

Agnieszka kümmert sich wie gewohnt um Kitty, schläft in ihrem eigenen Bett, setzt Martyn und Hattie das Essen vor, ist lieb und nett – und man könnte meinen, alles sei in bester Ordnung, außer daß sie jetzt Nacht für Nacht im Bett weint. Martyn und Hattie können das leise, schniefende, halb erstickte Geschluchze auf der anderen Seite der Wand deutlich hören. Was mag sie wollen? Wie können sie Agnieszka glücklich machen?

»Was ist denn bloß mit ihr los?« fragt Martyn. »Sie hält mich wach, und wenn ich nicht schlafen kann, kann ich auch nicht schreiben.«

»Wir können wohl kaum mehr für sie tun, als wir schon getan haben«, bemerkt Hattie. Sie erwartet von Agnieszka ein bißchen mehr freudige Dankbarkeit, als ihr erwiesen wird.

Martyn stubst Hattie, lacht leise – sie sprechen im Bett immer leise – und sagt: »Na, ich denke, wir könnten schon.«

»Du meinst, wir sollen sie zu uns ins Bett nehmen«, sagt Hattie, »so wie wir das mit Kitty getan haben, bevor Mrs. Arkwright in unser Leben trat und wir eines Besseren belehrt wurden? Na, ich glaube nicht, Martyn!« Das soll ein Scherz sein.

»Nenn sie nicht Mrs. Arkwright«, entgegnet Martyn. »Das klingt aggressiv.«

»Ach, sie ist ja deine Frau, und du mußt sie beschützen«, antwortet Hattie, die jetzt tatsächlich gewisse Aggressionen verspürt. »Freut mich, daß du wie ein treusorgender Ehemann für sie empfindest.«

»Ich weiß nicht, was ich tun soll«, lamentiert Martyn. »Es war doch deine Idee. Ich kann es nicht aushalten, wenn Frauen weinen. Es ist die reinste Manipulation.«

Hattie hat Agnieszka bereits gefragt, was mit ihr los sei, doch Agnieszka hat nur den Kopf geschüttelt und gesagt: »Nichts.«

Kitty ist die Tränen schon so gewöhnt, daß sie nicht einmal mehr versucht, sie abzulecken.

Ein oder zwei Nächte später machen sie ein bißchen mehr Lärm bei der Liebe als üblich – es muß einfach sein –, und danach sagt Martyn: »Wenn wir schon nicht ohne sie leben können, sollten wir vielleicht mehr dafür tun, mit ihr zu leben.« In der darauf folgenden Stille wird das Schluchzen nebenan noch heftiger.

»Das schließt ihre Anwesenheit in meinem Bett nicht ein«, erklärt Hattie, »falls es das ist, was du denkst.« Sie sollte so etwas nicht sagen, das weiß sie; sie wagt sich auf gefährliches Terrain vor, aber sie kann nicht anders.

»Um Himmels willen, Hattie«, sagt Martyn, »ich denke an nichts in der Art. Du hast ja keine Ahnung, woran ich denke.« Er kann es nicht ausstehen, wenn sie behauptet zu wissen, was in seinem Kopf vorgeht. Beide nehmen eine Schlaftablette. Hattie schläft, Martyn nicht.

Martyn bekommt Angst vor seinen eigenen Gedanken. Agnieszkas Tränen erregen ihn. Er würde gern nackt aus dem Bett steigen und sie so richtig durchvögeln. Dann hätte sich's schnell ausgeweint. Er tagträumt im Büro davon: immer öfter. Agnieszka ist seine Frau.

Kürzlich hat sie sich übers Bügelbrett gebeugt; sie trug Hatties gelben Lederrock, und ihre Beine waren lang und nackt. Er sah die Muskeln neben ihren Kniekehlen hervortreten und mußte hinausgehen, sich im Badezimmer hinsetzen und dreimal tief durchatmen. Aber er liebt doch Hattie. Agnieszka liebt er nicht. Hattie ist seine Partnerin, um ihretwillen geht er nicht mit anderen Frauen von Konferenzen weg. Hattie ist die Mutter seines Kindes, nicht Agnieszka, obwohl Agnieszka sicherlich mehr mit Kitty zu tun hat als Hattie. Kitty kann mittlerweile schon ganz schön viele Wörter: Sie spricht sie mit Agnieszkas singendem Tonfall und leichtem Lispeln aus. Es rührt sein Herz, wenn er sie hört. »Verflisst!« sagt sie und ahmt damit Agnieszka nach. Sie versucht sich nicht an Hatties »Ach du Scheiße«. Sie weiß, daß ein kleines Mädchen am besten fährt, wenn es niedlich und strahlend ist, nicht forsch und schroff wie Hattie.

Er liebt das zärtliche Lächeln, mit dem Agnieszka Kitty ansieht, die Art, wie ihre Oberlippe sich kräuselt, um ihre Zähne zu entblößen: Tun das anderer Leute Münder auch? Er verspürt zunehmend Wut auf Hattie, denn schließlich hat sie sich und ihn in diese Situation und ihn in Versuchung gebracht. Es war ihre Idee. Also muß sie auch mit den Folgen klarkommen. Er schläft ein. Es ist nach fünf.

In der nächsten Nacht kann er Agnieszkas Weinen nicht mehr ertragen. Er knipst das Licht an. Es ist zwölf. Sie sind alle seit mindestens zwei Stunden im Bett. Hattie, Martyn, Agnieszka, Kitty und auch Sylvie. Sie alle gehen früh schlafen, um tagsüber besser auf Zack zu sein.

Er steht auf, schüttelt Hattie und sagt: »Das ist unmöglich, Hattie. Du mußt mit ihr reden.«

Hattie erwacht aus einem tablettenbedingten Dämmerschlaf und murmelt: »Was ist los?«

»Du mußt aufstehen«, fordert er.

»Warum kannst du nicht einfach zufrieden sein, Martyn?« fragt Hattie. »Es läuft doch alles so gut.«

»Du bist ein hartherziges Aas«, sagt er. »Hörst du sie denn nicht weinen?«

»Polnische Mädchen weinen nun mal gern«, antwortet seine Lebensgefährtin. »Sie sind berühmt dafür. Es gehört zu ihrer Kultur. Wenn sie wirklich so unglücklich ist, kann sie ja jederzeit gehen. Sie ist nur das Au-pair.«

»Sie ist meine Frau«, kontert Martyn. Er erhebt die

Stimme. Hattie ist jetzt richtig wach. Sie weiß, daß sie mit ihm gesprochen hat, aber was hat sie gesagt?

Im Zimmer nebenan beginnt Kitty zu weinen. Martyn muß sie geweckt haben. Sie hört, wie Agnieszka aufsteht, Kitty aus ihrem Bettchen nimmt und in die Küche geht.

Was Agnieszka wohl im Bett trägt, fragt sich Martyn. Er hat sich bisher nicht gestattet, darüber nachzudenken. Schläft sie nackt oder vielleicht in einem von Hatties abgelegten Nachthemden, denen, die ihr jetzt zu klein sind, die sie gekauft hat, bevor sie mit Kitty schwanger wurde? Vielleicht in diesem fast durchsichtigen seidigen Ding, zweiteilig, das Hemdchen hellgrün und tief ausgeschnitten, so daß der Busen zu sehen ist, das negligéartige Unterteil dunkler, um eine gewisse Schicklichkeit vorzugeben. Solche Sachen kauft Hattie nicht mehr. Es war ihm auch nie so ganz recht. Seine Mutter hätte sich über den Preis aufgeregt, sein Vater über den Mangel an Schicklichkeit. Heutzutage zieht sich Hattie einfach ein T-Shirt über, wenn es kalt ist, und schläft ansonsten nackt. Er mag es, wenn sie nichts anhat, aber mittlerweile hat er sich doch sehr an ihren Körper gewöhnt. Er ist weich, angenehm und vertraut, Martyn liebt ihn, und er hat ihm ein Kind geboren, doch er birgt keine Verheißung zukünftiger Erregung mehr. Es würde ihn schon interessieren, wie Agnieszka nackt aussieht. Er erinnert sich an die Zeit kurz nach ihrer Ankunft, als sie ihm ihre Bauchtanzkünste vorgeführt hat. Ist sie überhaupt weiter zu den Kursen gegangen? Er hat keine Ahnung. Sie ist seine Frau, und er weiß so wenig von ihr.

Hattie zieht sich eins von Martyns T-Shirts an, das ihr bis zu den Knien reicht, und geht ins Wohnzimmer, wo Agnieszka mit Kitty sitzt. Martyn kommt hinterher. Martyn hat anstandshalber eine indische Kurta angezogen. Eine Kurta aus weißer, dünner Baumwolle. Alastair hat sie Babs einmal aus Indien mitgebracht, weil er meinte, es sei ein Frauengewand, und Babs hat sie Martyn weitervererbt. Die Kurta betont seinen breitschultrigen, schmalhüftigen Körper. Er war ein paarmal im betriebseigenen Sportstudio. Auf Cyrillas Initiative hin. Agnieszka wäscht die Kurta immer separat, damit sie so blendend weiß bleibt, und bügelt sie steif und faltenfrei.

Agnieszka trägt einen Morgenmantel aus mattblauem Samt von Marks & Spencer. Sie ist gerade dabei, etwas von einer blauen Tablette abzukratzen, das sie dann Kitty auf der Fingerspitze in den Mund schiebt. Kitty scheint es zu mögen und hört auf zu quengeln.

»Was gibst du ihr denn da?« fragt Hattie. Sie ist noch ganz benebelt von ihrer Schlaftablette.

»Ein bißchen Vitamin B12«, sagt Agnieszka. »Irgendwas hat sie geweckt und geängstigt. In Polen geben wir das den Babys regelmäßig: Es ist gut für Kittys Nerven, wo sie doch gerade zahnt. Sie ist nicht sehr glücklich, aber jetzt wird es gehen.«

Agnieszka schaut Hattie direkt ins Gesicht und schenkt ihr ein strahlendes, beruhigendes Lächeln. Es zeugt von Energie und Selbstbewußtsein und Verantwortungsgefühl, aber Hattie ist vor allem froh, daß die Tränen versiegt sind. Agnieszkas Augen sind auch nicht verquollen. Sie scheint hellwach zu sein.

»Und in der Ukraine?« fragt Martyn. Er hält die Ukraine für extrem rückständig und beeilt sich jetzt, wo sie verheiratet sind, Agnieszka das auch wissen zu lassen.

»Da auch«, antwortete Agnieszka. »Die Länder liegen ja

nicht so weit auseinander.« Und sie schenkt Martyn dasselbe strahlende Lächeln.

»Da wir nun alle schon mal wach sind, Agnes«, sagt Martyn, »würdest du uns vielleicht Kakao machen?«

Hattie fragt sich, warum Martyn so eklig zu Agnieszka ist, aber Agnieszka scheint sich nicht daran zu stören. Sie scheint seine schlechte Laune vielmehr zu genießen. Wenn er sie Agnes nennt, was sie nicht leiden kann, versucht sie, ein »Mr. Martyn« anzubringen, was wiederum er nicht leiden kann.

Kitty lächelt jetzt, ihre Augenlider werden schwer und klappen zu. Agnieszka bringt sie wieder ins Bettchen und geht dann in die Küche, um ihre berühmte heiße Schokolade zu machen; sie kocht, siebt, schäumt auf, gießt ein, sucht ein Tablett und bringt die drei Becher ins Wohnzimmer, wo Hattie und Martyn nebeneinander am Tisch sitzen, zwei schläfrige Komplizen. Und dann läßt sie ihre Bombe platzen.

»Warum bist du so unglücklich?« fragt Hattie unklugerweise. »Warum weinst du die ganze Zeit?«

»Weil ich Mr. Martyn liebe«, erklärt Agnieszka, »aber ich kann ihn ja nicht haben, und deshalb muß ich fortgehen, denn es ist dir gegenüber nicht fair, Hattie, und dich liebe ich doch auch.«

Hattie bemerkt, daß ihre Hände zu zittern beginnen. Sie muß den Becher abstellen. Der Kakao ist sehr heiß und einfach köstlich.

»Aber du kannst nicht gehen«, sagt Hattie. »Wir brauchen dich. Wir sind auf dich angewiesen. Kitty hat dich lieb. Agnieszka kann uns doch nicht verlassen, oder, Martyn?«

300

»Es wäre ein Verstoß gegen ihre Religion«, erwidert Martyn. »Ich bin ihr Mann. Nein, sie kann nicht gehen.«

»Deine armen Hände«, sagt Agnieszka zu Hattie. »Deine arme Stimme! Ich würde alles tun, um dich nicht zu verletzen, aber es ist geschehen. Du bist so gut zu mir gewesen, Hattie, wie ein Engel.«

Agnieszka geht ins Badezimmer und kommt mit einem Fläschchen zurück, aus dem sie eine kleine blaue Pille für Hattie schüttelt.

»Was ist das?« fragt Hattie. Martyn stürzt seinen Kakao hinunter, obwohl der eigentlich noch zu heiß sein dürfte.

»Das ist ein Vitaminergänzungspräparat«, erklärt Agnieszka. »Es ist nicht gut, wenn deine Hände zittern. Du hast einen Vitamin-B12-Mangel, Hattie. In Polen geben wir das für die Nerven.«

»Und in der Ukraine wohl auch, nehme ich an«, bemerkt Martyn. »Wo die beiden Länder ja nicht so weit auseinander liegen.«

Hattie nimmt die Pille. Martyn schaut zu.

»Nimm gleich zwei«, sagt er, und Agnieszka schüttelt noch eine Pille aus dem Fläschchen. Hattie schluckt sie.

»Und jetzt laßt uns auf die Zukunft trinken«, schlägt Martyn vor, »wie auch immer die für jeden von uns aussehen mag«, holt die Flasche Whisky sowie drei Gläser, gießt drei Schluck ein, und alle trinken.

»Ich muß gehen«, sagt Agnieszka. »Ich kann euch damit nicht belasten. Ich danke dir, Hattie, und ich danke dir, Mr. Martyn. Und jetzt werde ich zu Bett gehen, und morgen früh werden wir genau klären, wie das vonstatten gehen soll, damit Kitty nicht darunter leidet.«

»Wollen wir darauf noch einen trinken?« fragt Martyn, und alle nehmen noch einen Schluck Whisky, und Hatties Hände zittern nicht mehr, obwohl sie keine Ahnung hat, wie sie ohne Agnieszka auskommen soll. Aber das scheint im Moment gar nicht so wichtig zu sein. Im Moment ist sie einfach glücklich und hat alle richtig lieb.

»Schlafenszeit«, sagt Agnieszka, gähnt, streckt sich und geht in ihr Zimmer.

»Noch einen Schluck«, sagt Martyn und gießt ein, und Hattie kippt auch den. Jetzt, merkt sie, muß sie unbedingt ins Bett; da gehört sie hin. Also bringt Martyn sie ins Schlafzimmer, und sie rollt sich genüßlich herum, bis sie direkt an der Wand liegt. Es ist ein gutes, großes, teures Bett, das Serena ihnen gekauft hat, als sie zusammengezogen sind.

Hattie schläft. Martyn legt sich neben sie, schließt die Augen und ist binnen einer Minute eingeschlafen, obwohl er das eigentlich gar nicht vorgehabt hatte. Doch dann erwacht er und sieht Agnieszka aufs Bett zukommen, wie in seinem Traum. Einem wiederkehrenden Traum, einer Vorhersage. Sie trägt dieses grünliche Ding, das Hattie einst trug, vor langer Zeit. Hat er es ihr damals geschenkt?

Agnieszka zieht das Negligé aus, so daß ihre Brüste zu sehen sind. Plötzlich ist er hellwach. Sie lächelt, schiebt noch ein Stück von dem Hemdchen zur Seite, so daß auch ihr Bauch frei ist, und sagt: »Ich habe jetzt auch die Prüfung für Fortgeschrittene bestanden. Möchtest du mal sehen?«

Er nickt, und sie bewegt ihre Bauchmuskeln auf beeindruckende Art, obwohl sie doch gar keinen Bauch hat.

»Du kannst anfassen, wenn du magst«, sagt sie. Martyn wirft einen Blick auf Hattie, aber die schläft.

»Er ist wie ein Sack voller Kätzchen«, murmelt er.

»Sie wird auch schön weiterschlafen«, sagt Agnieszka.

302

»Sie ist vollkommen glücklich, und ich bin deine Frau. Auch Kitty wird schlafen. Wir können so laut sein, wie wir wollen. Ihr beide seid immer so leise. Das ist sehr langweilig.«

»Was war das für eine Pille?«

»Ein Roofie«, antwortet sie. »Wußtest du das nicht?«

»Rohypnol? Aber ich habe ihr Whisky zu trinken gegeben.«

»Um so besser«, sagt Agnieszka.

Er streckt die Hand aus, um ihren Bauch zu befühlen. Die Kätzchen bewegen sich darunter. Er ist sich nicht sicher, ob ihm das gefällt.

»Und schließlich bin ich deine Frau, und sie ist nur die Geliebte, also steht mir dieses Bett zu. Ich habe einen größeren Anspruch darauf als sie. Meines ist schmal und klein. Dieses hier ist groß und breit und bietet Platz für drei. Sollte ihr das nicht passen, dann kann sie ja in meinem Bett schlafen, aber ich glaube, wenn sie jetzt wach wäre, käme sie so eher auf ihre Kosten.«

Agnieszka schlüpft ins Bett und legt sich neben ihn. Das grüne Hemdchen ist zwar ein bißchen kratzig, aber das kann er in Kauf nehmen. Er wendet sich von ihr ab und Hattie zu, die im Schlaf lächelt und nach ihm greift, und läßt seine Hand wandern. Sie dreht sich auf den Rücken, und seine Finger finden sie; sie seufzt lustvoll und murmelt etwas Einladendes. Dann dreht er sich wieder zu Agnieszka um und ehe er sich's versieht, liegt er schon auf ihr, schiebt ihre Beine auseinander, zieht ihre Knie hoch. Ihre gespreizten Beine schlingen sich um Hatties, und beide Frauen sind sein, genau was er gewollt hat, seit er Agnieszka erblickt hat.

Das war Mittwoch, die erste Nacht.

303

Noch zwei Nächte

»1886«, erzählt mir Hattie drei Tage nach den soeben beschriebenen Ereignissen, »wurde Sir Charles Wentworth Dilke, seinerzeit das jüngste Mitglied im Kabinett Gladstone, mit Frau und Dienstmädchen im Bett erwischt. Der Skandal hat seine Karriere ruiniert.«

»Das war damals, und jetzt ist jetzt«, sage ich, »und Martyns politische Karriere hat gerade erst angefangen.«

»Und außerdem«, fügt sie hinzu, »war es damals ganz eindeutig, wer von beiden wer war. Wer die Frau war und wer das Dienstmädchen.«

Ich frage nicht, obwohl ich in Versuchung bin, wessen Schuld das ist. Hattie ist noch zu verletzlich. Sie sitzt bei mir am Tisch. Es ist Samstag morgen, früher Morgen. Ihr Koffer steht neben ihr. Er ist noch nicht ausgepackt. Sie muß sich erst alles von der Seele reden. Sie hat mir von der Hochzeit erzählt, vom Besuch bei der Katzenzucht, von ihrer Beförderung, und schließlich kommt sie zu dem Abend, als es Kakao gab und Agnieszka ihr grünes Negligé trug, in dem Hattie jetzt einfach albern aussieht, und das Agnieszka auch noch trug, als sie in Hatties Bett war. »Ich bin mir sicher, daß ich ihr nie erlaubt habe, dieses Ding anzuziehen«, sagt sie. »Diese Kuh.«

Ich sage, das sei meines Erachtens kein so wesentlicher Regelverstoß.

»Ich erinnere mich an ziemlich viel. Rohypnol löscht nicht alle Erinnerungen aus. Es ist nur ein Schlafmittel mit eingebautem Lustfaktor. Aber ich hatte ja schon zwei Temazepan intus und außerdem ordentlich Whisky, also sind meine Erinnerungen doch eher verschwommen.«

Ich sage, sie könne von Glück reden, daß sie noch am Leben sei.

»Als ich am Donnerstag morgen zur üblichen Zeit aufwachte, war Agnieszka wieder in ihrem Bett, und Martyn schlief neben mir, nur daß ich nicht wie sonst auf der Seite zur Wand lag, sondern auf der zur Tür. Ich vermute, sie und Martyn dachten, ich würde mich an gar nichts erinnern, aber da haben sie sich getäuscht. Ich hätte mir vielleicht eingeredet, alles wäre ein Traum gewesen, aber die Hälfte des Bettzeugs lag auf dem Fußboden, und mein grünes Negligé, das ich nie mehr trage, lag irgendwo dazwischen. Die Druckknöpfe waren geöffnet. Ich ließ alles, wie es war, und ging in die Küche runter, und da saß Agnieszka und schnitt für Kitty einen Apfel in Scheiben, als wäre nichts geschehen. Sie sah bloß besonders rosig und lieblich aus.

Dann kam Martyn zum Frühstück herunter. Er mußte früher als sonst ins Büro. Er war so brummig wie immer, und ich wußte nicht, was ich tun oder denken sollte, aber ich besann mich darauf, daß mein Fahrschullehrer einmal gesagt hatte, *Wenn Sie sich nicht ganz sicher sind, lassen Sie's.* Und weil sie nichts sagten, tat ich es auch nicht. Ich tat so, als wäre alles normal, während ich mir einen Plan zurechtlegte.

Martyn küßte mich zum Abschied, als wäre nichts vorgefallen, und kniff dabei meine Brustwarzen durch die

Bürobluse, die aus einem hübschen dünnen Stoff ist und die Agnieszka tags zuvor gewaschen, gebügelt und für mich rausgelegt hatte. Sie ist langärmlig, zum Glück, weil meine Arme auf den Innenseiten voller blauer Flecke waren. Wie schlimm, habe ich erst gestern gesehen, als sie richtig lila wurden. Aber dieser kleine Zupfer, der Zwicker, der ging mir direkt in den Unterleib – du weißt ja, wie das manchmal so ist.«

Dann erinnert sie sich an mein Alter und bittet mich wegen dieser Bemerkung um Entschuldigung, und ich antworte, ich hätte schon noch ein paar vage Erinnerungen daran, wie das manchmal so sei.

»Na, du wolltest ja alles wissen«, sagt sie, und so ist es auch.

Als sie nach dem Frühstück wieder hochging, erzählt sie, sei das grüne Negligé verschwunden, ein frisches Laken aufgezogen und das Bett gemacht gewesen, und Agnieszka habe singend mit dem Staubsauger herumgefuhrwerkt. Hattie freute sich, daß sie so vergnügt war. Am vergangenen Abend war irgendwie die Rede davon gewesen, daß sie kündigen wollte, doch worum es da auch immer gegangen sein mochte, es war nicht mehr aktuell. Es würde ein harter Tag im Büro werden, und sie hatte einen Kater – aber das lag wahrscheinlich am Whisky, nicht an den Tabletten. Sie erinnert sich, wie die goldfarbene Flüssigkeit im Glas schimmerte: Das war ein so schöner Anblick gewesen. Martyn hatte beim Einschenken nicht geknausert.

»Aber ich erinnerte mich an immer mehr Einzelheiten. Daß ich übers Bett gebeugt dastand und Martyn von hinten in mich eindrang, während sie ihre Zunge …« Sie bricht ab. »Glaubst du, sie ist lesbisch, Großmama, ich meine richtig lesbisch, oder hat sie das nur Martyn zuliebe getan? Weil ich nämlich glaube, daß sie ihn wirklich liebt. Ich will nicht zu sehr ins Detail gehen, weil das zu unanständig für dich wäre – von mir will ich gar nicht erst reden –, aber du bist nicht mehr jung, und es könnte dich schockieren.«

Lieber Himmel, dachte ich. Und ich dachte an die Künstler und die Dreier und die Vierer und die Fessel- und Unterwerfungsspiele und das Filmen und was sonst noch so ablief in diesen Nepplokalen, an das Kaufen und Verkaufen von dieser oder jener Öffnung, wo jeder versuchte, zum Zuge zu kommen, während noch ein anderer zugange war, selbst wenn dieser andere gleich zu zweit oder zu dritt oder noch mehr daherkam – und an die Lust am Schmerz und das Poledancing in Las Vegas, als wir uns aus dem Hotel freikaufen mußten, damit Charlie zu seinem Rodeo konnte – nicht daß er getanzt hätte: Er kassierte nur das Geld, haufenweise Geld. Amerikanerinnen sind beim Dirty Dancing besser als Engländerinnen: Sie gehen in die Vollen und schämen sich nicht. Sie sehen nichts Falsches darin, alles zu versprechen, aber nichts zu erfüllen. Doch ich schien eine Qualität zu haben, über die nur wenige verfügten: Ihre Sünden waren primitiv, meine dagegen raffiniert, und sie lächelten zuviel; ich war eine Malermuse, kein Gangsterflittchen, und das sah man. Ein bißchen Klasse ist immer gefragt, also verdiente ich gut.

Hattie mit ihren Blutergüssen tat mir leid. Ich helfe ihr beim Kofferauspacken im Gästezimmer.

»Also hat Agnieszka sich alles geschnappt«, sage ich. »Sie hat den Mann und das Haus und das Kind und Martyn als Einkommensquelle fürs Leben und gesellschaftlichen Status als seine Frau, und was hast du? Nichts! Kannst du nicht wenigstens wütend auf sie sein?«

Sie denkt ein Weilchen nach.

»Na schön«, sagt sie. »Nehmen wir an, du hast recht. Sie war nie ein Au-pair, sie war eine Sau und eine Diebin und eine Hochstaplerin – und zudem noch eine Schlampe. Sie ging ans Werk und wußte bei jedem Schritt, den sie unternahm, was sie tat. Sogar, als sie Kitty ein paar Krümel Rohypnol gegeben hat, damit sie nicht aufwachen und sich über den Lärm erschrecken würde – sie muß Kitty wirklich lieben.«
»Nein«, entgegne ich. »Von allem, was sie getan hat, ist dies das Schlimmste.«

»Ich vermute, ich war ziemlich laut«, fährt sie fort, »obwohl ich mich nicht daran erinnere, und Martyn bestimmt auch, nach all den Monaten, in denen wir so leise sein mußten, weil sie im Zimmer nebenan schlief. Es war zu erwarten. Martyn hat losgelegt wie ein Kerl in einem Porno. Vielleicht hat er ja seinen Beruf verfehlt.«

Ich frage sie, was dann passiert ist: Sie ging zur Arbeit, und es war ein ganz gewöhnlicher Tag, abgesehen davon, daß Babs' Tavish versuchte, sich an sie heranzumachen, weil Sex, abgesehen vom normalen Eins-zu-eins-Sex, etwas Ansteckendes hat: Er umgibt einen wie eine Aura, und manche Leute haben eine Antenne dafür.

»Und ehrlich gesagt«, bekennt sie, »fühlte ich mich so gut, so richtig und gründlich *versorgt*, daß ich mich am liebsten in ein Bett gelegt und darauf gewartet hätte, daß etwas passiert. Jedes Bett wäre mir recht gewesen. Das ist das Schlimme. Jedes. Aber selbst in der Verfassung war mir klar, daß es ein Riesenfehler gewesen wäre, mit Babs' Tavish zum Lunch ins Dorchester zu gehen.

Gegen fünf bin ich mit dem Taxi nach Hause gefahren; Martyn war schon da. Agnieszka brachte Kitty ins Bett; Martyn und ich halfen ihr beim Baden, und immer noch wurde das Thema nicht angesprochen. Ich hatte nicht übel Lust, den beiden zu sagen: »Ich habe durchaus nicht alles vergessen. Ihr seid wirklich naiv, wenn ihr das glaubt.« Aber ich hatte nicht die Kraft dazu. Also gingen wir alle früh ins Bett, jeder in seines. Martyn legte sich wie üblich auf die Seite zur Tür, und ich schlief sofort ein, und ich denke, Martyn und Agnieszka ging es genauso. Ich bin mir sicher, daß sie sich nicht in den Schlaf geweint, sondern einfach geschlafen hat.«

Das war Donnerstag, die zweite Nacht.

»Ich konnte nicht anders«, erzähle ich Serena später, »als zu bewundern, wie Hatties Koffer gepackt war. Ihre besten Sachen lagen alle zwischen Seidenpapier: Die gebügelten Höschen waren ordentlich zusammengelegt, die Schuhe steckten einzeln in Beuteln. Jeder Cremetiegel, jeder Kosmetikstift war in Klarsichtfolie gewickelt und in irgendeinem freien Eckchen verstaut. Ich vermute, daß Agnieszka das Packen besorgt hat.«

»Auch das nächste Frühstück verlief wie üblich«, fährt Hattie fort. »Martyn küßte mich zum Abschied an der Haustür, dann ging er in die eine Richtung und ich in die andere, und Agnieszka und Kitty winkten uns hinterher. Ich sah, daß sie am Ringfinger ihrer linken Hand einen schlichten goldenen Ring trug. Aber ich wollte mich nicht verspäten, also sagte ich nichts: Marina Faircroft hatte sich angekündigt, um über ihren nächsten Roman zu sprechen. Sie arbeitet wirklich hart. Kaum ist ein Buch fertig, wird das nächste begonnen. Deshalb kann sie es sich leisten, immer einen Anwalt dabeizuhaben, selbst wenn solche Anwälte die Praktikantin zum Mittagessen einladen. Gut möglich, daß sich Elfie immer noch mit ihm trifft. Sie kommt immer so fröhlich von der Mittagspause zurück.

Aber es war ein guter Tag, und ich fühlte mich frisch, wenn vielleicht auch ein bißchen betäubt. Das Abendessen verlief wie üblich, nur daß die Atmosphäre etwas angespannt war. Schon wegen des Eherings, über den niemand ein Wort verlor. Vermutlich hatte Martyn ihn für Agnieszka gekauft, aber ich mochte nicht fragen, weil ich mich vor der Antwort fürchtete.

Die Bettzeit nahte, aber niemand machte den Fernseher aus; wir starrten auf die Mattscheibe, als gäbe es nichts Wichtigeres. Schließlich drückte Martyn aufs Knöpfchen und goß uns dreien einen Whisky ein, und als ich ihn golden im Glas schwappen sah, rann mir genauso ein Schauder den Rücken runter. Und dann sprach Martyn – er hat eine schöne Stimme, findest du nicht auch, Großmama?«

Ich sage, seine Stimme sei mir nie besonders aufgefallen. In Wahrheit habe ich immer gefunden, daß sie etwas Hartes hat, das so typisch für den Norden ist, etwas leicht Gereiztes, als wolle sie eine Art Dauerprotest gegen die Welt zum Ausdruck bringen. Aber seine jüngsten Erfolge bei der Arbeit, die neue Chefin und die neue Ehe mögen sie irgendwie weicher gemacht haben. Vielleicht ist sie mittlerweile ja so wohltönend und einladend wie die Stimmen derer, die mit sich zufrieden sind. Hattie fährt fort.

»Martyn legte mir die Hand auf den Arm und fragte mich, ob ich mich an irgend etwas von vorletzter Nacht erinnerte, und Agnieszka preßte sich die Fingerknöchel an den Mund und fuhr mit der Zunge über ihren Ehering, als wollte sie ihn kosten.

›Mittwoch nacht?‹ frage ich zurück. ›Nein, warum sollte ich? Abgesehen davon, daß Agnieszka uns heiße Schokolade gemacht hat und ich danach wie ein Stein geschlafen habe. Ihre heiße Schokolade schmeckt wirklich gut.‹

Ich wollte nur wissen, was passieren würde, wie er reagieren würde.

›Um ehrlich zu sein, hast du nicht die ganze Zeit geschlafen‹, sagt er. ›Es ist nur fair, wenn du das weißt. Agnieszka war bei uns im Bett. Ich möchte dich nicht aufregen, aber Agnieszka und ich sind verheiratet, kirchlich getraut mit Gottes Segen, das mußt du sehen. Ich habe ihr gegenüber Verpflichtungen. Es kann nicht angehen, daß sie sich selbst überlassen bleibt und jede Nacht in den Schlaf weint. Das ist unanständig.‹

Ich antworte: ›Ich verstehe nicht, was die Tatsache, daß sich jemand nachts in den Schlaf weint, mit Anstand zu tun haben soll. Meiner Meinung nach gehört das wohl eher in den emotionalen Bereich.‹

›Dann solltest du das anerkennen‹, sagt er. ›Meine Güte, du bist so streitsüchtig, Hattie. Aber ich liebe dich immer noch, trotz allem. Und Agnieszka liebt dich auch.‹

Ich schweige.

Dann sagt Agnieszka: ›Du hast einen wunderschönen Körper, Hattie. Viel schöner als meiner. Und ich wünschte, ich hätte deine Haare.‹

Das kann ich mir denken, dachte ich. Was willst du denn noch? Ich könnte sie abschneiden und eine Perücke daraus machen lassen, die du dann tragen könntest. Mein Lebensgefährte, mein Kind, mein Baby, mein Zuhause, meine Kleider und jetzt meine Haare? Und der Gedanke bringt mich zum Lachen, jedenfalls einer Art Lachen. Sylvie, das Kätzchen, springt hoch und patscht mir mit der Pfote auf die Wange, aber ganz sanft. Wir sind wieder Freunde. Ja, ich bin sogar ihr Lieblingsmensch.

›Freut mich, daß du das so leicht nimmst‹, erklärt Martyn, der langsam die Geduld mit mir verliert. Er steht auf. ›Wie wollen wir es also zukünftig halten? Zu dritt im Bett oder immer nur eine oder auch mal du und Agnieszka, oder wollen wir einen Dienstplan machen oder was? Wir brauchen hier klare Entscheidungen.‹

Und da habe ich angefangen, meinen Koffer zu packen, aber Agnieszka hat das übernommen und ordentlich gemacht. Martyn hat mir ein Taxi gerufen. Ich habe den letzten Zug nach Bath erwischt, und da bin ich nun.«

Sie ist tapfer, kämpft aber mit den Tränen. Ich gebe ihr ein paar Nurofen gegen die Schmerzen an ihren Armen – sie hat auch Blutergüsse an den Oberschenkeln –, und sie schluckt die Pillen ganz folgsam.

»Kann ich eine Weile hierbleiben, Großmama?« fragt sie. »Ich kann jeden Tag mit dem Pendlerzug von Bath ins Büro fahren. Und im Zug Manuskripte lesen. Viele Leute machen das so. Eigentlich wäre es ganz praktisch für mich.«

»Natürlich kannst du bleiben«, versichere ich. »Bis Sebastian raus kommt. Dann sehen wir weiter.«

Sie legt sich ins Bett: frische weiße Laken, aufgeschüttelte Kissen, rotgoldenes Haar, das darüber wallt.

»Wahrscheinlich ist er jetzt mit ihr im Bett«, sagt sie. »In unserem Bett.«

Ihre Lippen zittern, während sie die Tränen zurückdrängt. Die kleine Kitty tut das auch. Sie sind beide tapfere Mädchen. Hattie schläft ein.

Ich rufe Serena an, obwohl es schon ein bißchen spät ist.

»Um so besser«, sagt sie. »Ich konnte ihn noch nie leiden. Mir sind schlechte Menschen lieber, die wissen, daß sie schlecht sind, als schlechte Menschen, die glauben, sie wären gut. Und eins muß man Agnieszka lassen. Sie hat erkannt, daß wir Engländer eine Nation von Schwächlingen sind.«

Wir gehen die Au-pairs durch, die wir gekannt haben, und stellen fest, daß die meisten ach so gut waren und nur ein paar ach so schlecht. Und daß in der Natur ein Fleischfresser auf elf Pflanzenfresser kommt und man einfach Pech gehabt hat, wenn man auf einen Fleischfresser trifft. Da mampft man fröhlich die Blätter vom Baum; ein gellender Schrei in der Nacht, und am nächsten Morgen ist jemand verschwunden, doch die Wasser des Wunschdenkens überfluten schon bald die Erinnerung. Agnieszka ist ein Fleischfresser. Zumindest ist Hattie nun in einem Bett ihrer Familie gelandet, in Sicherheit, und sie hat immer noch ihre Haare. Wir sind uns einig, daß das der Tropfen war, der das Faß zum Überlaufen brachte: Agnieszka wollte Hatties Haare, nicht nur Martyn mit seinem Dienstplan.

Wir erinnern uns an eine Zeit in der Geschichte von Grovewood, als Serena mit den Kindern nach London floh, weil George irgend etwas Schreckliches getan hatte, sie weiß nicht einmal mehr was. Und da gab es eine ganze Reihe von jungen Australierinnen: Narelle, Abby Rose, Ebony

Jo; lauter vernünftige und zupackende Mädchen, so daß ihr das Jammern über ihr Schicksal wie Zeitverschwendung erschien und sie das Schmollen sein ließ und nach Hause zu George zurückkehrte. Narelle brachte Lallie, die zu der Zeit wohl bei Serena lebte, das Didgeridoospielen bei. Wo war ich zu der Zeit? Ich entsinne mich nicht mehr. Ich war eine schreckliche Mutter.

Und was wird jetzt aus Kitty?

Serena meint, sie sollte lieber bei Martyn und Agnieszka bleiben, weil die eine gute Mutter ist. Besser ein freundlicher Fleischfresser als ein widerwilliger Pflanzenfresser. Hattie kann sie ja besuchen. Wenn Kitty größer ist, wird sie selbst entscheiden, bei wem sie leben will. Die Kindheit geht so schnell vorbei.

Wir beschließen, schlafen zu gehen. Wir haben nicht mehr so viel Energie wie früher, und das ist auch gut so, denn sonst hätten wir in der Pentridge Road vorbeigeschaut und dort alles kurz und klein geschlagen und nur noch mehr Schaden angerichtet. Was man an Kraft verliert, gewinnt man an Weisheit.

Seit Montag pendelt Hattie nun täglich mit ihrer schicken ledernen Aktentasche voller Manuskripte. Sie hat einen klaren Blick, wenn sie geht, aber rotgeränderte Augen, wenn sie abends heimkommt. Sie gestattet es sich, auf der Rückfahrt zu weinen, nie auf der Hinfahrt. Martyn ruft von Zeit zu Zeit an, aber Hattie spricht nicht mit ihm. Ich frage sie nach Kitty.

»Es ist schon erstaunlich«, bemerkt sie, »wie schnell man Kinder vergißt, wenn man sie nicht ständig vor der Nase hat.«

»Das habe ich schon Männer sagen hören, aber noch nie eine Frau.«

»Ich hab's in einem Buch gelesen«, erklärt sie. »Sollen sie einfach so weitermachen, wenn es das ist, was sie wollen, und zumindest kriegt Kitty jetzt ihr eigenes Zimmer.«

Am Wochenende hilft sie mir in der Galerie. Jemand kauft Sebastians Stuhlbild, kaum daß ich aufgeschlossen habe. Zehn Minuten später ist auch das Bett weg.

»Mach so weiter«, sagt Hattie, »und du bist bald so reich wie Serena.«

Hattie spielt mit dem Gedanken, sich eine Wohnung in London zu nehmen. Die könnte sie sich gerade eben leisten. Sie sagt, sie habe eine Woche lang vor Empörung geweint, vor Abscheu, Enttäuschung, vor Erschütterung über ihre eigene Dummheit; und weil sie Kitty nicht hatte. Aber offenbar nie aus Trauer um ihre verlorengegangene Liebe zu Martyn. Sie hatte geglaubt, er sei eine bestimmte Art von Mensch, und dann stellte sich heraus, daß er ein ganz anderer war. Martyn wird sie finanziell nicht unterstützen. Warum sollte er auch? Sie waren ja nie Mann und Frau.

Sie verdient ihr eigenes Geld und kann sich um sich selbst kümmern, und er hat die Verantwortung für Kitty.

Sie teilen sich die Hypothekenzahlungen. Hattie hat einen Teil ihres Geldes in das Haus investiert, aber sein Marktwert ist gestiegen, und diesen Wertzuwachs könnte sie als Kapitalanlage oder zusätzliche Sicherheit nutzen. Martyn wird alle Hände voll zu tun haben, um Agnieszka und Kitty zu unterhalten, denn Agnieszka wird ihre Zukunft im häuslichen Bereich sehen, nicht außerhalb. Martyn wird ewig Artikel für *d/EvOLUTION* schreiben müssen, dabei

seine Seele verkaufen und Cyrilla schöne Augen machen.
Soll sich Agnieszka deswegen sorgen. Wer einmal die Frau
wechselt, tut's auch ein zweites Mal.

Auf dem Heimweg von der Galerie gehen wir über die Pul-
teney Bridge und setzen uns für ein Weilchen in die Parade
Gardens und blicken auf den vorbeifließenden Avon. Die
Sonne geht unter. Schwäne schwimmen auf und ab; die
Touristen füttern ihnen ungesundes Weißbrot.

»Weißt du, Großmama«, sagt Hattie, »in gewisser Weise
habe ich diese Situation ja mit herbeigeführt. Ich habe Agnieszka zur Taufe mitgenommen und ihr Pater Flanahan regelrecht aufgedrängt. Ich habe den Brief ans Ausländeramt
geschrieben. Ich wußte, was als nächstes passieren würde.
Ich habe die Heirat vorgeschlagen. Ich wußte genau, was
das für eine kleine blaue Pille war und was Martyn vor-
hatte, und habe gleich zwei genommen. Ehrlich gesagt
kann ich Häuslichkeit nicht ausstehen. Letzten Endes tut's
jeder Mann, wenn du unbedingt einen haben willst. Ich
wollte nur endlich wieder Licht sehen.«
    Ich bin sprachlos.

»Ich habe es auf anständige Weise getan. Freu dich für
mich, daß ich froh bin«, sagt Hattie. Sie hebt ihre kräftigen
weißen Arme – die Blutergüsse verblassen schnell – und
reckt ihren ganzen Körper dem Himmel entgegen, und das
Sonnenlicht läßt ihre präraffaelitische Haarpracht golden
schimmern. Sie ist eine Vision, die aus der Vergangenheit
kommt und schon in der Zukunft verschwindet, festgehal-
ten im Jetzt wie die Momentaufnahme einer Göttin.

Ich mache den Mund auf, um zu protestieren, doch dann
denke ich an Wanda und mich, an Serena und Susan und

Lallie, ihre direkten Vorfahrinnen, an Roseanna, Viera, Svea, Raya und Maria, an Saturday Sarah und Abby Rose und an all die anderen ungenannten und nicht bedachten (aus Platzmangel, aber auch wegen meiner Vergeßlichkeit), die an ihrem Werden teilhatten. Und ich denke an Kitty, Hatties Baby, die jetzt in Agnieszkas Obhut ist – die nächste in der Reihe –, und mache den Mund zu.

»Ich bin froh, daß du froh bist«, sage ich, und so ist es.